말하고
싶은
비밀 Vol.3

사쿠라 이이요 지음
김윤경 옮김
말하고
싶은
비밀 Vol.3
交換ウソ日記3

알아버린 건, 너의 속마음
알아차린 건, 너의 거짓말

그러나 나는
그러나 나는

모르는 척, 너를
또다시 사랑하고야 만다.

일러두기

- 이 책에서 등장인물을 부르는 표현은, 보통의 경우 성을 부르고 가까운 사이일 경우 이름을 부르거나 애칭을 쓰는 일본의 호칭 문화를 반영하여 표기했습니다.
- 남자 주인공 이름 '아리노 케이'의 경우 외래어 표기법으로는 '게이'이지만 발음 어감상 '케이'로 표기했으며 주인공이 친구인 진나이를 부르는 애칭 '진'은 '진나이'로 통일해 표기했습니다.
- 한국어로 바꿨을 때 어색한 표현은 외래어 표기법에 따르지 않고 예외를 두었습니다.
- 띄어쓰기 및 맞춤법은 국립국어원 표준국어대사전을 기준으로 통일하되, 일반적으로 더 많이 통용되는 표현이 있는 경우, 맞춤법을 예외로 두었습니다.
- 두 사람이 주고받은 쪽지의 경우, 서체를 다르게 써서 발신인을 구분했습니다.
- 본문 속 각주는 옮긴이 주입니다.

차례

1장

saxe blue

차갑게
식어버린 우리

꼭 집어 '나'만 싫다는 건 뭐야?

- 아, 남자 친구가 있으면 얼마나 좋을까.
  아무나 괜찮으니까 누구 없나.

  그렇지만 아리노 케이는 안 돼.
  아리노 케이 싫어. 진짜 싫어.
  절대 안 된다고!

뭐지, 이건? 내가 뭘 어쨌다고!

노트에 내 이름이 적힌 걸 보자 저절로 인상이 찌푸려졌다. 누군지도 모르는 애가, 아무나 좋으니 사귀고 싶다면서, 나는 꼭 집어 싫다니. 나도 너랑 사귀고 싶다고 한 적 없는데? 아니,

그보다 넌 도대체 누구냐.

점심시간에 이 A4용지 반의반의 반만 한 작은 스프링 노트를 주운 건 정말 우연이었다. 내가 좋아하는 독서 장소, 그러니까 도서실 맨 안쪽 창가 옆 낮은 책장 위에 이 노트가 덩그러니 놓여 있었다. 누군가가 깜빡 잊고 두고 간 모양이다.

노트를 집어 들어 펼쳐보았다. 노트 주인에 관한 정보가 있지 않을까 싶어서지, 절대로 남의 노트를 훔쳐볼 생각은 없었다.

그런데 이게 무슨 일인가. 그 노트에 내 이름 '아리노 케이'가 떡하니 적혀 있을 줄이야. 게다가 싫다니. 그것도 진짜 싫다니, 이게 도대체 무슨 말이야? 이 노트 주인은 나한테 무슨 원한이 있는 거지?

대체 누굴까. 궁금한 마음에 다른 페이지도 넘겨보았다.

딱히 용도를 정하지 않고 메모용으로 편하게 쓰는 노트 같았다. 음식 이름도 적혀 있고 편의점 디저트에 대한 감상이나 어디선가 인용한 듯한 문장도 있었다. 그 밖에 배고프다는 둥 공부가 지루하다는 둥 혼잣말이 여기저기 두서없이 쓰여 있고 책 제목도 적혀 있었다. 그러나 노트 주인의 이름이나 학년을 유추할 만한 단서는 보이지 않았다.

나를 아는 걸 보면 같은 2학년일 가능성이 커 보이긴 한데. 게다가 남자 친구가 있었으면 좋겠다고 말하는 걸로 보아 노트 주인은 여자겠지. 아니다. 여자라고 단정 지으면 안 되려나. 남자이지만 남자 친구를 원하는 녀석일 수도 있으니까. 또 따지고 보면 나를 안다고 해서 같은 학년이라고 확신할 수는 없다. 결국 알아낼 만한 실마리는 아무것도 없었다.

'대체, 누구냐. 넌.'

혹시라도 아직 도서실에 있지 않을까 싶어서 두리번두리번 주위를 둘러보았지만, 눈에 띄는 사람은 아무도 없었다.

이과반 교실이 있는 건물 1층 구석에 자리한 이 도서실은 시험이 코앞에 닥친 시기가 아니고는 늘 이렇게 쥐 죽은 듯 조용하다. 위치가 별로 좋지 않아서인지 하루 종일 열려 있는데도 이용하는 학생이 별로 없다. 도서 위원도 있기는 하지만 방과 후 한 시간 정도 자리를 지킬 뿐이다. 대출도 반납도 스스로 처리하는 시스템이 갖춰져 있어서 나름 잘 돌아간다.

애당초 이 노트 주인은 왜 여기에 있던 걸까. 평소 도서실에 자주 오는 아이인가.

하지만 지금 내가 있는 이 자리는 주변에 책상이나 의자도 없을뿐더러 주로 식물이나 생물 도감이 진열된 책장으로 둘러싸여 있어서인지 누군가와 마주친 적이 거의 없다. 물론 그래서 하루에 한 번은 찾아올 정도로 내가 좋아하는 거지만. 더구나 창가에 놓인 책장은 허리께 오는 높이여서 걸터앉기에도 딱 좋고.

다시 한번 노트를 쳐다봤다.

– '아리노 케이, 진짜 싫어!'

…대체 내가 뭘 어쨌다고 이러는 걸까? 어쨌든 이 노트를 어떻게든 해야 할 텐데.

우연히 주운 이 노트를 굳이 교무실에 갖다주기도 귀찮다. 안에 써둔 내용을 보니 그렇게 중요한 것도 아니고. 여기 그대로 두면 나중에 잃어버렸다는 걸 알아차리고 되돌아와서 찾아가겠지. 내 험담이 적힌 물건을 이대로 두고 가는 건 썩 내키지 않지만.

"…거참, 난감하네."

꺼림칙하다고 할까, 뭔가 찜찜하다.

아무 생각 없이 노트를 팔랑팔랑 흔들다가 도서실에서 책 빌릴 때 쓰려고 갖고 온 초록색 펜을 가슴께 주머니에서 꺼냈다.

이쯤은 되갚아줘도 되겠지.

- 남자 친구가 생기면 좋겠네요.
  하지만 아무나 괜찮다고 하다가는
  이상한 남자한테 걸려들 겁니다.

  그리고 노트에 이름까지 적으면서
  남을 험담하는 건 그만하는 게 좋겠어요.
  본인이 보면 어쩌려고.

본인이라고 말하지 않는 것만으로도 착하지. 뭐, 남의 노트에 마음대로 글을 써놓은 건 잘하는 짓은 아니지만. 하지만 앞부분은 진심이다. 아무나 괜찮다고 생각하며 사귀면 안 된다. 상대를 제대로 보고 상대에게 나 자신도 제대로 보여주고, 그러고 나서도 서로 좋아하면 그때 사귀는 거지.

물론 친구들 앞에서 이런 말을 했다가는 놀림당할 게 뻔하다.

"고지식하기는!"

"꿈 깨!"

안 봐도 그런 말을 할 게 훤하다. 하지만 나는 정말로 그렇게 생각한다. 한 번 실패했기에, 더 그렇게 믿는다. 아니, 한 번이 아니지. 두 번이군. 그렇게 따지면 노트 주인이 적어놓은 "아리노 케이는 안 돼"라는 말이 맞는지도 모른다. 노트 주인이 나에 관해 뭘 아는지는 모르겠지만.

책을 읽을 때 책갈피 대신 사용하는 하늘색 포스트잇 한 장을 가슴 앞주머니에서 꺼내 내가 적어놓은 글 옆에 붙였다. 이렇게 표시해 두면 누군가가 노트를 봤다는 걸 바로 알아채겠지.

"진짜, 누굴까?"

원래 있던 자리에 노트를 툭 올려놓고 혼잣말을 중얼거렸다. 노트 주인이 누군지 궁금하지 않다면 거짓말이다. 하지만 모르는 게 낫다. 알아봐야 좋을 일은 하나도 없다. 그러려면 노트에 글을 쓴 사람이 '아리노 케이'라는 걸 들키지 않도록 어서 이 자리를 피해야 한다. 집어 들었던 문고본을 대출대에 올려놓고 서둘러 빌린 다음 복도로 나왔다.

문고본을 바지 뒷주머니에 찔러넣은 채 곧장 교실로 향했다. 하지만 계단 앞까지 갔다가 목이 말라 다시 방향을 틀었다. 자판기는 1층 연결 복도에 있다. 문과반 건물로 건너갈 수 있는 유일한 통로인 그곳은 가운데뜰과 이어져 있기도 하다. 건물 밖으로 나가니 기분 좋은 바람이 불어와 내 머리칼을 흔들었다. 가운데뜰에 서 있는 나무들을 바라보면서 걸었다.

11월로 들어서자, 날씨가 무척 상쾌해졌다. 교복 재킷을 입으면 딱 좋을 정도로 선선하다. 이래서 가을이 좋다. 더워도 추워도 질색인 데다 봄은 왠지 시야에 들어오는 풍경이 너무 화려해서 마음이 뒤숭숭하다. 하지만 가을에는 별로 좋은 기억이 없다.

생각에 잠겨 멍하니 걷고 있는데 "미쿠, 어느 걸로 할 지 골랐어?" 하는 여자 목소리가 들렸다. '미쿠'라는 이름에 움찔 놀라 앞을 바라보니 자판기 앞에 여학생 세 명이 서 있었다.

쇼트커트를 한 여학생과 검은 긴 머리를 한 여학생, 그리고… 미쿠라고 불린, 한쪽으로 머리를 묶어 아래로 내린 여학생이 얼굴을 들었다.

눈이, 마주쳤다.

미쿠.

무심코 툭 튀어나올 뻔한 이름을 꿀꺽 삼키고 시선을 홱 다른 곳으로 돌렸다.

'아뿔싸, 너무 티를 냈어.'

아차 싶었지만 이미 늦었다. 하지만 미쿠는 내 태도에 전혀 아랑곳하지 않고 자판기 버튼을 누르더니 "가자, 얘들아!" 외치며 가버렸다.

가만히 시선을 돌려 사라지는 미쿠의 뒷모습을 바라보았다.

걸어가는 세 사람의 앞쪽에서 아는 사이인 듯한 남학생 무리가 다가와 미쿠 옆에 있던 여학생을 향해 친근하게 말을 붙였다. 하지만 미쿠는 아무 말 없이 가운데뜰만 바라보고 있었다. 한쪽 귀밑으로 내려 하나로 묶은 미쿠의 머리칼이 바람에 흩날려 나부꼈다.

미쿠는 중학교 때까지 늘 양 갈래로 묶고 다녀서 지금 한 머리 모양은 언제 봐도 낯설다. 아마도 미쿠의 성격이 달라진 일과도 연관이 있겠지. 그런 미쿠가 마치 다른 사람 같다. 옆얼굴이 어딘가 텅 비어 보이는 게, 미쿠의 눈에 지금 무엇이 보이는 건지 알 수가 없다. 아무것도 비치지 않을지도 모른다. 미쿠는 언제부터 그런 표정을 짓게 된 걸까.

예전에는 누구에게나 사근사근 말을 걸었고 자주 활짝 웃었다. 행복이 가득 차오른 얼굴로 매일 즐거워 못 견디겠다는 듯이. 이웃 아주머니들이나 같은 학년이었던 친구 부모님들은 "어릴 때 엄마가 돌아가셨는데도 항상 밝은 걸 보면 참 착한 애야"라고 말했다. 뭐가 '착한 애'라는 건지 잘 모르겠지만 늘 밝은 것만은 분명했다.

하지만 언젠가부터 차분한 분위기로 바뀌었고 표정도 좀 굳었다. 특히 무슨 이유인지 남학생들한테는 벽을 쳤다. 어디에 있든 미쿠라는 걸 알아챌 수 있었던 크고 경쾌한 웃음소리는 이제 들리지 않았다. 여자 친구들과 즐거운 듯이 이야기하는 모습을 봐도 초등학생 때에 비하면 너무나 어른스럽다. 늘 누군가와 함께 있었지만 가끔은 혼자 있는 모습도 눈에 띄었다.

하긴 크면서 바뀌는 건 어쩌면 당연한 일이지만.

초등학교 때 "케이!" 하고 부르던 그 목소리도 지금은 달라졌겠지.

불현듯 미쿠가 내 쪽을 흘끔 쳐다봤다. 다시 눈이 마주쳤다.

"…어어…."

왠지 말을 걸어야만 할 것 같아서 입을 벌렸다. 하지만 아무 말도 나오지 않았다. 미쿠는 그런 나를 차가운 시선으로 쳐다보더니 이내 딴 데로 눈을 돌렸다.

미쿠와 나는 3년 전부터 줄곧 이런 식이다.

이런 우리가 두 번이나 사귀었다는 사실을 알면 다들 놀라겠지.

미쿠와 내가 사귄 건 초등학교 4학년 때 한 달, 중학교 1학년 때 석 달, 이렇게 두 번이었다.

우리는 초등학교 3학년 때 같은 반이 되어 처음 만났다. 자리를 정하던 날 옆자리에 앉아 자연스럽게 이야기를 나눴고 집에 가는 길 중간까지 방향이 같아서 당번인 날에는 함께 돌아갔다.

당시 여학생들과는 어색해 말을 잘 하지 못하던 내게 미쿠는 유일한 여자 친구였다.

서로 하고 싶은 말을 허물없이 하다 보니 툭하면 싸우기도 했다. 수다스러운 미쿠에게 시끄럽다며 내가 핀잔을 주기도 하고 무뚝뚝한 내 대답에 미쿠가 삐지기도 했다. 그런 일들이 왠지 즐거웠고 그래서 내게는 미쿠가 특별해졌다.

그런 감정은 나뿐만 아니라 미쿠도 똑같이 느꼈던 모양인지 우리는 자연스레 서로의 마음을 알아차리고 사귀게 되었다. 누가 먼저 사귀자고 했는지는 기억나지 않는다.

하지만 그 무렵 미쿠와 나는 '사귄다'는 게 어떤 건지도 잘 몰랐다. 그저 좋아하니까, 서로 좋아하니까 사귀는 게 당연하다고 생각한 정도였다.

사귀면 주위에서 놀림을 당한다는 것쯤은 알고 있었기에 우리는 둘이 사귄다는 사실을 아무에게도 말하지 않았다. 그때까지는 둘이 친하게 지내는 모습을 보고 애들이 놀리긴 했어도 "유치하긴!" 하고 일축하면 그만이었다. 하지만 정작 사귀고 나서부터는 남들 앞에서 둘만 이야기하는 자리를 피하게 되다 보니 예전처럼 행동하지 못하게 되었다. 그러는 동안 우리 둘은 서서히 멀어졌다.

2학기 말에 사귀기 시작했는데 3학기*가 시작될 무렵에는 남

---

* 4월에 신학기가 시작되는 일본에서는 1월부터 3월까지가 3학기다.

몰래 주고받던 문자 메시지도 자연스럽게 끊겼고 '이제 우리 사이는 끝났구나' 싶었다.

초등학교 4학년다운, 소꿉장난 같은 연애였다. 어쩌면 사귀었다고 할 수도 없을지 모른다. 그리고 5학년으로 올라가면서 다른 반으로 배정받은 이후, 우리는 아예 말을 하지 않게 되었다.

다시 미쿠와 이야기하게 된 시점은 중학교 1학년 때 같은 반이 되고서였다. 미쿠는 우리가 사귀다가 헤어진 사이라는 걸 새까맣게 잊기라도 한 듯이 웃으며 말을 걸어왔다. 그래서 나도 과거는 없었던 일로 하고 미쿠와 이야기를 나눴다. 초등학생 때에 비하면 여학생과도 이야기를 곧잘 하게 되어 반 친구들과 함께 몇 번인가 놀러 가기도 했다.

그러면서 깨달은 사실은, 여전히 미쿠와 함께 있으면 즐겁다는 거였다. 그래서 미쿠가 "난 네가 좋은데" 하고 고백했을 때 "나도" 하고 대답했다.

이번에는 제대로 사귈 수 있을 것 같았다. 물론 주변 사람들이 이러쿵저러쿵하는 건 싫어서, 전과 마찬가지로 사귄다는 사실은 비밀에 부쳤다. 하지만 예전처럼 학교에서 서로를 피하지는 않았다. 우리는 사람들 앞에서도 친한 친구로 좋은 관계를 유지했다.

하지만 역시 그리 간단한 일은 아니었다. 친구와 연인은 완전히 다르다. 늘 밝고 다양한 일에 호기심이 많은 줄 알았던 미쿠는 단지 유행을 좇을 뿐이었다. 뭐든지 유행하는 것에만 관심이 쏠려 있어서 이해가 안 되는 일투성이였다.

미쿠, 네가 좋아하는 건 대체 뭐냐고!

이런 말이 튀어나올 뻔한 게 한두 번이 아니었다. 아니 어쩌면 몇 번인가는 말했는지도 모른다.

내가 관심 있는 걸 말하면 "뭐야 그게!", "재미있어?" 이해가 안 된다는 듯이 심드렁한 표정을 짓는 것도 못마땅했다. 그렇게 계속해서 우리는 뭔가가 엇갈렸다. 딱 한 번 한 데이트에 대한 기억조차 애매한 까닭도 그 탓일 거다.

그러다가 중학교 1학년이 끝나갈 무렵, 미쿠가 문자 메시지를 보내왔다.

— 우리, 헤어지자.

— 알겠어.

나도 바로 답장을 보냈고 그걸로 우리의 두 번째 연애는 끝이 났다.

그러고 나서는 미쿠와 이야기를 나눈 적이 한 번도 없다. 중학교에서는 2학년 때나 3학년 때 모두 같은 반이 되지 않았고, 초등학교 때보다 어색해서 서로 마주치지 않으려 피해 다녔다.

같은 고등학교에 다니는 지금도 나는 이과반이고 미쿠는 문과반이라 교실이 다른 건물에 있어서 우연히 얼굴을 볼 일도 일주일에 한 번 될까 말까 할 정도다. 스쳐 지나가도 인사조차 하지 않는 사이. 우리는 그렇게 완전히 남남이 되었다.

그사이에 미쿠는 달라졌다.

말을 섞지 않아서일까. 미쿠의 변화가 내게는 무척 크게 느껴졌다.

…이미 남이니까 아무래도 상관없지만.

지금 내게 미쿠는 가장 대하기 껄끄러운 여학생이다. 꼭 집어 말해서 유행만 좇는 스타일은 내가 '싫어하는' 부류에 속한다. 예전처럼 이야기를 나누고 싶은 마음은 눈곱만큼도 없다.

그래도 신경이 쓰이는 까닭은… 아무래도 전 여친이니까. 그뿐이다.

정신을 차리고 보니 이미 미쿠는 사라지고 없었다.

후, 하고 숨을 고르고 나서 자판기 앞에 섰다. 그리고 나도 모르게 딸기오레를 눌렀다. 툭, 하고 떨어진 음료를 집어 들면서 '아 뭐야, 나 단 거 싫어하는데!' 하고 공연히 나 자신에게 이죽거렸다. 미쿠가 딸기오레를 좋아한다고 했던 기억이 무의식중에 떠오른 듯하다. 미쿠는 "단 게 좋아", "핑크색이 예뻐서 좋아" 등 나로서는 잘 이해가 가지 않는 이유를 대면서 딸기오레를 마시고는 했다. 아까도 손에 들고 있었던 것 같은데.

"아, 나 바보 아냐?"

버릴 수는 없으니 그냥 마실 수밖에. 정말이지, 난 멍청하다.

딸기오레에 빨대를 꽂은 다음 한 모금을 빨고 얼굴을 찡그렸다.

“케이, 또 어디 갔었냐?”

교실로 돌아오자, 친구 녀석들이 말을 걸었다. 두 친구 옆에 여학생 세 명도 있었다. 항상 같이 몰려다니는 무리다.

“잠깐 산책.”

도서실에 다녀왔다고 말하지 않은 채 짤막하게 대답하고는 내 자리에 앉았다.

“케이는 자유로운 영혼이야. 그건 그렇고 이따 수업 끝나면 다 같이 볼링 치러 갈 건데, 어떠냐?”

“오우, 좋지.”

귀찮다는 생각이 먼저 들었지만, 입 밖으로는 반기는 듯이 대꾸했다.

“역시 케이, 거절하지 않는 남자.”

뭔 소리야.

신이 났는지 떠드는 친구들을 보면서, 혼자 어깨를 축 늘어뜨렸다.

‘집에서 느긋이 있을 시간이 없어졌군.’

하지만 아무도 이러는 나를 눈치채지 못했다.

“케이는 진짜 거절한 적이 없네. 아니, 모여서 노는 걸 엄청나게 좋아해.”

“그런 건 아냐.”

옆에 있던 여학생이 하는 말에 씁쓰레 웃었다.

사실은 내가 여럿이 왁자지껄 어울려 노는 것보다 집에서 혼자 보내는 시간을 더 좋아한다는 걸 알면 친구들은 어떤 표정을 지을까. 물론 일일이 설명하기가 귀찮아서 그런 말은 안 하겠지만. 친구들의 제안을 거절하지 않는 까닭도 같은 이유에서다. 귀찮으니까.

왜냐고 캐묻거나 무슨 일이 있냐는 둥 이런저런 질문을 할 텐데 일일이 대답하느니 그냥 함께 노는 게 차라리 속 편하다. 혼자 있는 시간을 좋아하긴 하지만 친구들과 노는 게 싫은 건 아니니까. 같이 놀면 그 나름대로 즐겁다는 것도 잘 안다.

그런데, 그러는 자기들이야말로 놀기 좋아하면서 지금 나한테 무슨 말을 하는 건지.

볼링으로 승부를 가르자고 한껏 들뜬 친구들을 멍하니 쳐다보면서 좋아하지도 않는 딸기오레를 마셨다. 입에 머금을 때마다 미쿠가 머릿속을 스치고 지나갔다.

그때 여학생 한 명이 내 얼굴을 들여다보더니 불쑥 중얼거렸다.

"애들이랑 잘 어울리는데 은근히 차갑단 말이지."

"뭔 소리야."

"글쎄, 뭐랄까. 벽이 느껴진다고나 할까? 특히 여자애들한테."

"내가 무슨!"

하하, 하고 웃었지만, 마음속으로는 들통났나 싶어 약간 움찔했다. 이 애가 말했듯, 나는 여자애들을 대하기가 불편하다. 늘 몰려다니는 이 무리에서는 그런대로 이야기도 하고 웃으면서 대할 수 있지만 일대일로는 거의 말을 섞지 않는다.

무슨 말을 해야 할지 잘 모르겠단 말이지.

어릴 때는 생각한 바를 확실하게 말로 내뱉는 탓에 여자아이들을 곧잘 울렸다. 매일 싸움박질을 하던 세 살 위의 누나에게 받은 영향 때문일까. 내가 무슨 말을 하든 다섯 배, 열 배로 되받아쳐서 완전히 말로 제압하는 누나와 함께 자라서인지 자연히 세게 대꾸하는 말투가 배었고 그걸 당연하게 여겼다. 그런데 설마 "재미없으니까 그만해!"라든가 "그게 뭐가 귀엽냐?" 같은 말을 듣고 여자애들이 울 줄은 상상도 하지 못했다.

어느 정도까지 말해도 되는 건지 도무지 종잡을 수 없었던 나는 차츰 여학생들과 말할 기회를 피하게 되었다. 그러자 여학생들은 "케이는 말을 너무 막 해서 싫어"도 모자라 "무뚝뚝해서 재미없어"라고 말하며 날 싫어하고 피했다. 그런 소리를 듣는다고 해도 상대를 울리는 일보다 백번 낫다.

하지만 미쿠는 달랐다.

누나만큼은 아니지만 미쿠도 생각한 것을 거침없이 말로 하는 성격이라 내가 무슨 말을 하면 화를 내기는 했어도 운 적은 없었다. 여학생들과 그나마 이야기할 수 있게 된 건 미쿠와 친하게 지내면서였다.

그때부터였나, 어쩐 일인지 내가 인기를 얻기 시작했다.

키가 부쩍 자라고 그 덕에 달리기를 잘하게 되어서였을까. 운동은 뭘 해도 평균 이상으로 잘해서, 게다가 농구부에서 활약하게 되어서 그런 걸 수도 있다. 아무려면 여학생들이 해준 말이니까 맞겠지.

여자애들과 이야기를 나누게 되자 무섭게 보였던 이미지가 점차 사라졌는지, 아이들은 원래 그다지 감정 표현이 풍부하지 않은 내 성격을 쿨하고 차분하며 어른스럽다고 말했다. 누가 놀러 가자고 하면 거절하는 스타일은 아니지만 모르는 여학생이 있을 때는 거절하는데 이때도 오히려 껄렁대지 않는 모습이 좋다고 추켜세웠다.

모두(미쿠도) 나를 오해하고 있다.

사실은 진짜, 귀찮을 뿐인데.

놀러 가자는 제안을 거절하지 않는 까닭도 귀찮아서이고 모르는 여학생과 놀지 않는 것도 귀찮아서다. 그리고… 내 취미를 남자 친구들한테조차 말하지 않는 것도 마찬가지다.

나는 휴일에 약속이 없으면 한 발짝도 집 밖으로 나가고 싶지 않을 정도로 찐집돌이다. 책을 읽거나 그림을 그리기도 하고 음악을 듣거나 영화를 보는 '혼자만의 시간'을 무엇보다 좋아한다. 유행에는 조금도 관심이 없고 굳이 따지자면 마니악한 장르를 좋아한다.

여름이 되면 캠핑을 떠나고 겨울에는 스노보드를 타러 가지만 사실은 쾌적한 실내에서 지내는 게 더 좋다. 땀을 흘리거나 추위를 견디는 건 싫다.

좋아하는 것들로만 가득 찬 내 방에서라면 몇 시간이라도, 며칠이라도 만족하며 지낼 수 있다. 아니, 오히려 그렇게 하고 싶다. 침대 위에서 뒹굴뒹굴하면서 멍하니 라디오를 듣기만 해도 즐겁다. 그게 진짜 나다.

— 생각했던 거랑 달라.

문득 두 번째 이별을 하기 전에 미쿠가 내게 보냈던 메시지가 머릿속에 떠올랐다. 그리고 자연스럽게 아까 그 노트에 적힌 글을 곱씹었다.

'아, 남자 친구가 있으면 얼마나 좋을까. 아무나 괜찮으니까 누구 없나.'

그러지 말라고, 이름도 모르는 이 친구야. 대충 아무나 사귀어봐야 시간 낭비야.

서로를 제대로 알고 나서 사귀라고까지는 말하지 않겠지만 조금이라도 진짜 서로의 모습을 이해하지 못하면 이르든 늦든 맞이할 결말은 이별뿐이다. 내가 겪어봐서 잘 안다. 그래서 나는 미쿠와 헤어지고 나서 누구한테 고백을 받든 모조리 거절하고 있다. 누군가와 사귀는 일만큼 지금 나한테 귀찮은 건 없다.

"올해 크리스마스 한정 화장품 예약했어?"

"귀엽지? 요즘 유행하는 색을 다 모아놔서 너무 좋아."

"그보다는 케이스 디자인이 예쁘잖아."

여자애들이 신나서 떠드는 모습에 시선을 빼앗겼는데, 옆에 있던 남자애들이 한 마디씩 거든다.

"그게 뭔데?"

"화장품 너무 비싸지 않냐."

그러자 여자애들이 "뭘 모르시네" 하고 싸늘한 표정을 지었다.

하긴 누나도 매년 겨울이 다가오면 똑같은 소리를 한다. 해마다 한정 판매하는 뭔가를 왜 그렇게 갖고 싶어 하는지 나는 잘 모르겠다. 누나가 말하기로는 매년 유행하는 색깔이 다르다나 뭐라나.

유행하는 거라면 사족을 못 쓰는 미쿠도 똑같이 말할 게 틀림없다.

좋고 나쁨을 스스로가 아닌 다른 사람의 판단에 따르면서, 마치 자기가 선택한 것처럼, 자신의 취향인 양 무분별하게 빠져들었다가 금세 싫증을 내는 사람들. 내게는 유행을 민감하게 좇는 사람들이 그런 주체성이 없는 사람처럼 보인다. 그래서 유행을 따라 하거나 휩쓸리는 걸 좋아하지 않는다. 아니, 싫어한다.

다른 여자애들이 그런 화제로 열을 올리는 건 상관없지만, 내 여자 친구라면 귀찮고 질릴 수밖에 없다.

"아, 여기 있었네! 어디 갔었냐, 너?"

여자애들이 떠드는 대화를 들으면서 이런저런 생각에 잠겨 있는데, 같은 반 친구인 진나이가 문을 벌컥 열어젖히고는 내 이름을 불렀다.

"갑자기 왜 찾아? 너야말로 어디 갔었냐?"

"교무실. 2교시에 압수당한 게임기 받으러 갔다 왔지."

무사히 돌려받았는지, 진나이는 게임기를 가슴에 꾹 끌어안고 있었다.

"잘됐네."

"근데 그뿐만이 아니야, 내 말 좀 들어봐!"

진나이는 성큼성큼 다가와 내 어깨를 꽉 잡더니 얼굴을 들이밀었다. 코앞에 선이 굵고 윤곽이 뚜렷한 진나이의 얼굴이 바짝 다가오는 바람에 느끼해서 속이 메슥거렸다.

"또 뭔데?"

"나, 첫눈에 반해버렸어!"

왜 그런 걸 굳이 나한테 말하는 걸까.

초등학교 때부터 징글징글하게 붙어 다니는 진나이에게 첫눈에 반했다는 말을 들은 게 벌써 몇 번째더라. 세 번, 아니 다섯 번쯤 되나?

첫눈에 반하는 사실 자체는 전혀 나쁜 일이 아니지만 진나이는 원래 정에도 취미에도 너무 열정이 뜨거운 데다 특히 연애는 더 유별나다. 그 탓에 연애할 때마다 번번이 실패한다.

외모는 그럭저럭 괜찮은데 인기가 없다. 진나이, 그렇다고 기죽지는 마.

"잘해 봐!"

일단 응원해 줬더니 진나이가 바로 되받아쳤다.

"응. 그래서 말인데 너한테 부탁이 있어."

내가 인상을 찌푸리자 진나이는 두 손을 모아 잡더니 내 눈 앞에다 대고는 고개를 주억거렸다.

이건 진심이네 싶어 주위에 있던 친구들이 흥미진진해하는 표정으로 진나이와 나의 대화에 귀를 기울였다.

"왜 이래! 내가 뭘 할 수 있다고."

"너 문과반에 마호라고 알아?"

"내가 여자애들을 어떻게 알아! 더구나 문과라고? 마주칠 일도 없어."

"그렇겠지?"

되묻는 진나이가 왠지 기뻐하는 듯 보였다. 아니면 들뜬 건가.

"쇼트커트에 눈이 동그랗고 몸집은 자그마한 게, 천사가 따로 없어!"

천사라니. 그런 사람 본 적 없다고.

"틀림없이 천사였어. 나랑 부딪혔는데도 엄청 귀엽게 웃어주더라고. 그 모습을 보면 누구든지 사랑에 빠지고 말걸."

진나이는 가슴에 손을 얹고는 연극이라도 하는 배우처럼 말했다. 넋을 잃은 표정으로 어딘가를 바라보고 있어서 마치 하늘에서 강림한 성모 마리아라도 보이는 게 아닐까 싶었다. 아니, 천사였지.

방금 첫눈에 반한 사람치고는 꽤 진지한 얼굴이다.

"그래서 우선은 친구가 되고 싶어! 여기서 네가 나서줄 차례라고."

"뭐? 얘기가 왜 그렇게 되는데!"

무슨 말을 하는지 전혀 모르겠다.

애당초 나는 그 '마호'라는 여자애를 전혀 모르는데 왜 내가 나서야 한다는 건지.

"친해지고 싶으면 진나이 네가 직접 말을 걸어."

거절하자 진나이는 "안심해" 하고 내 어깨를 가볍게 툭툭 치더니 다정하게 웃어 보였다.

뭐야 그 표정은. 뭔가 되게 짜증 나네.

"케이 네가 없으면 안 돼. 물론 그렇다고 너한테 마호랑 친하게 지내라는 건 아니니까 걱정하지 말고. 그건 내가 싫으니까."

무슨 말을 하는 건지 점점 더 모르겠다.

"너는 마호 옆에 붙어 다니는 그 애한테 말을 거는 거야. 나 혼자 가면 그 애하고만 얘기하게 될지도 모르잖아? 그럼 안 되지."

그 애?

누굴 말하는 건지 몰라 고개를 갸웃거렸다.

"케이 네가 그 애를 상대해 주면, 그사이에 나는 마호한테 말을 걸어서 친구가 되려고. 그게 내 계획이야!"

"아니, '그 애'가 대체 누군데 그래?"

"마호 친구라는 애가 우리 초등학교 때부터 동창이더라고. 세토야마 미쿠라고."

세토야마… 세토야마 미쿠? 미쿠라고?

안 돼, 무리야! 절대 못 해! 아니, 싫어! 말도 안 돼. 어쩌자고 하필 미쿠 친구한테 반하고 그러는 거야, 진나이 이 녀석은.

7교시가 끝나고 도서실로 들어가면서 한숨을 쉬었다. 문과반은 6교시면 수업이 끝나서 이 도서실에는 나밖에 없는 게 아닐까 싶을 정도로 조용했다.

지금쯤 진나이는 눈에 불을 켜고 나를 찾겠지. 점심시간부터 내 뒤를 졸졸 따라다니며 앞으로 어떻게 할지 작전 회의를 짜자고 난리도 아니었다. 볼링을 약속했던 친구들에게는 진나이를 따돌리고 나서 가겠다고 하고 도서실로 도망쳤다. 진나이는 물론이고 그 누구도 내가 도서실에 죽치고 산다는 걸 모르니 들킬 염려는 없다.

대체 작전 회의가 뭐냐고. 보나 마나 점심시간에 어떻게든 해서 문과반 건물로 가는 방법이라든가, 목요일은 이과반과 문과반 수업이 같은 시각에 끝나니까 그날 방과 후에 어딘가에서 숨어 그 애들이랑 우연히 마주칠 때까지 기다리자는 거겠지.

혼자 알아서 하라고!

진나이가 좋아하는 대상이 미쿠가 아니어도 사절이다. 이보다 더 귀찮은 일은 없다.

친구들과 노는 거라면 거절하지 않지만 친하지도 않은 여학생이랑 무리해 가면서 가까워지려고 에너지를 쏟고 싶지는 않다. 나 말고 다른 녀석한테 부탁하는 게 더 낫다. 미쿠와 아는 사이라고 해서 꼭 나여야 하는 건 아니잖은가.

오히려 상대가 나라면 일이 더 어려워질 게 뻔하다. 어쨌든 나와 미쿠는 전 남친과 전 여친이고, 헤어지고 나서 불편한 관계니까.

하지만 이런 사정을 진나이에게 터놓고 말할 수도 없으니 단호하게 거절하기가 어렵긴 하다.

아, 젠장.

아무도 없는 도서실 안을 느릿느릿 걸어서 구석으로 갔다.

"마호라고 했지."

불쑥 진나이에게 들은 이름을 중얼거렸다.

미쿠는 고등학교에 와서 어떤 두 여학생과 함께 주로 세 명이 어울려 다녔다. 그중에 쇼트커트를 한 여학생이 있었던 것 같기는 하다. 다만 진나이가 첫눈에 반할 만큼 예쁜지 아닌지는 기억이 나질 않는다.

아아, 어떡하나. 매몰차게 거절할 수도 없고. 그렇다고 계속 도망 다니면서 모르는 척하기도 쉽지 않을 텐데. 진나이는 여간해선 포기하는 성격이 아니다.

이제 와서 미쿠에게 말을 붙이다니, 참 난감하다. 상상도 할 수 없다. 절대로 잘될 리가 없다.

골몰히 생각하면서 늘 가던 구석 책장으로 다가갔다. 그런데, 점심시간에 놓아둔 노트가 아직도 그 자리에 있었다. 노트 주인은 아직 잃어버린 사실조차 모르고 있나 보다.

내 이름이 적혀 있으니 어서 빨리 가져갔으면 좋겠는데.

혀를 내두르며 노트를 집어 들었는데 핑크색 포스트잇이 붙어 있는 게 보였다. 내가 붙인 건 하늘색인데. 그렇다면 내가 아닌 누군가가 이 노트를 봤다는 거다. 그리고 뭔가 써놓은 게 분명하다. 그런 생각이 들어 노트를 펼쳐보았다. 한 번 본 노트여서 두 번째 보는 건 그다지 죄책감이 들지 않았다.

- 고마워요!

신경 쓰게 해서 미안하네요!

근데, 하나 물어봐도 될까요?

아무라도 상관없으니까 사귀고 싶은데

그런 말 하다가는 이상한 남자한테 걸려들 거라니

그럼, 인기 없는 여자는 어떻게 해야 하나요?

푸핫, 웃음이 터졌다. 진짜 간절하네.

내가 다른 사람 이름을 쓰고 험담하는 건 그만두는 게 좋겠다고 써서 그런 건지, 내 이름은 노트에서 지워져 있었다. 꽤 순진한 사람 같다. 나를 싫어하는 모양이지만 왠지 밉지가 않군.

책장에 걸터앉아 노트를 가만히 바라보았다. 노트 주인은 어떤 표정으로 내 메모를 읽고 이 글을 썼을까. 무심코 창밖을 바라보니 하늘이 서서히 오렌지색으로 물들고 있었다.

노을을 보면 미쿠가 떠오른다.

미쿠와 내가 사귀기 시작한 건 두 번 다 어느 가을날 늦은 오후였다. 미쿠의 얼굴에 노을이 반사된 듯 비칠 때 그 미소를 지켜주고 싶다는 마음이 들었다. 정말로 그렇게 생각한 건지, 그런 식으로 추억을 미화하는 건지, 지금의 나로서는 잘 판단이 서질 않지만.

미쿠가 여자 친구가 된, 그 가을날 집으로 돌아가는 길. 그날이 없었다면 나는 지금도 미쿠를 좋아하고 있을까. 그 애에게서 싫은 면을 발견하자 귀찮아진, 그런 일도 일어나지 않았을까?

하지만 친구로 계속 지낼 수 있었을까 생각하면, 그 답은 모르겠다.

"남자 친구라."

왜 그렇게 남자 친구를 원하는 걸까. 진나이나 다른 친구들도 툭하면 여자 친구가 있었으면 좋겠다고 하던데. 거기다 여자애들은 나한테 여자 친구 안 만드냐고 물어보고는 한다.

하지만….

— 생각했던 거랑 달라.

미쿠는 헤어지기 전에 그런 문자 메시지를 보내왔다.

"…남이 보는 이미지라…!"

창유리에 비친 내 얼굴을 물끄러미 바라보면서 나도 모르게 중얼거렸다.

주변 사람들에게 잘 보이려고 노력하는 게 아니다. 귀찮은 일을 피하고 좋아하는 일을 내 마음 가는 대로 편하게 즐기는 것뿐인데. 그게 결과적으로 나와는 동떨어진 이미지를 만들어낸 듯하다. 모두가 보고 있는 나는 분명 이 유리창에 비친 나 같은, 그런 느낌이다. 모두 마음대로 필터링해서 나를 보는 거 아닐까.

미쿠도 그랬겠지. '진짜 내가 아닌 미쿠가 상상한 이상적인 모습의 나'를 이미지로 그리고 좋아했던 것뿐이다. 물론 나도 마찬가지고.

미쿠가 언제나 웃으니까 뭐든지 즐거워하리라 생각했다. 내가 좋아하는 일을 해도 쫑알쫑알 불평은 할지언정 다 받아줄 것만 같았다. 유행을 꽤 좋아한다는 건 알고 있었지만, 그 정도로 민감하게 반응할 줄은 몰랐다. 입만 열면 그저 "요즘 인기 있는 거야", "지금 유행하고 있어" 하는 말뿐이었다.

우리는 둘 다 상대를 잘 알지 못했다. 서로 제멋대로 상대가 자신을 이해해 줄 거라고 믿었다. 미쿠를 좋아하는 거라고 믿었고 미쿠도 날 좋아한다고 말했지만, 그렇다고 해서 각자 생각한 이상적인 연인 관계가 되는 건 아니었다. 좋아한다고 해서 꼭 함께 있는 시간이 즐거운 것만도 아니다.

그렇게 생각하면 사귄다는 건 참으로 귀찮은 일이다. 누굴 사귀든 언젠가는 헤어지게 되겠지. 나를 전부 알고 좋아한다면 몰라도. 그렇지만 그건 도박이나 다름없다. 내가 그 사람을 좋아하게 될지 아닐지도 모르는데 그 때문에 시간을 허비하는 건 아깝기 짝이 없다. 그럴 바에는 취미를 더 즐기는 게 낫다.

하지만 이 노트 주인은 그렇지 않은가 보다.

“아무라도 상관없으니까 사귀고 싶은데. 그런 말 하다가는 이상한 남자한테 걸려들 거라니. 그럼, 인기 없는 여자는 어떻게 해야 하나요?”

그런 생각을 할 줄이야.

바깥 경치를 바라보다가 다시 노트로 시선을 옮겼다.

‘나랑은 가치관이 전혀 안 맞겠네.’

이런 여자애랑은 절대로 못 사귀지. 아마도 혼자 보내는 시간 같은 건 필요 없는 사람 같다. 우리 반 여자애 중에서 누군가가 말했던 것처럼, 남친이랑 하루 종일 붙어서 같은 걸 하고 싶어 하는 타입일지도 모른다.

난 절대 감당 못해.

‘이상한 애야.’

상대가 누군지도 모르면서 노트에 그런 질문을 했을 때부터 이상하다는 건 다 알아봤다. 그러면서도 입가에 손을 대며 왠지 나도 모르게 웃고 있었다.

그리고 가방에서 펜을 꺼냈다.

속을 알 수 없는 사람은 싫어

- 아무라도 상관없다는 건
  널 좋아하지 않는 남자라도
  괜찮다는 거잖아?
  그런 녀석이랑 왜 사귀려고 그러지?

  인기가 없으면 없는 대로 뭐 어때?
  네 가짜 모습을 보여주기보다는
  인기 없는 게 더 나을 것 같은데.

난 진지하게 사랑에 대한 고민을 털어놓았는데, 완전 옳은 말만 써놓은 대답이 돌아올 줄이야.

평소보다 30분이나 더 일찍 등교해서 도서실로 향했다. 그러고는 노트부터 찾았는데, 답장이 써진 노트를 펼쳐보고는 고개를 푹 떨궜다.

대꾸한 이 사람은 인기가 있는 사람이 분명하다. 이건, 인기 많은 남자가 할 법한 답변이다. 여유가 느껴진달까. '인기가 없으면 없는 대로 뭐 어때'라는 말에서 벌써 여유가 묻어난다.

"부러워…!"

입술을 꾸욱, 깨물었다.

이 노트를 주워 답글을 남겨놓은, 이 애는 도대체 어떤 사람일까. 말투만 봐서는 남자인 게 분명하지만, 내 추측일 뿐이다. 어쨌거나 얼굴도 이름도 모르는 사람과 노트로 대화를 주고받다니. 나도 이런 걸 다 쓰고 있고, 대체 뭐 하는 거지.

어제 도서실에 온 건 정말 우연이었다. 할머니가 최근 다니는 도서관에 읽고 싶은 책이 들어오질 않는다고 실망하기에 학교 도서실에서 찾아보겠다고 한 게 이유였다. 그리고 평소 메모장처럼, 일기처럼 사용하는 노트에 필요한 정보를 적어서 어제 점심시간에 처음으로 학교 도서실에 왔다.

다만 어떻게 책을 찾아야 할지 전혀 몰랐다. 나는 소설과 만화는 유행하는 것만 읽는다. 그러니 내가 찾는 책들은 서점에 가면 언제나 눈에 딱 띄는 자리에 놓여 있어서 애써 찾아다닐 필요가 없었다.

도서실에는 책장 가득히 책이 쫘악, 진열되어 있었다. 이 가운데서 할머니가 주문한 책을 어떻게 찾아야 하는 거지?

일단 도서실 안을 슬렁슬렁 돌아보았다. 무턱대고 책장을 뒤진다고 해서 찾을 수 있는 것도 아니니까. 겨우 교실 두 개에서 세 개 정도 붙여놓은 크기의 공간이었지만 막막했다. 돌아보다가 지쳐서 창가 책장에 걸터앉아 쉬고 있을 때였다.

— 미쿠, 점심도 안 먹고 어디 간 거야?

— 지금 나 주스 사러 갈 건데.

— 넌 뭐 필요한 거 없어?

마호가 연달아 메시지를 보내길래 책을 찾다가 말고 도서실을 나왔다. 노트를 도서실에 놓고 왔다는 걸 알아차린 건 6교시 수업을 들을 때였다.

그 노트에 케이의 이름을 적어놨는데!

그뿐만이 아니다. 남이 봐선 안 될 부끄러운 내용만 잔뜩 적어놓았다. 남자 친구가 있었으면 좋겠다거나 드라마 스토리를 멋대로 상상해서 쓴 글이며, 저녁 메뉴까지 들어 있는데.

종례 시간이 끝나자마자 황급히 도서실로 달려갔더니 창가 책장 위에 내 노트가 덩그러니 놓여 있었다. 다행이다 싶어 가슴을 쓸어내린 순간, 낯선 하늘색 포스트잇이 붙어 있는 게 보였다.

'뭐지?'

노트 안을 펼치자 모르는 누군가가 써둔 메시지가 있었다.

- 아무나 괜찮다고 하다가는
  이상한 남자한테 걸려들 겁니다.

뭐야 이 사람, 별 오지랖은. 그러면서도 내가 한 번 더 답장을 쓴 까닭은, 노트를 발견해 준 '누군가'가 왠지 나쁜 사람 같지는 않아서였다. 그래도 그렇지, 왜 그렇게 바보 같은 말을 썼을까. 노트를 다시 읽어보니 부끄럽기 짝이 없다.

'인기 없는 여자는 어떻게 해야 하나요?'라니, 그런 걸 물으면 어떡하냐고.

누군지도 모르는 그 사람은 내게 또 답글을 남겼다. 게다가 내가 답장을 쓴 건 어제 방과 후였는데 오늘 아침에 벌써 답글이 또 달렸다. 물론 아침 일찍 등교하는 일도 감수하고 다시 답장이 와 있을까 도서실에 확인하러 올 정도로 그 사람의 답을 기다린 건 맞다. 하지만 이렇게 실제로 답장을 받으니 왠지 기분이 묘했다.

"인기 많겠네, 이 사람."

책장에 기대어 한 번 더 중얼거렸다.

글에서 충분히 전해졌다. 쓱쓱 적은 듯하지만 반듯하고 깔끔한 글씨에서도 그런 이미지가 느껴졌다. 게다가 행동에서도.

처음 그 사람은 알아보기 쉽게 자기가 글을 쓴 부분에 포스트잇을 붙여주었다. 어제는 책장 위에 노트가 놓여 있었지만, 오늘 아침에는 책장에 노트가 없었다. 그 대신에 화살표가 그려진 메모지가 놓여 있었다. 화살표 방향대로 따라가자, 책등이 나란히 꽂힌, 책장 두 번째 칸의 맨 끝에 이 노트가 있었다.

아마도 다른 사람들 눈에 띄지 않게 하려는 배려겠지. 나는 거기까지 전혀 생각하지 못했다. 물론 남이 잃어버린 노트에 글을 적는 행동 자체는 자상한 건지 아닌지 잘 모르겠지만.

'이상한 애야.'

그 사람만이 아니라 나도 이상한 건가!

하지만 아무리 그래도 나는 주운 남의 노트에 글을 적지는 않는다. 설사 노트 안을 펴서 보았더라도 으응, 하고 그냥 내버려둘 테지. 교무실에 가져가 분실물로 접수하지는 않더라도 말이다.

설마하니 잃어버린 노트를 계기로 누군지도 모르는 사람이랑 메시지를 주고받을 줄이야. 지금까지는 상상해 본 적도 없던 일이다.

'상대도 나를 모를 텐데. 뭔가 드라마 같네.'

그러자 한동안은 이 교환 일기를 계속 쓰고 싶어졌다.

'이런 경험은 좀처럼 할 수 있는 게 아니니까.'

게다가 상대가 인기 많은 남자애라면 이걸 기회로 뭐랄까… 그, 사랑이 시작될지도 모르겠는걸. 상상의 나래를 펼치자, 가슴이 두근두근 떨렸다.

어떤 사람일까. 잘생긴 선배가 아닐까. 아냐, 귀여운 남자 후배일 수도 있다. 어쩌면 자아도취에 빠진 동급생일지도 모르지.

나 왜 이러지, 무지 설레네.

하지만 아무리 생각해 봐야 상대가 나인 이상, 드라마 같은 로맨스가 시작될 리 없지. '아무나 괜찮으니까 남자 친구가 있으면 좋겠다'라고 노트에 휘갈겨 쓴 나를 꽤 한심한 여자애로 볼 테니까. 지난번 답장도 나를 상당히 가엾게 여기는 느낌이었는데. 두 번째 메모에서 스스럼없는 말투를 쓴 걸 보면 예의를 갖춰 대하지 않아도 될 사람이라는 걸 알아차렸기 때문이다. 그래, 틀림없다. 나도 그게 편하고 좋긴 하지만.

- 네 가짜 모습을 보여주기보다는
  인기 없는 게 더 나을 것 같은데.

맞는 말이다.

답장을 다시 읽어보면서 어깨를 축 늘어뜨리고 있는데 주머니에 넣어둔 스마트폰이 부르르 울렸다.

— 미쿠! 학교 온 거지? 어디야?

스마트폰을 꺼내 들여다보자 마호가 보낸 메시지가 떴다. 시계를 보니 평소 내가 학교에 오는 시각이 훌쩍 지나 있었다. 여기서 꽤 오래 멍하니 있었던 모양이다.

— 금방 교실로 갈게.

마호에게 답장을 보내고 나서 노트를 가방에 집어넣고 일어났다.

'답장은 점심시간에 쓰자. 뭐라고 쓸까.'

도서실을 나와 복도를 걷는데 왠지 발걸음이 가벼웠다. 아침에는 안절부절못하며 이 이과반 건물을 걸었는데, 지금은 발이 땅에서 둥둥 떠 있는 기분이다. 한껏 드맑은 가을 하늘도 내 마음을 더욱 들뜨게 했다. 누군지도 모르는 사람과 교환 일기를 시작해서 그런 걸까.

"미쿠, 안녕!"

교실로 들어서자, 고등학교에 들어와 친해진 마호가 바로 나를 알아보고 손을 크게 흔들었다. 동그스름한 쇼트커트에 귀여운 얼굴을 한 마호의 미소는 마치 천사 같아서 마음이 편안해진다. 몸집이 작고 가냘픈 인상이라 더 천사 같아 보인다.

"내 얘기 좀 들어봐! 또 전철에서 치한을 만났어. 망할 놈!"

다만 성격이 무척 시원시원하고 입이 약간 거친 데다가 기도 세다. 외모만 봤을 때와는 전혀 다른 그 차이가 마호의 매력이다.

"또?"

"마호, 아예 다른 시간에 타는 게 어때?"

팔짱을 끼고 다리를 꼰 채 혀를 차는 마호를 향해 옆에 있던 아사카와 다른 친구들이 걱정스러운 표정으로 물었다.

"왜 치한 때문에 내가 전철 타는 시간까지 바꿔야 하냐고!"

"하긴… 그건 그렇네."

눈을 치켜뜨며 화를 내는 마호의 말도 일리가 있어 수긍했다.

치한 짓을 하는 사람이 잘못한 건데 당하는 사람이 참고 피하라는 건 말이 안 된다. 물론 피하는 것도 때에 따라 좋은 방법이 될 수 있지만.

나는 치한을 만난 적은 없다. 하지만 마호는 자주 표적이 되는 듯하다. 그래서 걸핏하면 이렇게 아침부터 화가 나 있다. 마호는 휴일에 외출하면 전화번호를 달라고 하는 남자들 때문에 성가시다고도 했다.

"치한이 아니라 멋진 남자를 만나고 싶다고."

"알지, 알지."

마호가 하는 말에 친구들이 고개를 격하게 끄덕였다.

"아아, 진나이랑 드라마 같은 연애가 시작되려나."

마호는 어제 계단에서 마주친 진나이에게 관심이 생겼다고 했다. 나는 같이 있질 않아서 잘 모르겠지만 진나이가 뭔가 떨어뜨린 걸 마호가 주워줬다나 뭐라나. 마호는 그때 얼굴이 새빨개진 진나이가 너무나 귀여웠다고 호들갑을 떨었다.

"넌 원래 체격 좋고 귀여운 남자 좋아하잖아."

"맞아! 바로 그거라니까."

아사카가 말하자, 마호가 주먹을 불끈 쥐었다.

듣고 보니 마호의 이상형에 진나이가 딱 들어맞을지도 모르겠다. 마호는 아이돌 같은 '귀여움'이 아니라 외모와 달리 반전이 있는 귀여움을 좋아하는 거라고 자주 열변을 토했다.

"순진해 보이는 게 딱 좋잖아. 전부터 진나이를 알고는 있었는데 이렇게 귀여운 줄은 몰랐어. 너무나 순수한 거 있지!"

마호가 이렇게까지 남자를 칭찬하기는 처음이다.

남자애들과 스스럼없이 이야기를 나누긴 하지만 호감을 보이는 남자애들한테는 오히려 신랄한 면이 있다. 치한은 물론이고 길거리에서 말 거는 남자들에게도 질색한다. 좋아한다고 고백받는 일도 이제 질린 듯, 할 말 있다는 남학생들한테 불려 나갈 때마다 지겨워 죽겠다고 혀를 찼다.

그런 마호가 남자한테 관심을 보이다니 신기한 일이다. 말로는 남자 친구가 있었으면 좋겠다고 하면서도 남학생들이 하는 고백은 전부 거절했던 마호인데. 그래서 사실은 아무하고도 사귈 마음이 없는 게 아닐까, 의구심마저 들 정도였다.

"미쿠, 진나이랑 같은 중학교 다녔잖아. 다리 좀 놔줘."

"아, 안 돼 안 돼, 못해. 난 걔 잘 몰라."

머리를 양옆으로 거세게 흔들었다.

이과반 진나이와 나는 초등학교와 중학교 동창이다. 진나이는 중학교 때 키가 크고 축구부 골키퍼를 맡았는데, 엄청 멋있는 스타일은 아니지만 언제나 웃는 얼굴이어서 나름대로 여학생들에게 인기가 있었다. 요즘도 진나이 이름이 여학생들 사이에서 오르내리는 걸 자주 듣는다.

생각해 보면 중학교 1학년 때까지는 그래도 얼굴을 마주치면 인사하고 이야기를 나누는, 친구 같은 관계였는데. 하지만 지금은 진나이와 전혀 연결 고리가 없다.

"그렇지만 진나이라면 이미 누군가랑 사귀지 않을까? 소문을 들은 적은 없지만."

"진짜? 그건 충격인데. 하긴, 그럴 만하지."

"그런데 진나이는 아리노 케이랑도 친하지 않았나?"

친구가 하는 말에 몸이 움찔했다.

"맞다, 둘이 같이 다니는 거 많이 봤어."

"마호, 진나이랑 잘 되면 나 아리노 케이 소개해 줘."

"아니, 난 이과반이라면 누구든 좋아."

"하지만 걔네 무리에 여자애들도 있잖아. 가깝게 지내는 여자애도 있지 않을까? 아아, 부러워라. 그 무리에 나도 끼고 싶어."

"그러게 말이야!"

마호와 친구들이 나누는 대화에 난 그저 말없이 웃을 수밖에 없었다.

문과반 여학생들은 왠지 모르게 이과반을 동경하는 구석이 있다. 같은 반에 남학생이 적어서일까. 그런 기분은 나도 알 것 같다. 그리고 실제로 이과반에는 멋있는 애들이 많다.

그중에서도 아리노 케이.

케이는 꽤 인기가 많다. 그리고 나는 케이와도 같은 초등학교, 중학교 동창이다. 하지만 안 돼. 케이는 무리! 진나이보다도 더 무리! 케이랑 절대로 얽히고 싶지 않다.

"아리노 케이는 여자 친구 있나?"

"있다면 금세 소문이 돌았을 테니까, 없는 거 아냐?"

“지난달에 누군가가 고백했다가 차였다잖아. 중학교 때는 어땠어?”

“아… 어땠더라…? 그때도 여자 친구가 있다는 얘긴 못 들었는데.”

모른다고 말해야 하나 잠시 망설였지만 솔직하게 대답했다. 같은 중학교를 나온 애들은 모두 나랑 똑같이 대답할 거다. 그도 그럴 것이, 나와 케이가 사귀었던 일은 아무한테도 얘기하지 않았으니까.

실은 내가 케이의 여자 친구였다고 말하면 마호나 다른 친구들이 얼마나 놀랄까.

물론 절대로 말하지 않을 거지만. 게다가 지금은 굳이 말하자면 싫어하는 상대인걸. 언제나 냉소적이고 다른 사람 눈치 따위 보지 않는 당당한 케이의 모습이 마음에 들지 않는다. 나랑은 하나부터 열까지 다른 케이에게 질투를 느끼는 걸지도 모르지만, 어쨌든 싫다.

다들 내 대답에는 별로 신경 쓰지 않는 듯했다. 자연스럽게 이과반에 있는 다른 인기남 이야기로 화제가 넘어갔다. 더 이상 아무에게서도 케이의 이름이 나오지 않아 안도했다.

문득 옆을 돌아보니 아사카는 우리가 하는 이야기에 끼지 않고 차분한 표정으로 듣기만 하고 있었다.

“아사카는 이과반에 관심 있는 남자애 없어?”

“난 남자 친구 있잖아. 다른 애들한테는 관심 없어.”

내가 물어보자, 아사카는 머뭇거리지 않고 대답했다.

"여전히 변함이 없네. 아유, 달달해라."

"그만해. 미안."

내가 놀리듯 말하자 아사카는 깔깔 웃으며 대꾸했다.

"남자 친구 있는 사람은 여유 있어 좋구나."

마호가 이마를 살짝 찌푸리며 입을 삐죽거렸다.

"미안해. 중학교 때부터 사귄 남자 친구랑 여전히 사이가 좋아서. 다들 미안!"

아사카는 계속 마호를 놀려댔다. 그 모습에 내가 깔깔 소리 내 웃었다. 늘 이런 식이다.

모델처럼 늘씬한 몸매에 눈꼬리가 살짝 올라가 어른스럽게 생긴 아사카는 외모도 성격도 시원시원하다. 그런 아사카의 남자 친구는 키가 크고 약간 마른 체형에 매우 자상해 보이며, 같은 나이라고는 생각되지 않을 정도로 차분한 분위기다. 두 사람은 중학교 2학년 때부터 사귀었는데 지금도 같은 고등학교에 다니며 연인 관계를 유지하고 있다.

등하교 때는 물론이고 점심시간에도 늘 붙어 다닐 정도로 사이가 좋아서 모두 부러워한다. 아사카가 자랑하는 것도, 그런 아사카를 마호가 질투하는 것도 이해가 간다. 물론 내가 보기에도 아사카와 그 남자 친구는 이상적인 커플이다.

"아아, 나도 남자 친구가 있었으면…."

하아, 하고 한숨을 섞어 내뱉었다. 그러자 두 사람이 질렸다는 듯이 동시에 대꾸했다.

"알았어. 알았다고."

내가 남자 친구 타령을 할 때마다 늘 똑같은 반응이다.

…내가 그렇게도 남자 친구가 생길 것 같지 않은 건가. 전에는 "뭐야!" 하고 삐진 척하거나 웃고는 했지만… 이제는 왠지 불안하다.

"내가 그렇게도 남자 친구 안 생길 것 같니?"

주뼛주뼛하며 묻자, 오히려 아사카가 되물었다.

"그게 아니라, 넌 진짜로 남자 친구를 원하긴 하는 거야?"

"그야, 원하니까 하는 말이지."

지금까지 진심이 아닌 줄 알았다는 건가? 뭐야, 왜 그렇게 생각한 거지?

"진짜? 왜?"

"왜… 왜라니… 그야 고등학생이고. 로맨스 드라마나 영화를 보면 부럽잖아. SNS에서 인기 있는 카페라든가 런치 메뉴 먹으러 같이 가보고 싶기도 하고."

"SNS라니, 미쿠는 가끔 유행에 휩쓸려 다니는 애 같은 소리를 하더라."

기를 쓰고 남자 친구를 왜 원하는지 얘기하다가 말이 잘못 튀어나왔다.

아차 싶어 당황한 순간, 아사카가 피식 웃어서 약간 찔끔했다.

"그 마음 알 거 같아. 나도 해보고 싶은걸."

핑계를 찾을 틈도 없이 마호가 손을 들어 올리며 내 의견에 동의해 주어서 안도의 숨을 내쉬었다. 유행 좋아하는 걸 어떻게든 숨기고 싶었는데 잠깐만 방심하면 바로 이런 상황이 벌어진다. 애쓴 보람이 있어서인지 친구들은 내가 뼛속부터 유행 마니아인 줄은 눈치채지 못했겠지만.

하지만 고등학생인걸. 남자 친구라는 존재를 갈망할 수밖에 없잖아.

고등학생이 되면 멋진 남자 친구가 생겨서 매일매일 즐겁고 세상이 온통 반짝반짝 빛날 줄 알았다. 다만 중학교 2학년 때부터 지금까지는 남자 친구보다 즐거운 학생 생활을 보내는 데 더 열심이었다. 같은 실패를 되풀이하지 않으려고.

고등학교 2학년이 되어 마호와 아사카를 비롯해 친한 친구들이 생겼고, 나는 꿈에 그리던 나날을 보내고 있다. 그리고 예전에 비해 주위의 시선에도 신경을 덜 쓰며 지내게 되었고 마음에 여유가 생겼다. 그래서인지 최근 '남자 친구가 있었으면' 하는 꿈이 다시 간절해졌다.

'아아, 나도 설레고 싶어.'

어릴 때 결혼을 약속했지만 멀리 떨어져 살던 소꿉친구가 돌아와 사랑에 빠진다거나(그런 상대는 없지만), 자아도취에 빠진 같은 학교 남학생에게 느닷없이 고백을 받는다거나, 여자 친구 행세를 부탁받는다든가(실제라면 무서울지도).

그런 일이 생기지 않을 거라는 건 잘 알고 있다. 그래도, 동경하지 않을 수 없다. 무엇보다 남자 친구가 생기면 하루하루 훨씬 더 즐거워질 테니까. 주위에 신경 쓰는 일도 한결 줄어들겠지.

게다가 케이랑 사귀었을 때의 끔찍한 기억도 사라질 것이다.

"그러니까 나는 진짜로 남자 친구를 원한다고."

마호와 친구들에게 진지한 표정으로 강조했다. 노트에 휘갈겨 썼을 정도로 진심이다. 물론 그 일을 말하면 다들 질색할 테니 말하지는 말자.

"네가? 진짜야?"

"응? 그게 그렇게 이상해?"

왠지 마호와 아사카는 얼굴을 마주 보며 의외라는 듯 웃었다. 왜들 이러는 거지?

"그게 말이야."

"여어, 세토야마 미쿠!"

마호가 뭔가 대답하려는 찰나에, 등 뒤에서 내 이름을 부르는 소리가 들려 뒤를 돌아보았다. 같은 반 남자애가 교과서를 손에 들고서 내 쪽으로 다가왔다.

"왜?"

"옆 반 여자애가 이거 전해달라는데."

그러고 보니 어제 옆 반 친구한테 빌려줬던 거다. 친구들과 한창 이야기에 빠진 나를 배려해서 말을 걸지 않고, 옆에 있던 우리 반 남학생에게 부탁한 모양이다.

"어, 고마워."

교과서를 책상 안에 넣는데 마호와 아사카가 가만히 나를 바라보았다. 마치 내 마음속을 들여다보듯이 진지한 눈빛이다.

어, 왜 이러지. 내가 뭘 잘못했나.

"왜 그래?"

"남자 친구를 원하면 우선 남자애들한테 무뚝뚝하게 구는 그 태도 좀 어떻게 해야지. 안 그러면 불가능해."

아사카가 하는 말에 흠칫했다.

무뚝뚝한 태도.

마음속으로 곱씹다 보니 묘한 기분이 들었다.

"난 미쿠가 남자를 싫어하는 줄 알았어."

"말도 안 돼…. 잘생긴 남자도 얼마나 좋아하는데."

배우나 아이돌에 관해서는 빠삭한 편이다. 남자뿐만 아니라 여자 연예인도 마찬가지지만. 게다가 사실 나는 잘생기고 인기 많은 동급생은 물론, 선배나 후배들도 쫙 꿰고 있다. 내가 그런 얘기를 꺼내지 않으니까 당연히 친구들은 모를 수밖에 없다.

"미쿠가 남자애들 대하는 태도를 보면 싫어하는 걸로 보이거든."

"그렇지 않은데."

지금까지도 마호에게 여러 번 들은 말인 데다 자각이 전혀 없는 건 아니다.

하지만 남자를 싫어하지 않는다는 건 내가 제일 잘 알고 있다. 단지 피하고 있을 뿐. 그나마 중학교 2학년 때나 3학년 때에 비하면 나아진 건데. 전에는 훨씬 더 노골적으로 피했다.

"미쿠는 오빠도 있으면서, 참 의외야."

"아! 혹시 브라더 콤플렉스인 건 아니고?"

"말도 안 돼! 오빠 같은 남자 친구는 절대 싫어!"

그럴 일은 없다. 브라더 콤플렉스라니!

얼굴을 있는 힘껏 양옆으로 흔들었다.

하지만 마호는 "으음…" 하고는 내 얼굴을 빤히 들여다보며 실실 웃었다.

"미쿠가 가족 얘기할 때는 80퍼센트가 오빠 얘기잖아."

"그, 그건."

"맞아. 그러네. 마호나 나처럼 엄마랑 싸웠다든가 아니면 불평한 적도 없고 말이지. 역시 브라더 콤플렉스 맞네."

"역시, 그랬구나."

"아 진짜! 그만 좀 해!"

죽이 맞아 날 놀려대는 두 사람에게 투덜거리면서 마음속으로는 흠칫흠칫했다. 더는 이 얘기가 계속되지 않았으면. 그렇게 바라고 있는데 마침 예비 종이 울려 대화가 끝났다.

- 물론 진짜 내 모습을 좋아해 주길 바라지.

있는 그대로의 나를 좋아하는 사람이라면

분명 나도 그 사람을 좋아하게 될 거야.

하지만 진짜 내 모습은
아무한테도 보이고 싶지 않은걸.

- 그야 그렇겠지.
나도, 진짜 나를 좋아해 준다면
사귀고 싶을 것 같아.

하지만 나도 진짜 내 모습은
남들한테 보여주지 않고 있어.

그렇다면 말이지,
우린 아무하고도 사귀지 못할 거야.
고백을 받아도 그 마음을 믿지 못할 테니까.
상대가 우리의 진짜 모습을 알 리 없잖아.

"그러네."

수업이 끝나고 도서실에 와 노트에 쓰인 답글을 읽는데 무심코 공감하는 소리가 새어 나왔다.

'고백을 받아도 그 마음을 믿지 못할 테니까'라거나 '상대가 우리의 진짜 모습을 알 리 없잖아' 같은 말. 그래, 다 맞는 말이다. 그리고 그 말이, 답장을 쓰면서 나조차도 잘 모르겠던 막막하고 애매한 느낌의 정체였다는 걸 깨달았다.

남자애들하고는 이야기조차 하지 않을 정도니까 서로 이해할 수 있을 리가 없다. 당연하다. 인기가 있고 없고를 따지기 전에 이게 더 문제였던 거다.

'답이 없는 거네.'

멍하니 서 있는데 웬일로 누군가가 도서실에 들어오는 기척이 났다. 당황해서 노트를 가방에 쑥 집어넣고 아무에게도 들키지 않게 책장에 몸을 숨겨가며 도서실을 빠져나왔다.

점심시간이 시작되고 나서 바로 노트를 도서실에 놓고 왔는데, 방과 후인 지금 벌써 답장이 쓰여 있었다. 이름도 모르는 노트 속 상대는 꽤 자주 도서실에 들락거리는가 보다. 상대가 누군지 모르는 이상, 도서실에 오는 사람과 얼굴을 마주치는 상황은 피해야 한다. 교환 일기를 주고받는 상대에게 노트 주인이 나라는 걸 알리고 싶지 않다.

게다가 나도 노트 속 대답해 주는 사람이 누군지 자세히 알고 싶지 않다. 상대가 누군지 모르니까 부끄러운 줄도 모르고 마음속에 있는 말을 솔직히 털어놓을 수 있었다. '남자 친구가 있었으면' 하는 낙서를 들켜버렸으니 이제 와서 아닌 척 얼버무려봐야 소용없고 말이지.

상대도 내가 누군지 모르니까 이렇게 계속 글을 주고받는 걸지도 모른다. 서로의 정체를 알게 된다면 이 교환 일기는 끝나버리지 않을까.

그건, 싫다. 조금 더 그 사람과 이야기를 나누고 싶다.

SNS에서 모르는 사람과 대화할 때도 있지만, 이건 그런 경우와는 다르다. 상대에 관한 정보가 아무것도 없는 상태에서 오가는 비밀 대화는 의외로 무척이나 마음이 편했다.

허둥지둥 복도를 걸어 이과반 건물 구석에 있는 계단으로 향했다. 평소에도 사람이 잘 다니지 않는 데다 지금 시간이라면 이과반은 7교시 수업 중이다. 절대로 아무도 지나가지 않을 것이다. 맨 위층까지 올라가 계단에 자리를 잡은 다음, 앉아서 다시 노트를 꺼내 들었다.

- 진짜 내 모습은
아무한테도 보이고 싶지 않은걸.

- 나도 진짜 내 모습은
남들한테 보여주지 않고 있어.

점심시간에 쓴 내 글. 그리고 그 사람의 답글. 이 사람도 '진짜 내 모습'이 따로 있고, 그 모습을 남들한테 보여주지 않는다고 했다. 인기가 많은 사람 같았는데, 그런 사람도 나와 생각이 비슷하네.

"진짜 내 모습이라…."

예전에는 이런 생각해 봐야 아무 소용없다고 믿었다. 지금도 마찬가지다. 그런 생각이 완전히 사라지질 않는다. 그 정도로, 난 거짓말쟁이니까.

마호나 다른 친구들과 함께 있으면 즐겁다. 하지만 친구들 앞에 있는 나는 '진짜 나'의 모습이 아니다.

"나는 엄마도 없고."

한숨을 섞어 토해냈다. 주위 시선에 지나치게 신경 쓰고 툭하면 거짓말을 일삼는 나는, 자기 자신을 잃은 텅 빈 인간일 뿐이다.

항상 웃었다. 나는 행복하니까.

엄마가 없어도 할머니와 아빠, 그리고 오빠가 곁에 있다. 친구들도 있어 매일 즐겁다. 그래서 웃었다. 웃고 있으면 나는 정말 행복한 듯이 보이니까. 그걸로 충분하다고 생각했다.

"미쿠는 남자애들 앞에서는 태도가 다르잖아."

중학교 1학년이 끝나갈 무렵 그런 말을 듣기 전까지는.

친구들 몇 명과 복도에서 수다를 떨다가 그 말을 들은 일이 계기였다.

그때 마침 난 케이랑 사귀고 있었고 며칠 전 휴일에 케이와 첫 데이트도 한 상태였다. 누가 보기라도 하면 귀찮아진다는 케이의 말에, 먼 동네까지 나가서 만났는데 하필이면 누군가가 우리를 본 모양이었다.

"혹시 둘이 사귀어?"

"설마! 우연히 만난 것뿐이야."

당시 케이는 여학생들에게 관심을 많이 받았고 내 주위에도 드러내 말은 하지 않아도 케이에게 호감을 가진 애들이 여러 명 있었다. 케이와 사귄다는 사실을 중학교에서도 비밀로 한 건 공연히 주목받고 싶지 않아서였다.

그래서 데이트하는 장면을 누군가에게 들켰다는 사실에 마음속으로 안절부절못했지만 헤헤 웃으며 "우연이야" 하고 얼버무렸다.

"정말? 사실은 사귀는 거 아니고?"

그 무리에 있던 가미모리가 다시 내게 물었다.

똑 부러진 성격에 남학생 앞에서도 기죽지 않고 싸우는, 정의감으로 똘똘 뭉친 친구였다. 훈남이든 아니든 남자 자체에 아무 관심이 없는 데다 나랑 다른 친구들이 유행하는 드라마나 인기 아이돌 이야기로 신이 나서 떠들어도 듣기만 할 뿐이었다. 당시 엄청난 반향을 일으키던 만화 이야기로 남자애들하고 열을 올릴 때도 "난 만화보다 소설이 좋아", "유행엔 관심 없어" 하며 대화에 끼어들지 않았다. 내게는 그런 가미모리의 모습이 왠지 어른스럽고 멋져 보였다.

"둘이 사이좋더라."

"그, 그런 거 아니야."

"사귀는 거 아니면 한창 썸 타는 중?"

친구들이 즐거운 듯이 웃으며 나를 팔꿈치로 쿡쿡 찔렀다.

부정하기는 했지만 '사이좋다'는 말에 기분이 좋았다.

케이가 예전에는 나 말고 다른 여자애들하고는 거의 말을 하지 않았지만 중학생이 되고부터는 여사친이 많았으니까. 그런데도 그중에서 내가 특별해 보이는 걸까. 역시 사귄다는 사실을 숨겨도 뭔가 그런 분위기가 감지되는 걸까.

그런 생각이 들자 나도 모르게 미소가 흘러나왔다. 바로 그때였다.

"그렇지만 미쿠는 남자애들 앞에서는 태도가 다르잖아."

가미모리가 그렇게 말하며 웃었다.

"남자애들 앞에서는 생글생글하면서 텐션도 높지 않니?"

"유행이라면 모조리 따라 하는 것도 남자애들이랑 이야깃거리를 만들고 싶어서 그러는 거지?"

"안 그럼 그렇게 끝도 없이 유행에 집착할 수 있겠어?"

"남자랑 이야기할 때는 꽤 가까이서 말하고 말이지."

그렇지 않아. 그런 의도는 없다고.

"설마 넌 자신을 모르고 있었던 거야?"

얼이 빠져 있는 내게 가미모리가 고개를 갸우뚱거리며 물었다.

"하긴, 미쿠는 분위기 파악을 잘 못 하니까."

"너 너무 귀여운 척해. 주의하는 게 좋을 거야."

"그게 미쿠 매력이긴 하지만."

"주위에 어떻게 비칠지를 좀 생각해 봐."

"부모님이 없다는 이야기도 동정을 유도하는 거라고 여기는 사람도 있을걸."

그때 가미모리가 어떤 표정을 짓고 있었는지는 하나도 기억나지 않는다. 주변에 있던 친구들이 무슨 이야기를 했는지도. 킥킥 웃고 있었던가. 평소에 나랑 이야기할 때와 다름없는 말투로 밝게 "그럴지도 모르지" 하고 동조했었나.

무엇 하나 제대로 기억나지 않았다. 아마도 귀에 들리지 않았던 거겠지. 가미모리의 목소리만 머릿속에 둥둥 울렸다. 친구들의 등 뒤로 펼쳐진 하늘이 당장이라도 비가 쏟아질 듯 어두웠던 기억만 또렷하게 남아 있다.

애들이 그렇게 생각하는 줄은 꿈에도 몰랐다.

남자애들하고 이야기할 때 내가 어떤 태도였는지도 떠오르지 않았다. 게다가 엄마 이야기를 할 때도.

남자애들 마음에 들려고 애쓰거나 의식한 적은 없다.

동정이나 받으려고 엄마가 없다는 말을 한다니! 오히려 나는 애들이 동정할까 봐 일부러 먼저 말했을 뿐이다. 하지만 내가 그런 말을 한 탓에 도리어 애들이 더 조심하고 신경 쓰게 된 모양이다.

웃고 있으면 좋을 줄 알았는데. 결코 손해 볼 일은 없을 거라고 믿었다. 그런 나를, 다들 어떻게 생각한 거야.

귀여운 척

무신경

분위기 파악 꽝

제멋대로

배려심 실종

몇 가지 단어가 떠오르면서 그 말들이, 마치 무딘 나이프처럼 가슴을 꾸욱꾸욱 찔러댔다.

아니야. 그럴 리가 없어.

하지만 애들 말이 맞을지도.

모르겠다. 부정하지 못하는 건, 어느 정도는 나도 그렇게 생각했다는 거 아닐까.

그때부터 웬만하면 우리 집 이야기를 꺼내지 않았다. 엄마 이야기는 물론, 할머니가 휠체어를 타고 생활한다는 사실도. 내가 집안일을 돕는다는 것까지.

그리고 될 수 있는 한 남학생들을 피했다. 감정을 그대로 드러내면 가미모리나 다른 친구들이 "신경 쓰여?", "관심 있어?", "왜 그래?" 하며 캐물을 게 분명하니까. 그러니 되도록 이야기할 상황이 생기지 않도록 조심했다. 유행에 관한 이야기를 꺼내지 않게 된 것도 그때부터였다.

친구들 태도가 갑작스럽게 달라지거나 한 건 아니었다. 복도에서 대화를 나누고 난 이후로 가미모리도 전과 다름없이 말을 걸어왔다.

가미모리는 나를 위해서 말해줬을 텐데. 내가 주위 사람들에게 더 이상 나쁜 이미지로 보이지 않도록 알려주었을 뿐이다.

하지만 괴로웠다. 신경 쓰지 말아야 한다. 내가 심란하고 우울해한다는 걸 가미모리가 알아채서는 안 된다. 하지만 예전과 똑같이 행동해서도 안 된다.

웃으며 지냈다. 뺨이 당길 정도로 웃었다. 머릿속은 항상 주위 사람들이 나를 어떻게 볼까, 내가 어떻게 보일까 하는 걱정으로 꽉 차 있었는데도.

케이랑 헤어진 시기도 그 무렵이었다.

그 이후로는 친구들에게 충고를 듣는 일 없이 무사히 중학교를 졸업했다. 물론 그렇다고 중학교 시절이 안 좋은 기억으로만 얼룩져 있는 건 아니다. 나름대로 즐거운 일도 많았다. 그렇지만 어쩐지 마음이 편하지 않았다.

같은 중학교에서 진학하는 애들이 적은 이 고등학교를 선택한 까닭은 모든 것을 새롭게 시작하고 싶어서였다. 주변 사람들을 크게 의식하지 않았던 예전 내 모습을 모르는, 그런 사람들과 지내고 싶었다. 처음부터 다시 시작하고 싶었달까. 도망쳤다고도 할 수 있고.

고등학교에 올라와서도 남자애들하고는 꼭 필요한 대화만 나눴다. 여자애들이 함께 있을 때는 특히 더 조심했다. 말을 무척 아꼈고 어쩔 수 없이 남학생과 이야기하게 되면 짧은 시간에 끝내려고 애썼다. 당연히 단체 미팅 같은 데도 끼지 않았으며 남녀 함께 노는 자리는 전부 거절했다.

괜한 오해를 불러일으킬 만한 일을 아예 하지 않으려 했다. 무엇보다 아무도 내가 그렇게까지 조심하며 애쓰고 있다는 사실을 눈치채지 못하도록 했다.

친구들이 나에게 "남자를 싫어하는 거로밖에 안 보이거든"이라고 말할 정도로.

남자친구가 생기지 않는 건 속상하지만, 내가 남자를 싫어하는 이미지로 오해받는 건 나쁘지 않았다. 남자애 앞에서 귀여운 척한다는 소리를 듣는 일보다야 백번 낫다. 최소한 중학교 시절과 달리 한층 더 긴장을 풀고 하루하루를 보낼 수 있으니까.

하지만 이따금 견딜 수 없는 불안에 휩싸일 때가 있다. 중학교 때도 남들이 생각한 내 이미지는, 내가 미처 생각지도 못한 모습이었으니까. 주관과 객관은 엄연히 다르다. 내가 노력한다고 그대로 비춰질까.

나는 잘하고 있는 걸까. 행여 지금도 누군가가 나 때문에 불쾌한 건 아닐까. 가장 친하게 지내는 마호와 아사카가 실은 나를 분위기 파악도 못하는 아이라고 여기지는 않을까?

물어보고 싶다. 확실하게 듣고 싶다. 내 단점을 알고 싶다.

하지만 또 한편으로는 듣고 싶지 않기도 하다. 두렵다. 이렇게 신경을 곤두세운 채 지내는데도 중학교 때와 다름없는 인상을 사람들에게 주고 있다면, 그럼 난 어떻게 해야 할까.

어물쩍 웃어넘기고 감추고 겉으로 꾸며내며 주위에 신경 쓰다 보면 불안하기 짝이 없다.

진짜 나는 어떤 모습인 걸까?

"안 되겠다. 집에 가야지…."

잔뜩 가라앉은 이 기분을 어떻게든 털어버려야 할 텐데.

머리를 한차례 흔들고는 자리에서 일어났다. 노트에 답장을 쓰고 나서 돌아가려고 했지만 지금은 아무 생각도 나질 않는다. 집에 가서 천천히 생각하자.

등을 쭉 펴고 심호흡을 한 다음 무심코 귀를 기울였다.

문과반은 이미 수업이 끝났지만 이과반은 아직 수업 중이다. 학교 건물 안에는 바깥에서 들려오는 소음과 실내의 정적이 섞여 들어 묘한 소리가 퍼져나는 듯했다.

이 건물 어딘가에서 케이가 수업을 받고 있다.

"케이 잘 지내는 거 같아."

나도 모르게 중얼거렸다.

어제 연결 복도에서 본 케이는 예전과 조금도 달라지지 않았다.

케이는 혼자 당당히 걷고 있었다.

케이를 볼 때마다 나와는 정반대구나, 싶다.

친구들과 있거나 혼자 있을 때, 여자애들한테 웃어주거나 남자애들과 장난치며 키득키득 웃을 때도 언제나 차분한 분위기를 풍긴다. 케이는 늘 변함이 없다. 그건 스스로 자신감이 있어서겠지. 주위에서 자신을 어떻게 볼까, 그런 고민 따위 하지 않을 게 분명하다.

보이는 세계지만, 자신이 보고 있다. 보이지 않는 것에 휘둘리지 않는다. 모르는 일로 고민하지 않으며 망설이지 않고 걸어가는 사람.

그래서 케이를 좋아한 건지도 모른다.

그런데 함께 있으면 내 자신이 너무 못나고 한심하게 느껴졌다. 그때 케이에게 난 어떻게 보였을까.

중학교 때 먼저 고백한 사람은 나였다. 초등학교 때보다 더, 케이와 함께 있고 싶고 더 이야기를 나누고 싶어서.

케이는 그런 내 고백에 "나도"라고 대답해 주었다.

하지만 나는 케이가 원하는 여자 친구가 되어주지 못했다.

"그렇게 유행을 따라 하지 않아도 될 텐데."

"남 신경 쓸 거 뭐 있어?"

화제가 된 드라마나 영화, 유행하는 데이트 코스, 패션, 디저트 등 항상 케이는 내가 하는 이야기에 시시하다는 표정으로 그렇게 대꾸했다.

처음이자 마지막이었던 데이트를 할 때, 케이는 줄곧 기분이 별로인 듯했다. 내 말을 건성으로 들었고 즐거워 보이지 않았다. 너무나도 시큰둥한 표정이어서 나도 마음이 불편했다. 주위에 휩쓸리고 유행이라면 뭐든 따라 하려는 나를 한심하게 여기는 거라 생각했다.

그런 때였기에 더더욱 가미모리가 한 말이 가슴에 아프게 박혔다.

'이대로 가다가는 분명 차이고 말 거야.'

그렇게 확신하고는 상처받기 전에 내가 먼저 문자를 보냈다.

— 이제 그만 헤어지자.

케이는 두말없이 답장을 보냈다.

— 알았어.

그렇게 우리는 남남이 되었다.

이후로 케이와는 한 번도 같은 반이 되지 않았고 우연히 같은 고등학교에 입학했지만 이과반과 문과반으로 나뉘어져 전혀 엮일 일이 없다.

어쩌다 스쳐 지나갈 때는 있었지만 눈이 마주쳐도 케이는 바로 내 시선을 피했다.

완전 모르는 남처럼. 과거에 사귄 적조차 없었던 것처럼.

전 남친, 전 여친이라고 해서 딱히 어색하거나 불편해하지도 않는 듯싶었다. 내 존재도, 과거의 일도 전혀 개의치 않는 게 분명했다.

…그게 너무나도 분하다.

"그 이상의 감정은 없다니까!"

발끈해서 큰 소리가 튀어나왔다. 문득 말도 안 되는 생각이 머리를 스쳤다.

내게 케이는 이미 과거의 사람이다. 지금 와서 생각하면 정말로 좋아한 건지 아닌지조차 잘 모르겠는걸. 멋있는 편인 데다 이야기를 나누는 게 즐거웠으니까. 사랑이란 걸 하고 싶었던 나한테 마침 딱 좋았을 뿐이다.

지금은 솔직히 말해서… 싫다. 그래, 나는 케이가 싫다.

다음에 남자 친구를 사귄다면 함께 있을 때 마음 편안한 사람이면 좋겠다. 자상하고 내가 좋아하는 것을 이해해 주는 그런 사람. 서로 힘들여 애쓰고 무리하지 않아도 함께할 수 있는 사람이 좋다. 아사카 커플처럼 상대의 모든 것을 좋아하고 서로에게 인정받을 수 있는, 그런 관계이고 싶다.

그래서 케이 같은 남자는 절대로 싫다.

하지만 알고 있다. 진짜 내 모습을 숨기고 거짓으로 꾸며내 살아가는 내게, 내가 원하는 그런 이상적인 남자 친구가 생길 리 없다는걸.

노트에 답장을 썼듯이 나는 진짜 내 모습을 아무에게도 보이고 싶지 않다.

내 모습을 그대로 보여주면 누구라도 날 좋아할 리가 없으니까.

학교를 나와 올려다본 하늘은 맑고 푸르렀다. 그러나 동시에 어딘가 쓸쓸하고 충충해 보였다. 구름 없는 하늘은 혼자 버려진 듯한, 불안한 마음을 들게 했다.

- 맞는 말이야.

누가 날 좋아해 주면
나도 자신감이 생길 것 같은데.

단점 많고 나약한 데다 소심한 나를,
아무도 좋아할 리 없다는 걸
사실은 잘 알고 있어.

그래서 더,
남자 친구가 있었으면!
바라는 걸지도.

"아, 피곤해."

체육관 탈의실을 나서며 마호가 등을 쭉 펴더니 투덜거렸다.

"4교시 체육은 너무 힘들어."

"맞아. 정말 그래. 4교시랑 5교시에는 체육 없었으면 좋겠어."

탈의실까지 가는 거리도 있고 옷도 갈아입어야 해서 점심시간이 줄어든다. 손해 보는 듯싶은 건 어쩔 수 없다. 게다가 오늘 아침 도서실에 놓고 온 노트에 답장이 달렸는지 보러 가고 싶었는데 방과 후까지 참아야 해서 더 우울하다.

그 애는 벌써 답장을 썼을 텐데.

메시지를 주고받은 지 사흘. 겨우 사흘이지만 왠지 그 아이와는 오랫동안 노트로 대화한 것만 같다.

서로 어떤 사람인지 모르는 상태에서 주고받는 교환 일기는, 무척이나 즐겁다. 마치 게임하는 것 같기도 하고. 누군지 모르니까 어떤 대답이 올지 예상할 수 없다는 점도 좋다. 하지만 언제까지 이 교환 일기를 계속할 수 있을까.

언젠가 상대가 싫증 낼 가능성도 충분히 있다. 하지만 할 수 있다면 조금 더 이 묘한 교환 일기를 지속하고 싶은데.

주변 사람들이나 상대를 의식하지 않고 내 감정을 그대로 드러낼 수 있다. 그리고 바로 반응이 돌아온다. 그건 아무도 보지 못하는 나만의 노트에 혼자 끄적거리는 것과는 전혀 다르다.

"아아, 이제 점심 먹고 싶은 마음도 사라졌어."

"맞아. 체육 수업 끝나면 너무 지쳐서 배도 안 고프다니까. 꼼짝하기도 싫어."

"그런데도 아사카는 재빨리 옷 갈아입고 남자 친구한테 가잖아, 기운도 좋아."

"나도 남자 친구 있으면 그럴지도 모르지."

"하긴 나도 분명 그럴 거야."

결론은 둘 다 아사카가 부럽다는 소리다.

그런 이야기를 하는데 주머니 속에 넣어둔 스마트폰에서 진동이 울렸다. 꺼내서 보니 오빠가 오늘 저녁은 밖에서 먹고 들어온다는 메시지였다.

"어머, 그 폰 케이스 예쁘다! 요즘 인기 있는 케이스 아냐?"

"맞아, 맞아. 오빠 여자 친구가 선물해 줬어."

히힛, 하고 마호에게 은근슬쩍 자랑했다.

최근 화제를 몰고 온 디자이너의 일러스트가 그려진 신상품이다. 구하기 힘든 인기 상품인데, 사실은 선물 받은 게 아니라 내가 직접 샀다. 온라인에서 출시 정보를 알아낸 다음 판매 예정 시각 오 분 전부터 스마트폰을 꽉 쥐고 대기했다가 쟁탈전에서 승리해 손에 넣었다.

귀엽거나 예쁜 물건을 가지고 다니면 기분이 아주 좋다. 유행을 따라 하는 사람이라는 점을 어떻게든 감추려 하지만 역시 참지 못하고 이렇게 종종 사들이고는 한다. 예전에 비하면 그나마 덜해서 마호랑 친구들에게 핀잔을 듣는 일도 없으니 적당히 사는 건 괜찮겠지.

어디서 살 수 있느냐고 관심을 보이는 마호에게 검색해서 얻은 정보를 알려주었다. 연결 복도를 지나 문과반 건물로 들어가려는데, "아!" 하고 등 뒤에서 누군가 인기척을 내는 목소리가 들려 마호와 동시에 돌아보았다.

그 순간 나도 모르게 헉, 하는 소리가 터져 나왔다.

…왜!

왜 진나이랑 케이가 있는 거지!

같은 학교니까 요전번처럼 스쳐 지나가거나 눈이 마주치는 일은 있다. 하지만 이렇게 코앞에서 마주하기는 처음이다.

아니, 왜 뜬금없이 말을 걸어오는 거지? 지금까지 그런 적 없었잖아! 뭐야? 말 건 거 맞지? 내가 잘못 들었나?

케이는 눈이 동그래져서 움직이지 못하는 나를 흘끔 쳐다보더니 이내 시선을 돌렸다.

대놓고 무시하는 건가 싶어 질끈 입술을 깨물었다.

"아, 진나이!"

내 표정을 알아차린 마호가 친근하게 진나이를 부르며 손을 들었다.

"마호, 아는 사이야?"

"전에 말을 걸어온 적 있다고 했잖아."

그러고 보니 마호가 말했었다. 하지만 이야기를 나눌 정도로 친해진 줄은 몰랐다. 어쩌다 부딪혔다고 했었나, 뭘 주워줬다고 했었나. 그 정도였던 것 같은데.

의아해하는데 마호에게 다가온 진나이의 표정을 보고 의문이 풀렸다. 아무래도 진나이는 마호에게 첫눈에 반한 모양이다. 눈꼬리가 한없이 내려가 있고 입가에는 미소가 실실 새어 나왔다. 뺨도 약간 불그스름해진 듯한데. 진나이가 이런 표정을 짓는 건 처음 본다.

마호가 진나이를 가리켜 "귀여워"라고 하더니, 이래서였군. 이제 알 것 같았다.

"혹시 너희들 4교시 체육이었어?"

"응. 잘 아네?"

"뭐 했어?"

진나이는 마호만 쳐다본 채 말했다. 마호도 싫지 않은 모양이다.

자신에게 호의를 보이는 남자애들한테는 무뚝뚝한 태도로 일관하던 마호가 이런 웃음을 짓다니 신기하다. 게다가 나란히 서 있는 두 사람은 꽤나 잘 어울렸다.

어쩌면 잘되지 않을까. 잘됐네, 잘됐어.

마음속으로 생각하면서 싱글싱글 웃다가 시야 끝에 케이가 들어와 있는 걸 깨달았다.

아, 안 돼! 너네 둘 사귀는 것만은 참아주라!

그게… 진나이 옆에는 항상 케이가 있거든.

그리고 이 상황이 영 불편하다. 마호와 진나이는 즐거워하며 이야기를 나누는 데 정신이 팔렸다. 마호에게 나 먼저 가도 되겠냐고 물어보고 싶지만 대화에 끼어들기가 애매해서 꺼려졌다. 그렇다고 아무 말 없이 먼저 교실로 돌아가기도 좀 그렇다.

어떻게 해야 좋을지 몰라 망설였지만 일단 그 자리에 서 있을 수밖에 없었다. 케이도 나랑 같은 기분인 걸까. 그저 가만히 진나이 옆에 서 있다.

너무 어색해서 숨이 다 막힐 지경이다.

"세토야마 미쿠, 오랜만이야."

"어, 어어, 응."

진나이는 이제야 나를 의식했는지 인사를 건넸다.

"진나이랑 미쿠는 같은 중학교였지?"

"응, 맞아! 우리 친구야."

진나이가 마호에게 활짝 웃어 보이며 대답했다.

아니, 쓸데없는 말은 안 해도 된다고! 친구라느니 그런 말은 하지 말라니까!

마호가 어떻게 반응할지 몰라 가슴이 선뜩했다. 그러나 마호는 "그렇구나" 하고 웃더니 더 반응하진 않았다. 진나이도 전부터 잘 아는 나를 모른 체할 수는 없어서 말을 건 듯했다. 다행히 두 사람은 더 이상 내 이야기를 꺼내지 않고 다른 화제로 옮겨 갔다.

그렇다고 아직 위험한 상황에서 벗어난 건 아니다. 마음을 놓을 수 없어 조마조마하다.

"미안."

초조해하며 어쩔 줄 몰라 하는데 케이의 작은 목소리가 들렸다. 얼굴을 들어 소리가 나는 방향을 쳐다보았지만, 케이가 자기 발밑으로 시선을 떨구고 있어서 눈이 마주치지는 않았다.

케이는 지금 무슨 생각을 하고 있을까.

내 모습을 보고 일단 사과부터 한 걸까. 싫어하는 상대에게도 그런 배려를 한다는 게 케이답다.

아아, 변한 게 없네.

싫어!

싫다, 싫어,

진짜 싫어.

주문을 외우듯이 몇 번이고 속으로 되뇌었다.

케이를 떠올릴 때마다 나는 늘 "싫어" 하고 읊조리게 된다.

"마, 마호, 미안해. 나 할 일이 생각나서 먼저 교실로 가봐야겠어."

주먹을 꽉 쥔 채 마호에게 말하고는 대답을 듣기도 전에 몸을 돌려 교실로 향했다.

"어? 아, 응. 알았어."

대답하는 마호의 목소리가 등 뒤에서 들려왔다.

마호가 진나이를 좋아한다면 당연히 응원해 주고 싶다. 마호가 행복해진다면 나도 기쁘니까. 하지만 진나이는 케이와 무척 친하다. 그 사실만큼은 마음에 걸렸다.

혼자 재빠른 걸음으로 교실 쪽을 향해 가면서 골몰히 생각에 빠졌다. 그런데 줄곧 등에 따가운 시선이 꽂히는 듯해서 여간 신경 쓰이는 게 아니었다.

케이는 지금 어떤 표정일까.

이미 내 모습은 케이의 시야에서 사라졌을 텐데. 어쩐지 계단을 올라가는 동안에도, 복도를 걸어가는 동안에도 등에 느껴지는 따가운 감각이 좀처럼 사라지지 않았다.

심란하던 마음은 6교시 수업이 끝날 무렵에서야 약간 가라앉았다.

교환 일기를 가지러 간다는 사실에 즐거워서일까. 들뜬 마음으로 부랴부랴 가방을 챙겨 교실을 나서려는데, 마호가 스마트폰을 손에 들고서 나를 불러세웠다.

"아, 미쿠! 잠깐만!"

"왜?"

"지금 진나이한테서 메시지가 왔는데…."

어느새 연락처를 교환했지? 오늘 점심시간에? 그 잠깐 사이에 메시지를 주고받을 만큼 친해진 거야? 헐, 대단하네.

"뭐야, 남자 친구라도 생긴 거야?"

마호와 나의 대화를 듣고 아사카가 궁금해 죽겠다는 표정으로 다가왔다.

"으응. 점심 때 진나이가 말을 걸어서 친해졌다고, 아까 내가 얘기했잖아."

"아, 맞다, 그랬지. 마호는 인기가 많네. 요전번에도 어떤 선배가 말 걸었다며, 어떻게 됐어?"

"그냥 그걸로 끝났지. 얘기해 봤는데 재미가 없더라고."

아사카는 어깨를 으쓱하고는 고개를 돌리는 마호에게 "역시!" 하고 혀를 내두르며 웃었다.

재빨리 결정을 내리고 칼같이 상황을 정리하는 마호를 볼 때마다 그저 감탄만 나온다. 나는 평생 한 번도 해보지 못할걸.

아니, 잠깐만.

그러면 마호는 지금 진나이랑 얘기하는 건 즐겁다는 거네?

그럼 안 되는데.

"저기, 미쿠!"

두 사람이 나누는 대화를 들으며 생각에 잠겨 있는데 마호가 내 쪽으로 얼굴을 휙 돌렸다. 마호가 보내는 진지한 눈빛에 몸이 움찔했다.

"너 남자 친구 있었으면 좋겠다고 했지?"

"어, 아, 응."

뭔가 예감이 안 좋은데. 그것도 엄청나게 불길한 예감이다.

"근데 말이야, 미쿠. 너 이대로라면 아마 10년은 남자 친구 안 생길걸."

"뭐야? 너무하네!"

"흠, 마호 말이 맞을지도. 넌 남자애들하고 말도 거의 안 하잖아."

아사카도 한마디 거들었다. 둘 다 너무해.

"그래서 말인데 우선 남학생 대하는 데 익숙해지도록, 같이 놀러 가자."

왜 얘기가 그렇게…?

"진나이랑 아리노 케이랑, 내일 학교 끝나고 같이 데이트하는 거야."

"아, 싫어, 싫어. 무리야. 난 못해!"

완강히 거절했다. 왜 이야기가 그렇게 흘러가는지 도무지 이해할 수가 없다.

얼굴과 손을 좌우로 마구 흔들자 마호가 내 손을 꽉 붙잡았다.

"두 사람 다 미쿠 친구잖아."

"아냐, 친구는 무슨…. 중학교 동창인데 그저 얼굴만 아는 거야."

우물우물 말하다 보니 왠지 변명처럼 느껴졌다.

하긴 중학교 1학년 때까지는 진나이와 이야기를 곧잘 주고받았다. 하지만 지금은 다르다. 이제는 그 무렵 내가 어떤 식으로 진나이를 대했는지조차 기억나지 않는다. 그러니 얼굴만 아는 정도라고 설명해도 괜찮다. 케이에 관해서는 말할 가치도 없다.

"나야말로 진나이랑 덜컥 둘이 만났다가 진짜 재미없으면 어떡해. 그러니까 미쿠가 좀 도와줘."

"그런 거라면 아사카랑 가지 그래?"

"싫어, 난 남자 친구 있잖아. 더블데이트 같은 거 했다간 남자 친구가 싫어하지."

"다른 애는… 누구 없어?"

"미쿠가 두 사람을 다 아니까 젤 좋잖아."

그렇긴 하지만… 그래도!

삐질삐질 진땀을 흘리는데 아사카가 "같이 가지 그래?" 하면서 내 어깨에 손을 올렸다.

"그런다고 케이랑 사귈 것도 아니고, 워밍업이라고 생각하면 되지 뭐."

마호 바로 옆에서 남자애랑 이야기할 용기는, 아직 없다. 그런 모습은 보이고 싶지 않다. 내가 평소 마호에게 보이던 태도와 다를지도 모르니까.

싫다. 절대로 싫다. 남자 친구는 원하지만 이건 아니지.

더군다나 케이도 함께라니!

"아니, 그렇지만!"

"자, 답장해 놓을 테니까. 내일 봐!"

마호는 내 반응에 전혀 아랑곳하지 않고 생글생글 웃으며 말했다. 그리고 바로 스마트폰을 열어 손가락을 놀렸다. 내가 도망칠 길을 완전히 막아놓으려는 듯이.

너무해!

- 나도 그래.
감추면서 누군가 알아주길 바라다니
우리 너무 제멋대로네.

그래도 말이지,
난 이 노트에서 알게 된 너밖에 모르지만
네가 단점 많고 나약한 애라는 생각은 안 들어.

우리, 누군가 날 좋아하길 기다리지 말고
우리가 먼저 누군가를 좋아하면 어때?

어깨를 축 늘어뜨리고 도서실로 왔다.

어떡해, 어떡하면 좋아!

노트를 발견했을 때 하늘색 포스트잇이 붙은 걸 보고 답장이 쓰여 있다는 걸 알았지만, 지금 그게 중요한 게 아니었다. 노트를 펼쳐 그 애가 쓴 글을 봐도, 머릿속이 마구 뒤엉켜 내용이 머리에 들어오질 않았다.

마호와 함께 남자애들하고 밖에서 만나다니….

중학교 때 같은 일이 또 생기면 어쩌지!

세심하게 주의를 기울여야 한다. 하지만 상대는 내 과거를 아는 진나이와 케이다. 너무 표가 나게 대화를 피하면 이상하게 여길 게 분명하다.

게다가 마호는 진나이와 더 친해지고 싶어서 만나는 거니까 내가 그 자리의 분위기를 망쳐서는 안 될 일이다. 솔직한 마음으로는 두 사람이 사귀지 않았으면 좋겠지만, 마호가 진나이와 사귀고 싶어 한다면 방해하고 싶지는 않다. 마호가 저 정도로 누군가에게 관심을 보이는 건, 우리가 알게 되고 나서 처음이다. 순수하게 그 마음을 응원해 주고 싶다.

하지만….

"그런데 미쿠는 남자애들 앞에서는 태도가 다르잖아."

"넌 너무 귀여운 척해. 주의하는 게 좋을 거야."

과거 그날의 기억을 떠올리자 위가 꽉 조였다.

어떡하지, 어떡하면 좋을까.

노트를 집어 들고는 책장에 걸터앉지도 못하고 털썩 바닥에 주저앉았다.

진정해, 침착하라고. 패닉 상태가 되면 아무것도 해결할 수 없으니까.

스스로 몇 번이고 되뇌며 심호흡을 했다. 그러고 나서 다시 노트를 읽었다.

- 난 이 노트에서 알게 된 너밖에 모르지만
네가 단점 많고 나약한 애라는 생각은 안 들어.

…정말? 정말로 그렇게 생각하는 거야?

이 말을 그대로 믿기는 어렵다. 상대는 나를 전혀 모르는 사람이니까. 하지만 지금까지 아무한테도 하지 못했던 말을 이 노트에 털어놓았는데, 그런 대답을 들으니 기쁘다.

조금, 아주 조금이지만 안도의 한숨이 새어 나왔다.

지금까지 이렇게 말해주는 사람은 없었다. 물론 내가 아무도 눈치채지 못하도록 꽁꽁 감춰오기도 했지만. 그래도 마음속 어딘가에서, 누군가에게 이런 다정한 말을 듣고 싶었나 보다.

"맞아, 우리는 너무 제멋대로야."

후훗, 하고 살짝 웃었다.

노트 속 상대가 한 말을 그대로 믿을 수는 없지만 그 말 덕분에 조금은 나도 달라질 수 있지 않을까. 그런 기대가 들었다.

도망치기만 하지 말고, 모든 걸 차단하지 말고.

그래. 바라기만 하지 말고 스스로 달라져야 해.

- 우리, 누군가 날 좋아하길 기다리지 말고
  우리가 먼저 누군가를 좋아하면 어때?

맞는 말이다.

이렇게 생각하는 노트 속 그 애는 분명 멋진 사람이겠지. 우연히 인연이 닿아 글로 대화를 나눌 수 있다는 건 이루 말할 수 없는 행운이다.

"누군가를 좋아하면…."

좋아하게 된다면, 이 애 같은 사람을 좋아하고 싶다.

그런 생각이 머리를 스치는 순간, 왠지 모르게 케이가 떠올랐다. 그 바람에 당황해서는 황급히 머릿속에서 생각을 몰아냈다.

지친다.

후우, 무거운 한숨을 토해내고 나서 얼굴을 드니 창밖은 살짝 회색빛이 감도는 하늘색으로 물들어 있었다.

2장

baby pink

다시 끌린 핑크빛 짝사랑

두 번이나 찬
전 여친이,
여전히 좋다

\- 맞아, 내가 먼저 달라져야겠지.
네 덕분에
스스로 달라져야겠다는 생각이 들었어.
고마워!
나 사랑을 할 거야!

나도 너에 대해 잘 모르지만
분명 멋진 사람일 것 같아.
우리 함께 사랑을 찾아보자!

7교시 수업이 끝나자마자 도서실로 가보니 노트에는 새로운 메시지가 적혀 있었다. 지금까지는 그 자리에서 바로 답장을 썼다. 하지만 오늘은 방과 후에 친구와 노래방에 가기로 약속했으니 일단 노트를 집으로 가지고 가서 천천히 읽어야겠다.

회색과 검은색으로 색감을 맞춰 꾸민 심플한 내 방에서 침대에 누운 채로 노트를 바라보았다. 스피커에서는 듣기 좋은 재즈가 흘러나오고 있었다. 교복을 벗고 편안한 옷으로 갈아입은 데다 렌즈도 빼고 안경을 쓰니 완전히 집돌이 모드다. 그 상태로 그 애의 메시지를 읽으니 지금까지와는 다른 기분에 휩싸였다.

답장을 볼수록 웃음이 새어 나왔다. 그 애의 긍정적인 답장은 어딘지 모르게 귀여움으로 가득 차 있었다. 누군가에게 이런 느낌을 받은 게 몇 년 만인가.

솔직한 아이네. 생각하는 게 전부 얼굴에 드러날 것 같다.

미쿠처럼.

아니, 여기서 갑자기 왜 미쿠가 튀어나오는 거지? 미쿠는 관계없잖아.

…하긴, 미쿠에게도 이런 느낌을 받은 적이 있다.

미쿠는 언제나 생글생글 웃었고 생각한 걸 고스란히 말과 표정으로 드러내는 타입이었다. 유행에 민감하고 공상에 잘 빠졌으며, 금세 화를 내거나 잘 삐지고 그만큼 잘 웃었다. 나와 헤어지고 나서는 약간 달라진 면도 있다.

하지만 미쿠는 미쿠다. 서로 대화도 나누지 않고 가끔씩 지나가는 모습을 볼 뿐이더라도. 그러니 미쿠라면 노트 속 이 애 같은 고민은 하지 않겠지. 내가 아는 그 미쿠가 '진짜 자신'에 대해 고민한다는 건 도무지 상상할 수가 없다.

그러니까 미쿠와 관계없이, 그저 이 노트 속 상대가 잠시 사랑스러웠던 거다.

노트 속 이 애의 얼굴도 이름도 모르지만. 아무튼… 귀엽다. 그렇기에 더더욱 "나도 너에 대해 잘 모르지만 분명 멋진 사람일 것 같아" 하는 말이 기쁘기만 하다.

노트에는 솔직한 내 심정만 적어놓았다. 내가 이런 생각을 했던가? 글을 쓰면서 비로소 깨달을 정도였다. 다시 읽어보면 너무나 한심해 보여서 창피하기 짝이 없다.

하지만 이름도 모르는 그 애는 이런 나를 인정해 주었다.

…그래 봐야 이 노트 주인은 나를 싫어하는 모양이지만.

그렇게 생각하니 뭔가 묘하다.

만약 노트 속 그 애가 자신이 메시지를 주고받는 상대가 나, 아리노 케이라는 걸 알면 어떻게 나올까. 내 답장을 무시할까, 아니면 사과할까.

물론 절대 말하지 않을 거지만.

이 교환 일기가 끝날지도 모르는 행동은 결코 하고 싶지 않다.

노트를 쥔 손에 살짝 힘이 빠지는 바람에, 펼쳐서 보던 노트가 그대로 떨어져 내 얼굴을 덮었다. 형광등 불빛이 차단되자 시야가 어슴푸레한 회색빛으로 바뀌었다.

우리는 둘 다 혹시라도 상대와 마주칠까 봐 무척 신경 쓰는 듯하다. 아침, 점심시간이 시작될 때와 끝날 때, 그리고 방과 후. 그 시간에 난 노트 속 그 애와 마주치지 않으려고 타이밍을 계산해 도서실로 발길을 옮기고는 했다. 그 애도 같은 마음이 아니라면 이렇게까지 엇갈리진 않았을 거다.

그 애도 나와 마찬가지로, 교환 일기를 주고받는 상대가 누구인지 모른 채 있고 싶은 거겠지. 그래서 더욱더 이 대화가 특별하게 느껴졌다. 그렇다면 내일은 노트를 어느 타이밍에 갖다 놓는 게 좋을까.

그 애는 내가 방과 후에 답장을 쓸 거라고 생각해 아침에 확인하러 도서실에 올 것이다. 몇 시쯤 학교에 오는지 모르니 자칫하다간 딱 마주쳐 정체가 밝혀질 위험이 있다. 역시 아침 시간은 피하는 게 좋겠다.

그러면 1교시 수업이 끝나고 나서가 좋을까?

"너 뭐하냐?"

눈을 감은 채 생각에 빠져 있다가 얼굴 위쪽에서 튀어나온 목소리에 놀라 벌떡 일어났다.

그 바람에 얼굴에서 떨어진 노트를 재빨리 집어 들어 몸 뒤로 숨겼다.

"아, 뭐야 누나! 갑자기 들어오면 어떡해!"

"난 불렀어. 대답 안 한 건 너지."

누나는 허리춤에 손을 얹고서 나를 내려다보았다.

머리끝을 둥글게 만 누나는, 아무 말도 안 하면 청초한 분위기를 풍긴다. 하지만 실제로는 엄청 잔소리도 많고 기가 세다.

"왜 불렀는데?"

"…너 말야, 진짜 촌스러워…."

누나는 내 질문은 무시한 채 얼굴을 찌푸리며 말했다.

촌스럽다니, 그냥 추리닝인데. 중학교 때 체육 시간에 입던 옷이라 키가 더 자란 지금은 팔소매가 쑥 올라와 긴팔이 8부마냥 짧아지긴 했지만.

멋 내는 게 취미고 뼛속부터 유행을 따르는 누나 눈에는 이런 내 차림새가 절대 용납되지 않는 모양이다. 하긴 지금 누나는 최근 빠진 밴드의 굿즈이기도 한 맨투맨 티셔츠를 입고 있다.

새로운 제품이라면 사족을 못 쓰는 데다 한 번 빠지면 온갖 굿즈를 다 사 모은다. 그래서 옷 취향이나 머리 모양도 수시로 바뀐다.

누나와 몇 번인가 같이 쇼핑을 간 적이 있는데, 너무 힘들었다. 눈에 들어온 가게는 전부 들어가려 하고 마음에 드는 물건을 찾을 때까지 끝도 없이 돌아다녔다. 게다가 밥도 인기 있는 음식점에서 꼭 먹어야 한다며 몇 시간이고 줄을 서서 기다렸다.

물론 누나 좋을 대로 하는 건 상관없다.

다만 끌려다니는 건 진심 괴롭다. 고행이 따로 없다. 게다가 짐꾼 노릇까지 해야 한다. 내가 유행을 따르는 여자애들을 썩 좋은 시선으로 보지 못하게 된 건 다 누나 탓이다.

"추리닝도 촌스럽고 안에 입은 그 티셔츠는 또 뭐냐? 요상한 무늬에… 너무 촌스러워."

"집에서 입는 옷까지 트집이야?"

"용건을 까먹을 정도로 촌스러워서 그러지. 그래서야 어디 여자 친구 생기겠냐? 또 차이겠지."

"또"라는 말에 살짝 열이 받았다.

오지랖은! 자기야말로 남자 친구도 없는 주제에.

이 말은 당연히 입 밖에 내지 않았다. 말할 수 없다.

"나름 얼굴도 괜찮고 키도 크니까 좀 멋있게 꾸미고 다녀라. 본판이 아깝잖아. 머리도 부스스하고, 그 두꺼운 뿔테 안경도 웬만하면 새로 사지 그래?"

아, 귀 따가워. 집에 있을 때는 편하게 좀 있자.

무심코 츳, 하고 혀를 차자 누나가 눈을 치켜뜨고 얼굴을 들이밀었다.

"너 지금 뭐 한 거야!"

그 모습을 보고 바로 "잘못했습니다" 하고 머리를 조아렸다. 무섭다. 내가 세상에서 가장 무서워하는 게 바로 누나다. 그 정도로 잘못한 건가 싶을 정도로 윽박지르기 일쑤여서 대들 엄두조차 나지 않는다.

내가 만사 귀찮아하는 것도 누나 때문이 아닐까. 내 인생은 누나에게 받은 영향이 너무도 크다.

"넌 시야를 좀 넓혀야 해. 받아들이지 않아도 좋으니 가끔은 주변도 둘러봐. 안 그럼 감각이 둔해진다고."

"무슨 말인지 모르겠네."

"알려고 하지 않으니까 그렇지. 기껏 생각해서 조언해 주는데 자꾸 그런 식으로 나오면 또 여자 친구 생겼을 때 아무리 울고불고 매달려도 모른 척할 거야."

필요 없다고 받아치고 싶지만 혹시 또 모르는 일이라 잠자코 있었다.

데이트하기 전에 누나한테 상의했던 중학교 시절의 나에게, 누나한테는 부탁하지 말라고 귀띔해 주고 싶다. 조언을 들었다고 해서 데이트가 잘된 것도 아닌데. 하긴 뭐, 누나가 없었다면 더 비참한 상황이 되었겠지만.

시치미를 뚝 떼는 내 표정을 보고 누나는 뭐야, 하고 질렸다는 듯이 한숨을 쉬었다. 그리고 잔소리 한 마디를 더 던진 채 방을 나갔다.

"나도 음악 듣고 있으니까 볼륨 좀 낮춰. 좋아하지도 않는데 재즈 멜로디만 귀에 맴돌잖아."

혼자 남은 방에서 이번에는 내가 한숨을 쉬었다.

왜 내가 저런 말까지 들어야 하지? 시야가 좁다는 건 또 뭐야? 옷차림에 관심이 없으면 좀 어때! 두꺼운 뿔테 안경이라도 난 렌즈보다 편한걸. 재즈는… 볼륨이 너무 컸나?

내 방에서만큼은 마음대로 하고 싶은데.

집에서 말고는 이런 차림새를 하지도 않거니와 노래방에서 재즈를 부르지도 않는다(부를 수도 없고). 친구들과 놀러 나갈 때는 나름 옷에 신경을 쓴다. 그래봐야 80퍼센트는 엄마랑 누나가 골라서 사다 준 옷이지만. 내 성격을 잘 알고 어디서나 잘 어울리는 무난한 옷을 골라주니 고마울 따름이다.

이 모습을 누군가에게 보여줄 마음은 없다. 미쿠에게도 보여준 적이 없다. 아니, 오히려 눈치채지 못하게 했다. 데이트 전에도 부끄러운 걸 참고 누나에게 상담했을 정도로.

그런데도 차였다.

누나에게 들킬세라 감췄던 노트를 손에 들었다.

- 우리, 누군가 날 좋아하길 기다리지 말고
  우리가 먼저 누군가를 좋아하면 어때?

이 글을 쓴 사람은 나다. 하지만 누군가를 좋아하는 게 얼마나 어려운 일인지 너무도 잘 안다. 그리고 좋아한다고 해서 꼭 잘되는 건 아니라는 사실도.

좋아하게 되었으니까 싫어질 수도 있는 거다.

침대에서 일어나 창문을 열자 가을 냄새가 코를 간질였다.

미쿠와 사귀던 가을….

사귀면 뭘 함께해야 하는지조차 알지 못한 채 헤어졌던 초등학교 무렵의 일은 기억에 별로 남아 있지 않다. 선명하게 떠오르는 기억은 늘 중학교 때의 일이다.

중학교 1학년이던 어느 날, 학교를 오가던 길가에는 갈색으로 물든 나뭇잎을 온몸에 두른 나무들이 한쪽으로 줄지어 있었고 땅 위에는 마른 잎들이 떨어져 뒹굴었다. 길을 걸으면 바스락바스락 가을 소리가 났다.

"케이는 정말 남이 말하는 걸 안 듣네."

옆에 있던 미쿠가 그렇게 말하며 웃었다. 불평을 들으면서도 전혀 싫지 않았던 건 미쿠가 즐거운 듯이 웃고 있어서다.

"그래도, 좋아해."

그러더니 미쿠는 고백하면서 얼굴이 새빨개졌다.

그 말에 자연스럽게 "나도"라며 대답했고, 우리는 사귀었다.

그날이 우리가 함께한 시간 중에서 가장 행복한 날이었다. 그 날 이후는 그저 상황이 더 안 좋아지기만 했을 뿐. 급추락했다고 말해도 좋을 정도였다.

물론 즐거울 때도 있었다. 하지만 서로 점차 마음이 멀어지는 것을 느꼈다. 그 결과 삐걱거리던 데이트의 기억만 남기고 헤어졌다.

— 생각했던 거랑 다르네.

미쿠가 그런 메시지를 보내온 건 데이트한 지 며칠이 지나서였다.

사귀지 않았더라면 나는 지금도 미쿠와 친구로 지내고 있을지도 모른다. 오늘 점심시간에 미쿠가 날 피하는 일도 없었겠지. 이런 생각이 들 정도로 나는 아직도 미쿠를 잊지 못하고 있다.

그렇다고 해서 여전히 미쿠를 좋아하는 건 아니다. 미쿠가 내게 실망했듯이 내가 미쿠에게 실망한 일을 잊을 수 없는 것뿐이다. 좋아하면서도 그런 마음이 들었다는 사실이 뜻밖이었다.

사귀지 않았더라면 좋았을걸.

그런 생각을 하게 되니 누군가와 적극적으로 사귀기가 꺼려졌다.

누군가를 좋아하는 일도.

"부럽군."

남자 친구를 원하는 노트 속 그 애의 솔직함이 눈부셔서 두 눈을 살짝 감았다.

- '사랑을 찾아보자'라니! 역시 청춘이군.
  먼저 누군가를 좋아하면 된다고 말했지만
  나야말로 불가능할지도 모르겠어.

  전에 여자 친구를 사귄 적이 있긴 한데
  차이고 나서는
  다시 누군가를 좋아하거나 사귀어본 적이
  한 번도 없거든.

아니, 사실은 여자애들 대하는 게 어려워.

이렇게 내 마음을 똑바로 들여다보고 누군가에게 솔직히 털어놓기는 처음이다.

다음 날, 1교시가 끝나고 나서 도서실에 노트를 갖다 두고 왔다. 그리고 점심시간이 될 때까지 멍하니 내가 쓴 글을 생각하면서 보냈다.

어제 하고 싶은 말을 생각하고 글로 적으면서 내가 어떤 마음인지를 알았다. 그걸 알았다고 해서 앞으로 바뀔 생각은 눈곱만큼도 없다는 것도.

노트를 주고받으면서, 누군가에게 솔직히 이야기하면 마음이 정리된다는 사실을 깨달았다. 그렇다고 해서 그럼 이제부터는 친구에게 이야기하자, 하는 생각이 들지는 않는 것과 마찬가지다. 취미를 털어놓을 마음도 없거니와 옷차림이 촌스럽다는 사실도 밝힐 생각은 없다.

결국 아무것도 달라지지 않는다는 뜻이다.

노트 속 그 애처럼 부정적인 의미로 '진짜 나 자신'을 감추는 게 아니라. 감추는 게 더 편하다는 걸 알기에 앞으로도 달라질 생각이 없는 거다.

"왜 그래, 케이? 멍해서는."

"어? 아아, 아냐. 좀 졸려서."

아무 말 없는 내게 한 친구가 의아하다는 듯이 말을 걸었다.

"날씨가 참 좋네" 하고 한마디 덧붙여 얼버무리며 손가락으로 창밖을 가리켰다.

큼지막한 치킨 샌드위치를 덥석 베어 물어 씹으면서 내가 가리킨 하늘을 바라보았다.

노트 속 그 애는 뭐라고 답장을 쓸까.

벌써 노트를 가지러 도서실에 갔을까. 지금 당장 확인해 보고 싶지만 혹시라도 마주칠까 봐 꾹 참았다. 적어도 5교시와 6교시 사이 쉬는 시간까지는 참아야 한다.

그러잖아도 최근에는 도서실에서 점심시간을 보내지 않고 있다. 얼굴을 마주친 누군가가 꼭 노트 상대일 리는 없지만 마음이 진정되지 않았다.

지금 읽는 해외 미스터리물의 다음 내용이 궁금해서 어디서든 읽고 싶은데 말이지.

교실에서 읽는 건, 당연히 안 된다. 어디 마땅한 장소가 없을까.

"있잖아, 케이."

"응."

"넌 어디 가고 싶냐? 어디가 좋아?"

도시락을 먹으면서 스마트폰을 만지작거리던 진나이가 내게 물었다. 무슨 말인지 몰라 고개를 갸우뚱거리자 진나이는 내게 스마트폰을 보여주면서 계속 말했다.

"역시 패밀리 레스토랑에서 얘기하는 게 좋으려나?"

"여기 노래방도 괜찮을 것 같은데."

"뜬금없이 무슨 소리야?"

"무슨 소리라니, 마호랑 데이트하기로 했잖아."

언제 데이트까지 하게 된 거지? 어제 연락처를 교환했다고 하지 않았어?

추진력 죽이네, 이 녀석.

"가고 싶은 데 가면 되지, 왜 나한테 묻고 그래?"

"왜라니."

"나보다는 여자애들한테 물어보는 게 어때?"

그렇게 말하자 옆에 있던 여자애가 "뭐야, 무슨 얘긴데?" 하고 대화에 끼어들었다. 진나이가 상황을 설명하자 여자애들이 꽤 진지한 투로 함께 고민하기 시작했다.

"그거야 사람마다 다르지."

"누구랑 가는데?"

"여자 친구가 좋아할 만한 곳으로 가야 하지 않겠어?"

그렇군. 상대에게 맞춰야 하는 거였어.

슬그머니 귀를 기울여보니 여자애들은 조언을 하면서 진나이에게 스스럼없이 돌직구도 날렸다.

"마호라면, 그 예쁘장한 애?"

"진나이한테는 아깝지."

"진나이 네가 너무 끈질겨서 한 번만 만나주려는 거 아냐?"

그러네. 그렇게 생각할 수도 있겠어.

"그런 거 아니라니까!"

여자애들은 부정하는 진나이를 모른 척하고 "그런 상대라면 어디 가고 싶어?" 하며 내 얼굴을 쳐다보더니 한마디씩 하기 시작했다.

"아무래도 상관없는 진나이하고 시간 때우기라면, 노래방?"

"좋아하지도 않는 남자애랑 둘이서 노래방 가는 건 싫지 않겠어? 더구나 진나이랑."

"패밀리 레스토랑이 나을까? 진나이니까."

"좋아하지도 않는 남자애랑 대화만으로 시간을 때울 수 있겠니? 진나이잖아?"

너무해. 무섭다. 만약 내게 같은 상황이 벌어진다면 여자애들한테만은 절대 상담하지 말아야지. 진나이가 당하는 걸 보며 마음속으로 맹세했다.

진나이, 미안하다. 내 탓이야.

마음속으로 사과하는데 진나이의 목소리가 들렸다.

"아니, 둘이 만나는 게 아니고 케이도 함께 갈 거야."

"뭐어?"

눈을 동그랗게 뜨며 놀라 소리치자, 그만 입에서 샌드위치 조각이 튀어나왔다.

그런 말 들은 적 없는데, 이게 무슨 소리지?

"나도 함께 간다니? 난 모르는 일이야."

"어라? 내가 말 안 했냐?"

"안 했어. 맘대로 나까지 끌어들이지 말라고. 왜 진나이 네가 좋아하는 마호랑 너랑 셋이서…."

거기까지 말하다 말고, 퍼뜩 불길한 예감이 머리를 스쳤다.

"…설마 너!"

"그야 셋이서 놀자고 할 리가 있냐."

잠깐! 잠깐만.

게다가 진나이는 왜 빼기듯이 말하는 거냐고! 야!

"세토야마 미쿠랑 마호, 그리고 너랑 나. 당연히 이렇게 넷이 만나는 거지."

뭐가 당연하냐고!

- 나랑 똑같네.
나도 예전에 사귄 경험을 떠올려보면
좋은 추억이 없어.

애초에 사람 사귀는 데 자신이 없거든.
몇 년 동안 남들이 날 어떻게 볼까,
그 생각만 하면서 행동하다 보니까
어떻게 해야 좋을지….
아냐, 그래도 노력하고 싶어.

넌 자신이 어떤 사람을 좋아하는지

수업이 끝나고 종례가 시작되기 전에 도서실로 왔다.

점심시간은 진나이와 얘기하다가 연애 상담을 받고, 옆에 있던 여자애들한테 흠씬 두들겨 맞는 진나이를 쳐다보는 사이에 끝나고 말았다. 그리고 5교시가 끝난 다음 이어진 쉬는 시간은, 점심시간 일을 까맣게 잊어버린 진나이가 방과 후에 어디로 갈 건지를 끈질기게 물어보는 바람에 다 지나갔다.

종례 시간이 끝나면 바로 진나이에게 붙들릴 게 뻔하다. 노트를 내일까지 받아보지 못하는 상황만은 피하려고 이 짧은 시간에 서둘러 왔다.

아무래도 노트 주인인 여학생은 생각보다 더 주위 사람들 시선을 신경 쓰는 성격인 듯하다. 몇 년 동안 그렇게 생활했다니 "그런 거 신경 쓰지 마" 하고 말해준들 달라지기는 어렵겠지.

하지만 정말 그렇게까지 신경 쓰지 않아도 될 텐데.

그 애의 답장을 읽어보건대 이야기하기 편한 인상을 받았다. 이런 아이가 정말로 자신을 꾸민 채로 사람들을 대할까. 착각하는 거 아닌가 싶을 정도다.

글로 대화를 나누는 것과 실제로 이야기하는 건 전혀 다르다는 것쯤이야 잘 알고 있지만.

하긴 나도 남 말할 처지는 아니지.

- 넌 자신이 어떤 사람을 좋아하는지
  생각해 보면 어때?

다시 보니 아무도 좋아하지 못한다는 사실만 생각했지, 내가 어떤 여자애를 좋아하는지는 생각해 본 적이 없다.

하지만 모르겠는걸.

지금까지 좋아했던 사람은 미쿠뿐이다. 이제는 미쿠의 어떤 점을 좋아했는지도 잘 모르겠다.

눈을 감고 기억을 거슬러 올라가자 중학교 시절 미쿠의 웃는 얼굴이 떠올랐다. 순간 살짝 가슴이 술렁거렸다.

그 느낌을 떨쳐내기라도 하듯 예비 종이 울려 나도 모르게 움찔했다.

곧 종례 시간이다. 노트를 주머니에 넣고 서둘러 도서실을 나섰다. 지금은 이 노트보다도 우선 생각해야 할 일이 있다.

아, 방과 후 약속 시간이 다가오고 있다.

어쩌면 좋냐.

미쿠랑 같이 있어야 하다니, 진짜 어떻게 해야 좋을지 모르겠단 말이지.

큰일 났다. 어쩐지 긴장이 된다. 진나이에게 방과 후 이야기를 듣고 나서 쭉 이 모양이다. 진나이 녀석은 왜 내 일정도 묻지 않고 제멋대로 약속을 한 거냐. 도무지 이해할 수가 없다.

오늘은 6교시만 하면 수업이 끝나는 날인 데다 친구들이 놀러 가자는 말도 없었기에 혼자 CD 매장과 서점에 들르려고 했는데. 책과 CD를 사 와 방에서 펼쳐보면서 혼자만의 시간을 만끽할 예정이었는데. 도서실에서 빌려놓고 못 읽은 책도 다 읽고 싶었는데.

왜 이렇게 된 거냐고.

무엇보다 이해할 수 없는 건, 그걸 거절하지 못하는 나 자신이다. 불평하면서도 "싫어"라든가 "못해"라고 단호하게 자르지 못했다.

"아니, 너무 놀랐을 뿐이야."

게다가 지금까지 친구들이 놀자고 하면 거의 거절한 적이 없었으니 습관처럼 그만…. 맞아. 분명 그래서다.

아무도 없는데 혼잣말로 변명을 계속했다.

아아, 이제 와서 미쿠랑 무슨 얘길 하면 좋단 말인가.

가슴을 조여드는 압박감으로 호흡이 거칠어졌다.

"자, 가자고!"

종례가 끝나기 무섭게 진나이가 내 어깨를 꽉 잡고는 끌고 가듯이 걸었다. "도망 안 가" 하고 몇 번이나 말했지만 믿지 못하는 모양이었다. 그대로 신발장 있는 데까지 끌려가 현관 앞에서 미쿠와 마호가 오기를 기다렸다.

"진나이! 많이 기다렸지?"

1초가 지날 때마다 긴장감이 커져만 가다가 불쑥 들려온 목소리에 흠칫했다. 시선을 돌리니 웃고 있는 마호와 어색한 표정을 한 미쿠가 서 있었다.

"전혀! 우리도 지금 막 왔어."

"응. 그럼 갈까?"

기운차게 대답하는 진나이를 보고 마호가 웃었다.

그리고 두 사람은 나란히 발걸음을 옮겼다. 미쿠와 나는 보이지도 않는 듯이 자연스럽게, 둘이서 마주 웃으며 이야기를 나누기 시작했다.

…쟤들 우리가 있다는 걸 잊은 거 아냐? 이럴 거였으면 왜 우릴 데려온 거지?

이대로 그냥 돌아가도 문제없지 않을까 싶으면서도 차마 그럴 수는 없어서 두 사람 뒤를 따라갔다. 흘낏 미쿠를 보니 멍한 표정으로 나보다 반걸음 뒤에서 걸어오고 있었다.

진나이와 마호는 즐거운 듯이 대화를 나누는데 무엇보다 진나이가 무척 들떠 있었다. 싱글벙글 웃으며, 좋아서 어쩔 줄 모르고 있다.

마호도 진나이가 자신을 좋아한다는 사실쯤은 눈치챘겠지. 그걸 알면서 메시지를 주고받고 밖에서까지 만나는 걸 보면 마호도 나름 진나이에게 호감을 갖고 있는 게 틀림없다. 진나이의 짝사랑이 이뤄질 날도 그리 멀지 않아 보인다.

미쿠는 줄곧 아무 말도 하지 않았다. 나와 마찬가지로 별로 내키지 않았을 거다. 그럴 만도 하다는 생각을 하자 왠지 모르게 가슴이 아렸다. 그렇다고 해도 이렇게 입을 꾹 다문 모습은 처음이다.

고등학교에 들어오면서부터 미쿠가 남자애들하고는 거의 말을 섞지 않는다는 건 눈치채고 있었다. 하지만 이 정도일 줄이야. 평소에는 그렇다고 해도 지금 이런 상황에서는 무슨 얘기라도 좀 하면 좋을 텐데.

설사 처음 만나는 상대가 나왔더라도, 미쿠는 진나이와 마호를 생각해서 이 자리의 분위기를 띄우려 애쓸 성격이라고 생각했다. 더구나 이렇게 친구의 사랑을 응원하는 자리나 더블데이트를 하는 상황에서 예전의 미쿠라면 꽤 신이 나 떠들 것 같은데 말이지.

함께 있는 사람이 나여서 그런가?

그야 그렇겠지. 그게 아니라면 딴사람처럼 굴 이유가 없을 테니까.

청명한 하늘을 보니 공허한 시간이 한층 더 텅 빈 듯 느껴졌다. 비라도 내린다면 적막이 사라져 오히려 좋을까. 선선한 바람을 맞으며 걸어가는 우리 사이에는 줄곧 차가운 공기가 흘렀다.

결국 역에 도착할 때까지 미쿠와 나는 서로 눈도 마주치지 않았다.

"너 좀 상냥하게 굴어라. 왜 그러냐?"

개찰구로 들어가자 진나이가 귓속말로 투덜거리기에 "미안,

미안" 하고 대답했다. 내가 왜 그래야 하는데? 싶었지만, 진나이를 위해서 그냥 이해하고 넘어갔다. 게다가 나도 상대가 미쿠만 아니었다면 조금은 이야기할 수도 있었다.

불편해하지 말자. 미쿠는 전 여자 친구가 아니라 그냥 여학생이다.

"미안해, 아리노 케이. 미쿠가 남자애들을 불편해해서."

마호가 미쿠를 팔꿈치로 찌르며 말했다.

"마, 마호. 그런 말을 뭐 하러 해!"

…남자애들을 불편해한다고? 미쿠가?

생각지도 못했던 대답에 순간 멍해졌다. 진나이는 조금도 의아하지 않은 듯 실실 웃으며 대꾸했다.

"아냐, 아냐. 케이가 잘못한 거야."

어쩌다 그렇게 이야기가 끝난 채 곧장 플랫폼으로 들어온 전철에 올라타 목적지 역으로 향했다. 진나이는 오래 고민한 끝에 여자애들이 준 의견대로 역 바로 옆에 있는 패밀리 레스토랑에 가기로 정했다.

패밀리 레스토랑에서 이야기를 나누는 건가. 거기서 아무 말 하지 않고 있을 수는 없다. 뭐든 말을 해야 할 텐데. 무슨 얘길 하면 좋을까. 예전에는 미쿠가 종알종알 떠들어서 내가 화제를 던진 적이 없었다.

큰일이다. 아무것도 떠오르질 않아.

어쩌면 오늘을 계기로 미쿠와 예전 같은 관계로 돌아갈 수 있을지도 모른다는 생각이 스친 순간, 스스로에게 물었다.

"나는 돌아가고 싶은 건가?"

노트 속 그 애가 달라지겠다고 해서 그 영향을 받은 건지도 모르겠다. 미쿠와 계속 이런 관계로 지내는 것도 어색하긴 하다. 이제 와서 과거의 일을 신경 쓰는 것도 우습지. 전 여자 친구나 전 남자 친구와 친구로 지내는 애들도 은근히 많던데.

미쿠에게도 그렇게 말해야겠다. 최소한 오늘만이라도 친구로 잘 지내자고.

패밀리 레스토랑으로 가면서 미쿠에게 말 걸 틈을 엿보았다. 진나이는 미쿠와 내가 사귀었다는 걸 모르니까 진나이 앞에서는 절대 말 걸 수 없다. 그렇다고 미쿠를 따로 불러내는 것도 유난스럽겠지? 진나이가 오해하고 말을 퍼뜨릴 수도 있다.

…어쩌면 나 혼자만 의식하는 걸지도 모른다.

왠지 나, 너무 한심해 보이는군.

"저기."

혼자 이리저리 머리를 굴리는데 가느다란 목소리가 들려 뒤를 돌아보았다. 그러자 나를 올려다보고 있는 미쿠와 눈이 마주쳤다.

"어, 왜?"

순간 말이 막혀 초조했다. 감정이 별로 표정에 드러나지 않는 편이라 다행이다. 분명 미쿠는 내가 당황하고 있다는 걸 알아채지 못했을 거다.

미쿠는 정작 내게 말을 걸어놓고는 입을 꾹 다문 채 시선을 자꾸 딴 데로 돌렸다. 진정되질 않는지 두 손을 앞으로 모으고는 머뭇거리고 있었다.

"저어, 따, 딱히 불편하거나, 그런 건 아냐."

뭐가? 무슨 소리지?

겨우 입을 떼는가 싶더니 뜻 모를 말을 불쑥 꺼내기에 고개를 갸우뚱했다.

미쿠는 수줍었는지, 뺨이 살짝 발그스름하게 물들었다.

사귀기로 했던 그날도 미쿠는 이렇게 뺨이 발그스름했지. 다만 그때와 달리 지금은 웃지 않는다.

그때는 얼굴 한가득 미소를 지으며 나를 향해 눈을 가늘게 뜨고 하얀 치아를 드러내면서 말했었는데.

"기뻐!"라고.

어쩌면 기쁨보다는 안도감이 느껴지는 미소였다.

그 무렵과 비교하면 미쿠는 달라졌다. 당연하지만 키가 더 컸고 이제 머리를 양 갈래로 묶지 않는다. 얼굴에도 천진난만한 느낌이 사라지고 없다. 예전에는 말할 때 머뭇거리지도 않았다.

그런데 지금 내 앞에 있는 미쿠와 추억 속에 자리한 미쿠가 겹쳐 보였다.

그래서일까, 내 마음도 과거로 끌려 들어갔다.

미쿠를 사랑스럽다고 느끼던, 그리고 좋아하던 때의 나.

"…왜 아무 말 안 해?"

"아, 아냐. 아무것도."

미쿠는 아무 말도 하지 않는 나를 의아한 눈초리로 바라보았다. 내가 아무런 반응도 보이지 않는 게 약간 불만스러운 듯했다.

아, 무슨 얘길 하다 말았더라. 불편하다고 했나? 뭐가 불편하다는 거였지? 머리를 풀가동시켜서 전철 타기 전에 마호가 했던 말을 떠올렸다. 아아, 맞다. 남학생이 불편하다고 했었나. 뭐 그런 얘기였지.

"응, 알았어."

"그냥 약간… 얘길 잘 못하긴 하지만, 마음 쓰지 말라고 말하고 싶어서."

"그랬구나. 다행이야."

미쿠가 몸을 움찔하더니 흘낏 나를 바라보았다.

"뭐가, 다행인데?"

"어? 우리가 계속 이렇게 어색하게 굴면 진나이랑 마호한테 미안하잖아. 그래서 말을 걸려던 참이었거든."

뭔가 잘못 말했나?

의아해하며 대답하자 미쿠는 "그런 뜻이었구나" 하고 시선을 다른 데로 돌렸다.

왠지 이번에는 귀가 약간 붉어졌다. 그리고 옆얼굴은 약간 삐진 듯 보였다.

이유는 모르겠다. 하지만… 귀엽네.

"뭐가 우스운데?"

나도 모르게 입가에 웃음이 떠올랐나 보다. 째려보는 미쿠에게 "아무것도 아니야" 하고 딴청을 부리며 얼버무리고는 앞서가는 진나이와 마호의 뒤를 쫓아갔다.

"어쨌든 과거 일은 이제 잊자고."

"알아. 옛날 일은 이제 관계없으니까."

반걸음 뒤에서 따라오던 미쿠는 잠깐 뜸을 들이더니 대답했다. 미쿠의 나지막한 목소리가 약간 마음에 걸렸지만 앞에 가던 진나이가 나를 부르는 바람에 대화는 거기서 끝났다.

패밀리 레스토랑으로 들어서자 4인석 테이블로 안내받았다. 진나이가 당연하다는 듯이 마호의 옆자리에 앉기에 나는 미쿠 옆에 앉았다.

…이 좌석이 이렇게 옆자리랑 가까웠나?

진나이는 곧바로 드링크 바*와 감자튀김을 주문하고는 "우리 먼저 갔다 올게" 하고 마호랑 둘이서 드링크 바 코너로 향했다.

아니, 왜 두 팀으로 갈라지는 건데!

"넷이 아니라 걔들 둘이서만 만나도 됐던 거 아냐?"

미쿠가 불쑥 중얼거렸다.

"내 말이."

솔직히 대답했다.

---

* 일정 금액을 내고 다양한 음료를 자유롭게 마실 수 있는 메뉴.

눈을 마주 보고 둘이 동시에 한숨을 쉬었다.

아까 말을 주고받아서인지 어색한 분위기는 꽤 풀어졌다. 미쿠의 태도도 훨씬 부드러워졌다. 왠지 모르게 그게 기뻤다.

그렇다고 대화가 신나게 오간 건 아니어서 우리 사이에는 미묘한 공기가 흘렀다. 게다가 아직 음식도 음료도 없어서 뻘쭘했다.

차츰차츰 미쿠가 앉은 쪽으로 향한 내 오른쪽 얼굴에 야릇한 감각이 덮쳐왔다. 그 느낌을 알아차리자 머릿속이 새하얘졌다. 이 감각은, 예전에도 경험한 적이 있다.

첫 데이트 때였다. 그날, 나는 무슨 말을 했는지도 전혀 기억나지 않는다. 어디에 갔는지도 가물가물하다. 아마도 미쿠가 가고 싶어 한 카페였겠지. 안 해본 데이트를 하자니 말도 잘 못하고 진정되질 않아서 괜스레 나 자신에게 짜증 났던 기억도 있다.

"잠깐만 실례할게."

뭔가 깨달았는지 미쿠가 주머니에서 스마트폰을 꺼내 만지기 시작했다. 메시지가 왔나 보다. 반짝거리는 폰 케이스가 눈에 들어왔다.

누나도 비슷한 걸 갖고 있었던 것 같은데.

"그거, 유행하는 거야?"

무심코 묻자 미쿠는 약간 못마땅하다는 투로 "맞아" 하고 대답했다.

"알다시피 난 유행만 따라 하는 애니까."

"아니, 그런 뜻으로 말한 게 아닌데."

생각은 했지만.

지금은 나쁜 의미로 말한 건 아니다. 그저 유행인지 아닌지가 궁금해 물었을 뿐이다.

과잉 반응을 보이는 미쿠에게 약간 짜증이 났다.

사귈 때부터 그랬다. 유행을 좋아한다는 사실에 민감해하며 계속 신경 쓰느라 내가 그에 관해 뭔가 조금이라도 말만 하면 불만스러운 듯 뚱해졌다.

좋아하면 당당하게 행동해도 될 텐데. 내가 어떻게 생각하든 무시하고 자신만만하게 행동하면 좋으련만. 누나처럼.

"마음에 드는 거잖아, 그거. 그럼 된 거 아냐?"

"그렇지만… 경멸하지 않아?"

경멸하지는 않는다. 그럴 마음은 없다.

다만 미쿠의 그런 점에 질리기는 했다. 그게 경멸하는 거나 마찬가지인가?

"유행을 좇는 일도 힘들겠구나, 싶기는 해."

대답이 빗나갔네. 미쿠도 같은 생각을 한 건지 "으응" 하며 차가운 눈초리로 나를 쳐다봤다.

아아, 미쿠네. 역시 미쿠야.

생각이 고스란히 얼굴에 드러나 알기 쉬워서 귀엽다. 유행을 좋아하는 모습도 어딘가 귀여워 보인다.

잠시 그런 생각에 잠겼다가 퍼뜩 정신이 들었다.

나, 무슨 생각을 한 거지? 자연스럽게… 무슨 생각을!

"아참, 우리 누나가 나한테 시야가 좁대."

내 생각을 다른 데로 돌리려고 화제를 바꿨다.

"신경 쓰여?"

미쿠는 눈을 깜빡이며 물었다.

"별로."

미쿠의 질문에 솔직히 대답했다. 신경 쓰지 않는다. 아무래도 상관없다. 이런 사고가 바로 '시야가 좁다'는 걸까 싶기도 하지만 나한테는 아무런 문제도 되지 않는다.

미쿠는 "그렇구나" 하며 왠지 이해가 간다는 표정을 지었다.

"시야가 좁다고? 하지만 난 부러운걸."

"왜?"

"망설이지 않을 거 아냐, 아마도."

애매한 말이었지만 왠지 가슴에 쿵 하고 와닿았다.

아… 그런 식으로 생각할 수도 있구나.

하긴 내가 모르는 건 아주 많지만 뭘 해야 할지, 어떻게 해야 할지 망설이는 일은 별로 없다. 시야가 좁다는 걸 나쁘다고 여긴 건 아니다. 하지만 다른 사람에게 그런 말을 들으니 안도감이 들었다.

그러면 뭐 어때. 마치 그렇게 말하며 어깨를 토닥토닥 두드려 주는 것 같아 위로받는 기분이다.

"케… 아리노는 뭘 모르네."

"크헙!" 하고 이상한 소리가 입에서 흘러나왔다.

나를 케이라고, 이름으로 부르려 한 거지?

미쿠의 마음속에서 나는 남이 아니었는지도 모른다.

아니, 하지만 굳이 다시 성으로 바꿔 불렀다. 그렇다는 건 과거의 관계는 없던 일로 하자는 의미일까. 그렇게 생각하니 기분이 별로다.

그래서일까.

"미쿠는 달라진 거 같아."

일부러 이름으로 불렀다.

몇 년 만에 불러본 이름에, 순간 입안이 바짝 말랐다. 내 표정은 분명 조금도 변하지 않았을 것이다. 하지만 사실은 심장이 마구 뛰고 있다는 걸 미쿠는 눈치채지 못했다.

'미쿠.'

마음속에서는 수도 없이 불렀다. 혼잣말이지만 입 밖에 낸 적도 있다. 그런데 미쿠를 향해 직접 그 이름을 부르자 여러 가지 감정이 뒤섞였다.

오늘 난, 아무래도 이상하다. 이렇게 미쿠와 나란히 앉아 있자니 하나부터 열까지 평소의 나답지 않다.

미쿠는 아무런 반응도 보이지 않았다. 아무 말도 하지 않을뿐더러 조금도 동요하지 않았다. 혹시 마음속으로는 불쾌한 표정으로 날 노려보는 게 아닐까.

몇 년 전에 단 몇 개월 사귀었을 뿐인 전 남자 친구가 친근하게 이름으로 부른 건 역시 너무 스스럼없이 대한 걸까. 쭈뼛쭈뼛 옆을 돌아보았더니 미쿠는 앞을 바라본 채로 가만히 있었다.

"…미쿠?"

"어? 아아, 응."

"내 말 안 듣고 있었지?"

얼빠진 대답을 짓궂게 파고들었다. 미쿠는 민망했는지 눈이 약간 더 커지면서 "하하" 하고 경쾌한 웃음소리를 냈다.

웃었다!

'어떤 사람을 좋아하는지 생각해 보면 어때?'

불현듯 교환 일기 노트에 그 애가 적어놓은 한 문장이 떠오르자 숨이 멎는 듯했다.

내가 무슨 생각을 하는 거지!

"왜 그렇게 웃고 그래?"

당황함을 감추려고 침착한 목소리로 묻자 미쿠가 살짝 눈을 내리깔고는 앞을 바라보았다.

"예전에는 내가 '케이, 내 말 듣고 있는 거야?' 하고 화를 냈는데. 지금은 반대가 됐네, 싶어서."

옛날 일을 떠올리는 듯한 표정이 더없이 온화하다. 그 눈은 머나먼 곳을 바라보고 있다. 우리가 사귀었던 건 아주 먼 과거의, 옛날의, 추억일 뿐인 듯하다.

미쿠는, 그렇게 생각하는 거다.

그럼 나는?

주머니 속에 넣은 손으로 주먹을 꽉 쥐었다.

"내가 달라져서, 일까."

"글쎄."

역시 어떻게든 오늘 만남을 피했어야 했다.

그러면 이렇게 미쿠와 이야기할 일도 없었을 텐데. 하지만 자리에서 일어날 생각은 없다.

"어라? 두 사람 친해졌네?"

주스가 든 컵을 손에 든 진나이와 마호가 자리로 돌아왔다. 그 순간, 미쿠의 표정이 갑자기 뻣뻣해졌다는 걸 알았다. 몸을 살짝 떨면서 얼굴에 웃음을 띠었다.

너무나도 부자연스러운 웃음이다.

달라졌다기보다, 이상하다. 어떤 계기가 있는 게 아니라면 이런 변화를 보이진 않을 텐데? 별로 좋은 의미가 아닌, 뭔가가 없다면.

"미쿠가 남학생이랑 얘기하는 거 처음 봐."

"잠깐 얘기했을 뿐이야."

미쿠는 고개를 절레절레 흔들었다. 어색해 보이는 건 내 기분 탓일까.

그리고 미쿠와 나 사이에, 조금 전까지는 없었던 높은 벽이 세워졌다는 게 느껴졌다.

"케이, 이걸로 괜찮지?"

"어? 아아, 응 고마워."

진나이가 내게 컵을 내밀었다. 두 사람은 미쿠와 내 몫까지 주스를 가져왔다.

그때부터 진나이는 마호를 즐겁게 해주려고 열심히 이야기를 이어나갔다. 말수는 적었지만 미쿠도 진나이와 말을 주고받았고 가끔 깔깔 웃으며 즐거워했다.

하지만 미쿠 주변에는 높은 마음의 벽이 드리워져 있는 듯했다. 나는 물론이고 진나이에게도, 어쩌면 마호에게도 거리를 두고 이야기하는 듯 보였다.

미쿠는 누구하고도 눈을 마주치지 않았다.

패밀리 레스토랑에서 두 시간 반쯤 보내고 나니 어느새 밖이 깜깜해져 있었다. 시간은 일곱 시가 다 되어가고 있다. 미쿠가 "미안, 이제 가봐야 할 것 같아" 하고 말을 꺼내기에 오늘은 이만 돌아가기로 했다.

"엄마한테 메시지 좀 보낼게, 잠깐만."

음식점을 나와서 스마트폰을 본 마호가 멈춰 섰다. 손가락 끝을 쓱쓱 재빨리 움직이면서 미쿠를 향해 고개를 들며 물었다.

"미쿠는 괜찮아?"

"어, 응. 오빠한테는 연락했어."

"부모님이 아니라 오빠한테 연락하다니 정말 사이가 좋네. 아, 어머니가 스마트폰 사용 못 하시던가?"

"하하하. 기계치시거든. 가끔 있잖아, 왜."

두 사람이 나누는 대화를 듣자니 뭔가 이상하다.

옆에 있는 역을 전철이 통과해 지나갔다. 입술을 깨문 미쿠의 옆얼굴이 순간 불빛에 비쳤다.

이름을 부르고 싶은데 목이 콱 막혀서 목소리가 나오지 않았다. 그저 줄곧 미쿠의 등을 바라보면서 역까지 걸었다.

마호는 우리와 반대 방향이라 혼자 전철 탈 때까지 셋이서 배웅했다. 그때부터 진나이는 침이 마르도록 마호를 칭찬했다.

"이제 고백해도 될 것 같아."

"아니, 분명 성공할 것 같은데?"

"어떡할까?"

"근데 마호, 진짜 천사 아니냐?"

가끔씩 미쿠와 나한테 확인하듯 물으며 맞장구쳐주기를 바랐지만 기본적으로는 혼잣말에 가까웠다. 진나이의 눈에는 나도 미쿠도 보이지 않을 테지.

"있잖아, 마호가 내 말에 웃었다니까."

"알았다고, 잘되고 있는 거잖아. 이제 고백해. 그리고 차여라."

혀를 차면서 진나이에게 말했다.

꽤나 성가시군.

"왜 그러는데?" 하며 진나이가 내 교복을 붙잡기에 그 손을 뿌리치며 대꾸했다.

"시끄러워. 작작 좀 해라."

그렇지만 진나이는 끈질기게 물었다.

"뭔가 차일 것 같은 이유가 있는 거야?"

"뭔데? 가르쳐 줘."

"나 차일 거 같아?"

뭐야 이 녀석, 진짜 짜증 나네. 귀찮아.

얼굴을 찌푸리며 진나이를 바라보는데 "푸핫" 하고 미쿠가 입을 가리면서 작은 소리로 웃었다.

심장이 아프네.

오늘 하루 동안 심장은 내가 모르는 움직임을 몇 번이나 반복했다. 그때마다 아프기도 하고 괴롭기도 하다. 하지만 싫지 않다.

혼자 큭큭 웃는 미쿠를 보고 있으려니 시끄러운 진나이의 목소리는 전혀 귀에 들어오지 않았다. 잡음일 뿐이어서 "조용히 좀 해" 하고 핀잔을 주기는 했다. 당연히 내 말은 진나이에게 조금도 효과가 없었지만.

전철이 역에 도착하자 드디어 진나이에게서 해방된다는 생각에 휴우, 하고 숨을 내쉬었다. 나는 역에서 내려 걸어가야 하고 진나이는 버스를 타야 한다.

"아, 벌써 왔네!"

개찰구를 나오자마자 진나이가 허둥거리며 버스 정류장 쪽으로 뛰기 시작했다.

…어? 너무 갑작스럽잖아.

남겨진 미쿠와 나는 눈을 마주 보았다. 둘이만 있을 마음의 준비가 아직 덜 된 상태여서 초조했다.

“아, 미쿠, 버스는?”

“10분 정도 있어야 해. 넌 걸어서 가던가?”

“어어. 응.”

그러니까 여기서 미쿠에게 “그럼 잘 가” 하고 집으로 가면 된다.

하지만 발걸음이 떨어지지 않았다. 아무 말 없이 마주 선 채로 시간이 흘러갔다.

나는 왜 돌아가지 않는 걸까. 걱정되어서? 밤이라서?

하지만 그렇게 늦은 시각은 아니다. 오가는 사람들도 많다. 그런데 왜지?

“안 가?”

“나, 배웅하는 거 좋아해.”

의아한 듯이 묻는 미쿠의 말에, 생각하기도 전에 뜬금없는 대답이 튀어나왔다. 뭐야, 배웅하는 걸 좋아한다니. 지금까지 한 번도 그런 생각은 해본 적도 없으면서.

엉뚱한 말이 튀어나온 바람에 진땀이 났지만 조금도 내색하지 않고 똑바로 미쿠를 바라보았다.

“…하하하. 뭐야 그게.”

“뭐가 웃기다고!”

“얼토당토않은 말을 하니까 그렇지. 케이, 너 그런 취미가 있었어?"

미쿠가 깔깔대고 웃는 바람에 부끄러워졌다.

그런데, 소리를 내며 웃는 모습을 보니 기분이 좋다. 게다가 패밀리 레스토랑에서는 성으로 고쳐 부르더니 지금은 이름으로 불러주었다. 긴장이 풀어지는 게 얼굴 근육으로 느껴졌다. 내가 어떤 표정을 짓고 있는지 알 수가 없다.

내가 왜 이러지, 이상하네.

'어떤 사람을 좋아하는지 생각해 보면 어때?'

나는 함께 있으면 즐거워하는 아이가, 좋다.

미쿠처럼.

이렇게 웃는 모습을 계속 곁에서 보고 싶었다. 그래서 좋아한다는 걸 깨달았고 미쿠가 고백했을 때 "나도!" 하고 대답했다.

오늘 또, 보았다.

문득 마음속에 그런 생각이 쓰윽 떠올랐다가, 터지듯 사라졌다.

"있잖아, 미쿠."

미쿠를 부른 내 목소리를 삼켜버리는 듯이 플랫폼으로 전철이 들어오는 소리가 울렸다. 그리고 단번에 부산하게 오가는 사람들의 소리가 역 가득히 퍼졌다.

타이밍이 안 좋다!

"어라?"

용기를 짜내 부른 목소리가 묻혀버려 침울해 있는데 웬 여자 목소리가 개찰구 쪽에서 크게 들려왔다. 미쿠와 내가 동시에 돌아보자 안면이 있는 여학생이 서 있었다.

같은 중학교에 다녔던, 가미모리였던가?

체격은 작지만 기가 세서 선생님에게도 남학생에게도 툭하면 덤벼들고는 했다. 늘 여학생들의 중심에 있었고, 학생회에서도 일했었지 아마. 말투가 꽤 세서 나는 약간 거북했지만.

그러고 보니 진나이였나? 누군가도 가미모리가 무섭다고 했었다. 반면에 미인이라는 둥 대화가 잘 통한다는 둥 그렇게 말한 애들도 있었지.

친구라고 할 만큼 친했던 건 아니지만 초등학교 때 한 번, 그리고 중3 때도 같은 반이었다. 한때는 그 애가 자주 말을 걸어왔던 것 같다. 그리고 졸업 전에 고백을 받았다. 물론 나는 거절했지만.

그런 기억이 떠오르니 영 어색하기만 하다. 그때 이후로 이 애와 마주치기는 처음이다. 가미모리는 어깨까지 내려오는 머리를 쓸어 올리면서 다가왔다.

"…가미모리."

미쿠하고도 친한 사이인 모양이다. 그런데 미쿠의 목소리가 놀랄 정도로 가늘게 새어 나왔다.

"미쿠! 이게 얼마만이야! 머리 모양도 바뀌었네."

"아… 으, 응."

미쿠는 표정이 어색하게 굳으면서 애써 웃고 있었다.

"아리노 케이도 오랜만이야. 둘이 같이 있었네."

"그게 아니…."

미쿠는 조바심이 나는 듯 시선을 이리저리 옮기면서 부정하려고 했지만, 가미모리는 "이 시간까지 뭐했어?" 하고 이야기를 계속 이어나갔다.

나는 어떻게 하는 게 좋을까. 대화에 낄 정도로 친하지 않다. 그렇다고 이대로 가는 것도 이상하겠지.

다만 아까 순간적으로, 흘낏 나를 보던 가미모리의 시선이 마치 품평하는 듯 느껴져 마음이 뒤숭숭하다. 왜 그렇게 보는 걸까.

"그런데 하나도 안 변했어, 뭐, 미쿠답네. 우리 중학교에서 너희 학교에 간 여학생은 미쿠 너뿐이었던가?"

"…아, 아니. 나 말고 두 명 더 있지 아마."

"그랬구나. 그럼, 나중에 또 만나서 놀자! 연락처 그대로지?"

미쿠는 구겨진 미소를 짓고 볼을 씰룩이면서 짤막하게 대답했다.

"아, 집에서 마중 나왔네. 그럼 이만."

자동차 클랙슨 소리가 들리자, 가미모리는 그렇게 말하더니 차에 올라타고 떠났다.

"나도 버스가 와서. 이만 갈게."

지친 듯한 미쿠의 목소리에 깜짝 놀라 "있잖아" 하고 불렀다.

아까 하려다 못 한 말을 해야 한다. "같이 갈래?" 하고.

미쿠가 돌아보았다.

눈이 마주쳤다.

“난 달라진 걸까. 달라지지 않은 걸까?”

“…달라졌지만, 달라지지 않았어.”

이 질문은 뭐지? 싶으면서도 솔직히 대답하자 미쿠는 후훗 자조하듯이 웃었다. 그리고 버스에 올라탔다.

꼼짝도 할 수 없다. 집에 돌아갈 수도, 미쿠를 붙잡을 수도 없다.

‘나, 미쿠를 좋아해.’

왠지 그런 생각이 들었다.

- 미안.

요전번에 나,

누군가를 좋아할 자신이 없다고 말했는데

지금까지 쭉, 헤어졌던 전 여자 친구를

좋아하고 있었다는 걸 깨달았어.

아니, 그래 봐야

아무것도 할 수 없지만.

한 가지 좀 물어봐도 될까?

넌 왜 아리노 케이가 싫은 건데?

아침 일찍 등교해서 어젯밤 노트에 쓴 답장을 다시 읽었다. 그리고 포스트잇을 붙인 다음 노트를 책장에 꽂고 그 책장 위에 걸터앉아 천장을 올려다보았다.

'나는 미쿠가 좋아.'

어제 집에 돌아가서도 한참 동안 마음을 진정시키며 생각했다.

이제 와서 무슨 소릴 하는 거냐. 나 바보 아냐?

미쿠와 헤어진 지 3년 반이나 지난 데다 그동안 서로 한 번도 말을 하지 않았다. 비록 차인 건 나였지만 미련은 눈곱만큼도 없다고 생각했다.

내가 좋아한 건 미쿠의 웃는 얼굴이다. 그러나 좋아하는 마음은 미쿠의 내면을 알아갈수록 옅어져 갔다. 유행을 좇는 게 싫었다. 바로 유행에 휩쓸리는 성격에 질렸다.

그런데 어째서 다시, 좋아하는 감정이 되살아나는 걸까. 같은 일을 되풀이할 뿐이잖아. 그저 옛날 그 감정이 떠올라 지금도 같은 마음이라고 착각하는 건 아닐까.

그렇게 부인하려 했지만 왠지 미쿠를 떠올릴 때마다 '좋아해' 그 세 글자가 함께 떠올랐다.

더 이상 부정하려 애쓰지 않고 내 감정을 있는 그대로 받아들였다. 그리고 동시에 이미 이 감정은 결실을 맺을 수가 없다는 걸 깨달았다.

미쿠는 나를 찼다. 나는 미쿠에게 차인 처지다.

가망이 없어도 너무 없다.

게다가 미쿠는 어제 "옛날 일은 이제 관계없으니까" 하고 말했다. 미쿠에게 난, 이미 아무 상관도 없는 상대인 것이다. 좋아한다고 해도 더 이상 어떻게 할 방법이 없지 않는가.

"뭐 하는 거냐, 나."

너무도 한심해서 허탈한 웃음 밖에 나오지 않았다.

쿵, 하고 창유리에 뒤통수를 부딪히면서 눈을 감았다.

이 감정을 없었던 일로 하려고 해도 그게 말처럼 쉽게 될 리가 없다. 그 정도의 감정이었다면 진즉에 미쿠를 싹 잊었을 것이다.

그래서 노트 속 그 애에게 물었다. '넌 왜 아리노 케이가 싫은 건데?'라고.

이 노트 상대는 나를 싫어한다. 그 이유가 아무래도 신경 쓰여서 더 참을 수가 없었다. 정체를 숨기고 싶어하는 이유를 묻다니 엄청 찌질한 짓이라는 건 안다. 내 스스로도 부끄럽기 짝이 없다.

하지만 어쩌면 노트 속 이 애가 나를 싫어하는 이유와 미쿠가 나를 찬 이유가 같을지도 모른다. 그 점을 알아내 어떻게든 고친다면 미쿠에게 차인 이유가 사라지지 않을까. 그러면 다시 한 번 미쿠에게 다가갈 수 있지 않을까.

그렇게 쉽게 될 리가 없는데도.

내가 이렇게 얍삽한 놈이었나.

실은 미쿠가 나의 이런 점을 알아차리고는, 그래서 싫어진 게 아닐까.

역시 마지막 두 줄은 지울까?

아냐, 아무래도 물어보고 싶다. 딱히 속이는 것도 아니고 말이지. 굳이 이름을 밝히는 게 더 이상하다. 게다가 자신의 단점을 알려고 하는 건 나쁜 일이 아니잖아.

머릿속에 그런 변명을 채워 넣으면서 '좋았어!' 하고 몸을 일으켜 장소를 옮겼다.

이 근처에 계속 있다가는 끝없이 고민만 하게 될 것 같다. 일단 노트에 관한 건 잊고 주말에 읽을 책이라도 찾아보자.

노트 속 그 애가 이곳으로 올 가능성이 있기에 마치 의식하지 않는 척하면서 책장을 바라보고서 걸었다. 문고본 코너 쪽으로 가 있으면, 설령 만에 하나 그 애가 도서실에 오더라도 서로 눈치채지 못할 것이다. 찾을 책이 정해져 있는 게 아니어서 책장 끝부터 찬찬히 훑어보았다.

그러다가 낯익은 제목에 시선이 멈췄다.

…어서 봤더라, 이거.

책장에서 빼내 보니 오래된 소설이었다. 소설의 마지막 페이지에 있는 판권을 살펴보았더니 내가 태어난 해에 출간된 책이었다. 읽은 기억은 전혀 없는데 왜 낯익은 걸까.

고개를 갸우뚱하면서 한참을 생각하다가 노트에 휘갈겨 쓴 글이 머리에 떠올랐다.

"아, 노트!"

처음 노트를 발견했을 때 그 안에 이런 책 제목이 쓰여 있었던 것 같다. 하지만 확신할 수는 없다. 아직도 노트에 쓰여 있을까. 그럼 이 책도 같이 갖다놓을까? 그 애는 이 책을 찾고 있었는지도 모른다.

책장을 몇 개 지나서 노트가 있는 곳으로 갔다.

그런데… 창가 책장에 한 여학생이 기대어 있었다.

순간 심장이 두두두두, 소리를 냈다. 몸속에 있던 피가 맹렬한 속도로 흐르고 호흡이 얕아졌다.

…어?

지금 저 애는?

손으로 얼굴을 가리고 호흡을 가다듬었다. 잘못 본 거다, 잘못 본 게 틀림없다. 그렇지 않으면 곤란하다. 마음을 가다듬고 책장 뒤에 몸을 감춘 채 가만히 얼굴을 내밀었다.

내 시선 끝에서… 미쿠가 노트에 뭔가를 적고 있었다.

물론 나와 '누군가'가 주고받는 바로 그 노트였다.

왜, 미쿠가 이 노트를 들고 있는 거지?

그거야, 생각할 필요도 없다.

'상대가, 미쿠였어?'

싸악, 핏기가 가셨다. 심장이 팔딱팔딱 날뛰는 소리를 내면서 내 몸을 마구 흔들었다. 발을 딛고 있던 바닥이 흐물흐물해지기라도 한 듯 제대로 서 있을 수가 없었다.

시선 끝에 있는 미쿠는 내가 숨어서 보는 줄도 모르고 노트에 분홍색 포스트잇을 붙이더니 책장에 꽂았다. 그리고 출구 쪽으로 걸어갔다.

스르르 몸을 끌듯이 책장으로 향했다.

떨리는 손으로 노트를 집어 들었다.

분홍색 포스트잇이 붙은 페이지에는 내게 보내는 답장이 쓰여 있었다.

- 오오, 이런 반전이!

나도 그 애를 싫어하는 건 아니고
아리노 케이,
뭘 생각하는지 잘 모르겠더라고.
사귀면 힘들겠다 싶어서.

그러니까 생각하는 건
분명히 전하는 게 좋겠어.
아무것도 할 수 없다니,
그런 말 하면 안 돼.

잘될지는 모르지만.

최악이다. 왜 이렇게 된 거지!

교환 일기를 주고받던 상대가 미쿠라니, 확률적으로 이게 말이 돼?

게다가 상대가 누구인지를 나만 알아버렸으니 이 교환 일기는 이제 끝이다.

오늘, 이 순간으로 끝!

끝내지 않으면 안 된다.

상대가 나라는 걸 미쿠에게 들키면 미쿠가 상처받게 된다.

그리고 나를 더 미워하겠지.

하지만… 이대로 노트를 주고받는다면 미쿠의 속마음을 알 수 있다.

그러면 미쿠에게 다가갈 수 있을지도 모른다.

역시 주위에서 보는 이미지는 진짜 나와 전혀 다르다. 겉모습이든 밖에서의 행동이든 믿을 게 못 된다. 남들이 보는 나는, 거짓말투성이다.

나는 비겁하고 형편없는 놈이다.

나만 좋아하는 것 같아서 네가 싫다고

- 조금 용기가 났어.

고마워.

넌 어떤 남자가 좋아?

그냥 궁금해서.

- 흐음… 글쎄.

말로 표현해 주는 사람이 좋아.

뭘 생각하는지 알기 쉬운 사람.

그러면 안심이 되잖아.

알 수 없는 사람은… 싫어.

나는 알기 쉬운 사람이 좋다.

어떻게 느끼고 생각하는지, 나를 어떻게 보는지 말로 표현하는 사람.

물론 나쁜 이야기라면 알고 싶지 않지만, 그래도 몰라서 불안한 것보다는 낫다. 사람의 마음은 알 수가 없으니까. 그래서 솔직하게 말해주는 사람이 좋다. 마호를 대하는 진나이처럼.

"마호, 주말에 뭐해?"

"혹시 시간 있으면 나랑 만나지 않을래?"

"다음번에 같이 점심 먹을까?"

점심을 먹고 바로 도서실로 갔다. 재빨리 답장을 쓴 다음 교실로 돌아왔더니, 내가 앉았던 자리에 진나이가 있었다. 그러면서 마호와 마주 본 채 즐겁게 이야기를 나누는 게 아닌가.

이렇게까지 드러내놓고 밀어붙이다니. 교실에 있는 반 애들 모두 진나이의 감정을 알아차릴 게 분명하다. 단번에 거리를 좁혀버리네, 진나이.

"나, 실은 요리할 줄 아니까 도시락 싸 올게."

"정말? 먹어보고 싶어!"

진나이와 이야기할 때 마호가 부드럽게 미소 짓는 건, 진나이가 솔직하게 다가와서 그런 거야. 마호는 진나이의 그런 면에 끌리는 거고.

아니, 이미 두 사람은 사귀는 거나 다름없는 분위기다. 설마 내가 모르는 사이에 진짜로 사귀는 건 아니겠지?

잠시 딴생각을 하는데 마호가 그런 나를 발견하고는 "아, 왔다!" 하며 손을 들었다. 괜히 두 사람을 방해하는 건 아닐까 싶었지만, 내가 다가가자 진나이도 스스럼없이 웃어 보였다.

"여어, 세토야마 미쿠, 안녕!"

"미쿠, 어디 갔었어? 너 요즘 자주 사라진다."

"그랬나?"

마호의 말에 헤헤 웃고는 두 사람 옆에 있는 의자에 앉았다.

"미쿠도 갈래? 낼모레 일요일에 놀러 가자는 얘길 하고 있었거든."

"어? 나, 나도?"

갑작스러운 권유에 흘낏 진나이를 쳐다보니 그는 약간 당황스러워 보였다. 아마도, 아니 당연히 둘만 가고 싶겠지.

"아… 그게."

생각할 필요도 없다. 나는 방해가 될 테니 거절할 수밖에. 볼일이 있다고 거짓말로 둘러댈까. 아니면 둘이 갔다 오라고 웃으며 말할까.

그렇지만… 마호는 그렇게 둔감하지 않다. 진나이처럼 단둘이 가고 싶을 수도 있지만, 만일 진나이의 속마음을 알면서도 굳이 나한테 같이 가자고 한 거라면 이번에는 따라가는 게 좋으려나?

"아리노 케이도 불러서 넷이 가자."

그건 안 돼!

아뿔싸! 좋다고 대답할 뻔했다.

"미쿠도 좀 익숙해졌지? 아리노 케이랑 얘기 많이 했잖아."

"아냐, 아냐, 그렇지 않아…."

단 하루 사이에 익숙해질 리가 없다. 케이와 대화하는 일도, 마호 앞에서 남자랑 이야기하는 일도.

어제는 '그 자리의 분위기를 어색하게 하지 않겠다'는 목적이 있어서 어쩔 수 없었다. 하지만 이제 더는 케이랑 얽히고 싶지 않다. 넷이서 만나는 건 진짜 무리야. 아니 싫다. 안 된다. 물론 케이도 나와 같은 생각일 거고.

"과거 일은 이제 잊자고."

어제 케이에게 들은 말을 떠올리자, 케이는 전혀 개의치 않을지도 모른다는 생각이 새삼 고개를 들었다. 신경 쓰는 사람은 역시 나뿐인 거다. 케이는 훨씬 전부터 나와의 과거 따위는 잊고 지냈나 보다.

짐작은 했지만… 그런데도 뭔가 울적하다.

왜냐하면 나는 잊지 못했으니까. 어제만 해도 줄곧 케이 생각으로 머릿속이 꽉 차 있었다.

가만… 왜냐하면…이라니…. 내가 지금 무슨 생각을 하는 거지!

“세토야마 미쿠가 뭐에 익숙해졌다고?”

“으응, 남자애들하고 얘기하는 걸 불편해하거든.”

“뭐?”

마호의 대답에 진나이가 놀라며 나를 돌아보았다.

앗, 큰일이다. 이런 이야기가 나오면 안 되는데.

순간 얼굴에서 핏기가 가시는 듯했다.

“세토야마 미쿠가?”

그만해, 진나이! 제발 아무 말도 하지 말아줘…!

마호는 “왜?” 하고 의아하다는 표정으로 고개를 갸우뚱했다.

“초등학교 때는 말야.”

“야, 진나이. 넌 왜 남의 반에 와서 죽치고 있냐!”

진나이가 이유를 설명하려는 듯해서 정신이 아찔해진 순간, 등 뒤에서 불쑥 케이가 얼굴을 내밀었다.

왜 케이가 여기에!

초조한 데다 패닉 상태까지 더해 멍해졌다.

“여어, 케이. 여긴 왜 왔어?”

“왜 왔느냐니. 5교시에 쓸 내 노트, 진나이 네가 갖고 있잖아.”

“아, 그랬나?”

진나이는 얼렁뚱땅 “미안, 미안” 하면서 진심은 하나도 담기지 않은 듯한 사과를 해댔다.

“겨우 그런 일 때문에 일부러 날 찾아다닌 거야?”

"진나이 네가 쉬는 시간마다 사라지니까 그렇지."

"그치만 케이, 꼭 지금이 아니어도 되잖아."

마호와 보내는 시간을 방해받아 삐진 건지, 진나이가 투덜거렸다.

아까 진나이가 덧붙여 설명하려던 내 이야기는 완전히 잊은 듯해 안도의 한숨을 내쉬었다.

놀라긴 했지만, 때마침 케이가 와서 다행이야.

"여어!"

혼자 가슴을 쓸어내리는데 케이가 나를 보고 가볍게 손을 들어 보였다.

케이와 아침에 인사하는 게… 몇 년 만인가.

"…아, 안녕."

모른 척할 수는 없어서 나도 인사를 건넸다. 설마 내게 말 걸 줄은 생각도 못 했기에 당황해서 약간 숨이 막혔다.

"있잖아, 아리노 케이. 너도 낼모레 우리랑 같이 놀러 가지 않을래? 놀이공원 가면 어떨까 진나이랑 얘기하던 중이거든. 놀잇거리도 많으니까."

"뭐 상관없지만, 왜 둘이 안 가고?"

마호가 놀자고 권하자, 케이는 나처럼 고민하지도 않고 바로 대답했다. '가는 건 상관없지만 둘이 가면 되잖아' 하고. 아주 똑 부러진 대답이다. 이런 점이 역시 케이답다.

케이는 초조해하거나 동요하지 않는 걸까. 언제 봐도 듬직하게 행동한다고 할까, 뭐라고 해야 할까. 하지만 결코 차가운 인상은 아니다. 누구를 대하든 똑같은 태도로 자연스럽게 대화를 나눈다. 그렇다 보니 불쑥 보여주는 미소가 사람의 마음을 끌어당긴다.

하지만 너무 차분해서 무슨 생각을 하는지 도통 알 수가 없다. 예전에는 그런 식으로 생각하지 않았는데 클수록, 그리고 가까워지면 가까워질수록 점점 더 케이를 모르겠다. 사귈 때는 특히나 더. 알 수가 없었다.

"둘만?"

마호가 흘낏 진나이를 쳐다보자, 진나이는 "두, 둘이 가자!"라며 큰 소리로 외쳤다. 마호는 그런 진나이의 반응에 쿡쿡 웃으며 "그러면… 그럴까?" 하고 뺨을 살짝 연분홍색으로 물들이며 받아쳤다. 갑작스레 두 사람 사이의 분위기가 무르익었다.

두 사람을 흐뭇하게 바라보는데 케이가 내 옆으로 다가왔다. 몸이 살짝 떨려서 몸 안의 뭔가가, 케이가 있는 오른쪽으로 확 끌려가는 듯했다.

어제 패밀리 레스토랑에서 옆자리에 앉았을 때도 줄곧 이런 느낌이었다.

"진나이가 맨날 성가시게 해서 좀 미안한걸."

"케이, 아니 아리노가 사과할 일이 아니잖아."

방심하면 금세 이름이 튀어나오려고 한다. 케이는 눈치챈 건지 아닌 건지, 아니면 아무래도 상관없는 건지 표정에 조금도 변화가 없다. 케이도 '미쿠'라고 날 이름으로 부르는 걸로 봐서는 신경 쓰지 않는 걸지도.

문득 어제 케이가 "미쿠!" 내 이름을 부르던 목소리가 들려온 듯했다. 예전에 비하면 어른스럽고 저음이지만 그래도 전과 똑같았다.

"미쿠!" 케이의 목소리가 다시 들려온다. 과거의 케이와 지금의 케이 얼굴이 겹친다. 기억과 현실이 뒤섞여 뭔가 도화선에 불을 붙였는지 와락 얼굴이 달아오르는 걸 알아챘다.

왜!!

이제 와서 왜 이런 반응이 나타나는 건지 영문을 알 수 없어 얼굴을 힘껏 좌우로 흔들었다.

"…뭐 하냐?"

"아무것도 아냐."

의아해하는 케이의 물음에 낯빛이 보이지 않도록 고개를 숙인 채 대답했다.

진정해, 미쿠. 바보 같잖아.

지금까지 그랬던 것처럼 케이가 나를 모른 척하면 좋을 텐데. 별안간 예전과 변함없는 모습으로 말을 걸어오니 당황스럽다.

자꾸만 케이를 의식한다. 심장이 제멋대로 빨라진다. 허둥대며 패닉 상태에 빠지고 만다. 게다가 예전처럼 날 이름으로 부르다니. 정말이지 그러지 않으면 좋겠는데.

케이랑 사귈 때도 나 혼자 이렇게 쩔쩔매곤 했다. 이런 날 감추려고 케이 앞에서 계속 떠들어대곤 했다.

달라지지 않았구나, 나.

어제 가미모리가 “하나도 안 변했네, 미쿠”라고 말했다. 중학교 때 복도에서 나한테 “남자애들 앞에서는 태도가 다르잖아”라고 무안을 주던 그 말투 그대로였다. 비꼬는 투가 아니라 입가에 웃음을 띠며 아주 친근하게.

역시, 나는 달라지지 않은 걸까.

가미모리한테 그런 말을 듣고 나서 스스로 달라지려고, 적어도 지금까지와 같은 이미지를 사람들에게 심어주지 않으려 기를 쓰고 노력했다. 그런데도 케이와 둘이 있던 내 모습이 가미모리한테는 조금도 변하지 않은 듯했나 보다. 따지고 보면 아주 잠깐이었는데. 나의 어떤 점이 그렇게 보인 걸까. 대체 어떻게 행동해야 좋을까.

케이는 진나이와 마호의 대화에 이따금씩 끼어들면서 웃고 있다. 진나이가 교실로 돌아갈 때까지 함께 있을 심산인가 보다.

…케이는 지금 나를 어떻게 생각할까.

왜 지금도 변함없이 ‘미쿠’라고, 친근하게 이름을 부르는 걸까. 마호와 대화하면서 내가 부모님에 대해 친구들에게 말하지 않았다는 사실을 알았을 때, 무슨 생각을 했을까. 어제 나와 함께 가미모리를 마주쳤을 때 뭔가 눈치챈 걸까.

지금의 케이에게 묻고 싶다. 확인하고 싶다.

사귈 때 내가 케이에게 "좋아해"라고 말하면, 케이는 "나도"라고 대답해 주었다. 하지만 정말로 나를 좋아했을까?

이제 와서 그걸 알아 뭐 하겠다고. 과거야 어떻든 지금 케이에게는 관계없는 일인데.

나만 혼자 케이를 의식하는 거다. 케이는 나를 피한 게 아니다. 오히려 피한 건 나다. 내가 신경 쓰는 걸 알고 케이는 내게 맞춰준 것뿐이다.

진나이와 마호라는 접점이 생기면, 두 사람을 위해서 당장 나하고도 이야기할 수 있는 사람이 바로 케이다. 정말로 케이는 언제나, 케이답다. 자기 의사가 뚜렷하고 여유와 자신감이 넘친다. 누구한테도 휘둘리지 않는다.

케이는 자신이 시야가 좁다고 했다. 그 말이 맞다. 케이는 그다지 좋은 의미로 말한 게 아닐 테지만, 나는 그런 케이가 솔직히 부럽다. 자신이 보고 있는 것에만 집중한다는 소리니까. 나처럼 남들이 나를 어떻게 볼지, 그런 건 전혀 의식하지 않는다는 거니까.

정말로 부럽다.

정말로 얄밉다.

그래서, 싫다. 정말 싫다.

싫어하지 않으면 내가 비참해져서 견딜 수가 없다.

"미쿠!"

순간 날 부르는 소리에 기억 속에서 튀어나온 목소리인가 싶었는데, 지금 곁에서 케이가 낸 소리였다. 얼굴을 들었더니 아까보다 더 가까이 다가와 있어서 움찔했다.

“어, 왜?”

“잠깐 얘기 좀 할래?”

진나이와 마호가 눈치채지 못하도록 케이는 살짝 내게로 몸을 틀어 얼굴을 가까이 대고 귓속말했다. 그러면서 시선은 복도 쪽을 가리켰다.

케이가 나한테? 할 얘기가 있다고?

게다가 교실이 아니라 복도에서?

그랬다가는 모두가 볼 텐데. 남학생과 둘이 이야기하는 모습은 아무에게도 보이고 싶지 않다. 하지만 케이가 장소를 옮기자고 하는 걸 보니 이 자리에서는 말하지 않는 게 좋을 용건인가 보다. 어디서 얘길 하든 위험을 감수해야 하지만, 지금은 케이 말대로 하는 게 좋을 듯싶다.

“알았어.”

자리에서 일어나 케이와 나란히 교실을 나가려 하자 반 아이들의 시선이 일제히 내게로 쏠리는 것 같았다. 실제로는 아무도 우리를 안 볼 텐데 신경이 바짝 곤두섰다.

“미쿠! 왜 그래?”

등 뒤에서 마호가 큰 소리로 나를 불렀다.

뭐라고 하든 일단 대답해야 한다. 하지만 뭐라고 하지?

“아… 그게.”

"너희 방해하면 괜히 미안하니까 우리는 밖에서 얘기 좀 하고 올게."

말문이 막혀 허둥대는 나 대신에 케이가 자연스럽게 이유를 댔다. 그 말을 들은 진나이가 기다리기라도 한 듯 냉큼 "어" 하고 손을 흔들었다.

"금방 올게."

마호에게 활짝 웃어 보였다. 마호를 똑바로 바라보지 않아서 마호가 어떤 표정을 지었는지는 모르겠지만.

교실을 나와 복도 막다른 쪽으로 걸어가는 케이를 따라갔다. 계단 앞을 지나자, 그 끝에 특별활동실 문이 보였다. 지금은 사용하지 않아서 주위에 아무도 없었다.

케이는 그 앞에서 걸음을 멈추고는 벽에 기댔다. 케이의 등 뒤에 있는 창문 너머로는 서서히 잿빛으로 물들어가는 하늘이 보였다. 오후 늦게 비가 오려나, 아무래도 상관없는 생각을 했다. 그러다가 곧 우산을 가져오지 않아서 비가 오지 않았으면 싶기도 했다.

"있잖아."

"응?"

케이가 나를 보았다. 두근대는 심장을 억누르듯이 교복 가슴 부근을 꽉 쥐었다.

"어제 잘 들어갔어?"

…뭐지, 이 질문은.

"버스 타면 집 근처 정류장에서 바로 내려."

"그런 뜻이 아니잖아."

케이가 어이없다는 듯이 웃었다.

그럼 무슨 말이 듣고 싶은 거지? 무사히 들어갔으니까 지금 여기 이렇게 서 있는 거잖아.

뜻 모를 질문을 하려고 일부러 교실 밖으로 데리고 나온 걸까. 어쩌면 그런 걱정을 할 정도로 가미모리를 대하는 내 표정이 어두웠는지도 모른다.

"아무 일 없어. 괜찮아."

다시 대답하는데 나도 모르게 그만 자조적인 웃음이 새어 나왔다.

케이는 얼른 다음 말을 하지 못하고 이마를 찡그렸다. 몇 번인가 말하려다 말고는 잠시 후 "그렇군" 하고 말할 뿐이었다.

우리는 그렇게 서로 한동안 아무 말 없이 마주 보고 서 있었다.

케이는 미간을 찌푸린 채 꼼짝도 하지 않았다.

할 이야기는 이제 끝난 건가. 교실로 돌아가도 되나? 계속 이런 곳에서 둘이 있으면 이상한 소문이 돌지도 모른다. 주위에는 아무도 없지만 멀리서 보는 사람은 많다.

"저기."

"미쿠, 앞으로 자주 이야기하지 않을래? 예전처럼."

내가 먼저 뭔가 말하기를 기다리는 건가 싶어서 입을 떼었는데 그와 동시에 케이가 말했다. 아, 하고 얼빠진 목소리를 내자 케이가 얼굴을 들었다.

시선이 너무 얽히는 것 같은데. 케이가 지그시 바라보기에 나도 모르게 반걸음 뒤로 물러났다.

진정된 줄 알았던 심장이 마구 날뛰었다.

"예전에는 매일 이야기했잖아, 우리."

"그랬…지."

"가족여행이며, 쇼핑, 오빠 여자 친구 이야기도 하고 재밌게 읽은 만화책이라든가, 미쿠가 얘길 많이 했지."

"다 기억하네."

"듣지 않는 것 같아도 다 듣는다고, 나는."

뿌듯한 듯 말하는 모습에 그만 찔끔 웃고 말았다.

"이제 어색하게 지내기 싫어서."

케이는 왜 이렇게 잔혹한 걸까.

예전처럼이라니. 그게 가능하면 이렇게 힘들지 않지. 나는 불가능하다. 나만은, 그렇게 할 수 없다. 케이에게는 쉬운 일일지 몰라도 나한테는 어렵다.

…왜냐하면.

"싫어?"

"그런 건 아니지만."

대답하지 않자 케이는 불안한 듯이 고개를 갸웃거렸다.

"왜 갑자기 그런 얘길 하는 건데? 마호랑 진나이를 위해서?"

"아니, 내, 내가 너랑, 이야기하고 싶으니까."

케이가 부자연스럽게 말을 끊는 건, 긴장해서일까.

나랑 이야기하고 싶다니, 왜?

멍해져서 케이를 쳐다보니 그의 얼굴이 살짝 붉어져 있었다. 가슴이 꽉 조여와서 숨쉬기가 버겁다.

왜. 어째서.

"날 싫어하지 않아?"

"…그럴 리가 없잖아. 왜 그렇게 생각하는 거야?"

사귈 때 내가 유행하는 것들을 이야기 화제에 올리기만 하면 늘 얼굴을 찡그렸으니까. 화를 내거나 냉담하게 굴지는 않았지만, 미간에 주름이 잡혔으니까. 케이는 나를 싫어하는 게 아닐까, 늘 불안했었다.

"나, 한 번도 그런 말한 기억 없는데."

"…응."

분명 케이는 아무 말도 하지 않았다. 헤어지자고 말한 사람도 나였다. 하지만 그대로 사귀었다면….

쓸데없는 생각 같은 건 하면 안 돼.

눈을 꼭 감았다.

맞아, 난 남자 친구를 원했다. 그래서 마호는 내게 남자애들 대하는 데 익숙해지라고 했다. 게다가 그 교환 일기에서도 나는 긍정적인 말을 쓰지 않았던가.

맞아, 언제까지 케이에게서 벗어나지 못하고 있을 거야.

이건 기회라고 생각하면 된다.

“노력은, 할게.”

마음을 단단히 먹으면서 대답하고는 입술을 깨물었다. 그리고 케이와 마주 보았다.

“응.”

케이가, 웃었다.

눈을 가늘게 뜨고 입꼬리를 올리더니 안도의 숨을 작게 내쉬고는 웃었다. 너무나도 부드러운 미소에 순간 숨이 멎는 듯했다.

어, 이건, 뭐지. 우와… 잠깐만!

목덜미에서 머리끝까지 단번에 열이 올랐다. 제어할 수 없는 감각에 조바심이 났다.

뭔가 말을 해야 하는데, 목소리가 나오지 않았다. 목이 바짝 말라서 말이 나오질 않는다.

어쩌지, 어떡하면 좋아.

그런 나를 구해주기라도 하듯 점심시간이 끝났음을 알리는 종이 울렸다. 케이는 그 소리를 듣더니 바로 평소 쿨하고 침착한 표정으로 돌아왔다. 그러면서 “자, 그럼 또 봐” 하고 돌아섰다. 그리고 돌아서자마자 머뭇거리며 한 손을 들고 흔들었다.

나도 살짝 손을 흔들었다.

휘적휘적 흔들리는 케이의 커다란 손을 보자 몸 안에서 무언가가 파닥파닥 날갯짓하는 듯한 느낌이 들었다.

…"또 봐"라고 했지.

뺨에 손을 대니 약간 열감이 느껴졌다. 이상하다. 이런 반응, 마치 기뻐하는 거 같잖아. 케이를 좋아하는 사람처럼.

그럴 리가 없다. 갑작스러워서 당황한 것뿐이야. 그렇잖아, 케이는 잘생겼으니까. 그런 얼굴로 웃으니까 가슴이 두근거린 거지. 단순한 내가 부끄러워서 뺨이 붉어진 것뿐이다.

그게 아니면 안 돼.

어금니를 꽉 물고 발밑으로 시선을 떨궜다.

두 번 흘린 눈물을, 나는 아직도 기억한다.

초등학생 때는 자연스럽게 연락이 뜸해졌다. 하지만 나랑 이야기도, 메시지도 주고받지 않게 되면서 오히려 여자애들하고 친해지기 시작한 케이를 보고 충격을 받았다. 케이는 아무 말도 하지 않았지만, 그때 차인 건 나였다.

두 번째는 헤어지자고 보낸 메시지에 답을 받았을 때였다. 초등학생 때는 풋사랑이었다 치고, 다시 같은 사람을 좋아하게 되자 이번에야말로 큰맘 먹고 고백했다. 사귀기로 했을 때의 기쁨은 초등학생 때 이상으로 컸다. 그리고 다시 그 뒤에 서로 엇갈리면서 겪은 아픔은 기쁘고 좋아했던 만큼 이루 말할 수 없이 잔혹했다.

그래서 헤어지자고 먼저 메시지를 보냈다.

그런데… 케이는 그러자고, 깔끔하게 대답했다.

좋아하던 감정은 희미해졌어도 그때 느낀 아픔은 생생하다.

그리고 좀처럼 치유되지 않는다.

…그럼 이건, 이미 좋아하게 된 것 같잖아?

숙였던 얼굴을 번쩍 쳐들었다.

이상해, 정말 이상해, 내가 무슨 생각을 하는 거지?

뭐야! 케이가 갑자기 뜻 모를 소리를 해서 그래. 그런 말을 하니까!

정말로 케이는 무슨 생각을 하는 건지 알 수가 없다니까.

"어쩌자는 거냐고!"

복도에서 혼잣말로 흘린 목소리는 아무에게도 닿지 않은 채 갈 곳을 잃은 듯 내 주변에서 한참을 맴돌았다.

- 전에 아무나 괜찮으니 사귀고 싶다고 했지?

지금도 같은 생각이야?

고백받으면 사귈 건가?

금요일 방과 후에 노트를 찾고 나서, 답장은 쓰지 못했다. 집으로 가지고 와서 어제오늘 내내 쉬는 시간마다 쭉 답장을 어떻게 쓸지 생각했다.

교환 일기 속 그 애는 왜 이런 걸 물어보는 걸까.

분명 얼마 전까지는 아무나 상관없으니 어서, 누구라도 사귀고 싶었다.

내가 좋아하는 사람이 생길 만큼 남자애들하고 친해지기는 어렵다. 아르바이트를 하면 그곳에서 새로운 만남이 생기지 않을까 잠시 생각하기도 했다. 하지만 고등학교 입학 초기라 또 다른 새로운 환경에 적응할 여유도, 기력도 없다.

그럼 기다릴 수밖에 없다. 하지만 기다린다고 인기 없는 내게 아무도 말을 걸지는 않을 거다. 그래서 만약 나를 좋아한다고 말해주는 사람이 나타난다면 무조건 사귀고 싶었다.

하지만 지금이라면 어떻게 할까.

희한하다. 왜 그렇게 연애하고 싶었던 건지도 지금은 잘 모르겠다. 남자 친구가 있었으면 하는 마음은 변함없지만 뭔가 전과는 다르다.

고백받는다면 틀림없이 기쁘겠지. 하지만 진짜로 사귈… 수 있을까. 애초에 사귄다는 건 뭘까. 좋아한다는 건 뭘까.

"노조미 언니는 우리 오빠 어디가 좋아요?"

"…어?"

일요일 세 시. 거실에 둔 낮은 탁자에 엎드려서, 곁에 있던 오빠의 여자 친구인 노조미 언니에게 묻자 얼빠진 언니의 목소리가 되돌아왔다.

"왜, 갑자기 그런 걸 물어?"

노조미 언니는 얼굴을 붉히면서 내 얼굴을 말끄러미 바라보았다. 언니는 왜 부끄러워하는 걸까. 나보다 언니지만 그런 점이 귀여웠다. 분명 오빠도 노조미 언니의 이런 점을 좋아하는 거겠지.

그러고 보니 오빠랑 노조미 언니가 사귀기 시작한 건 두 사람이 고등학생 때였다. 내가 케이와 사귀던 초등학교 4학년 때 잠깐 언니에게 상담한 적도 있다.

오빠와 노조미 언니는 그 이후 스물네 살이 된 지금까지 쭉 사귀고 있다.

"우리 오빠는 섬세하질 못하잖아요."

"아, 어, 그게, 그런가."

"속마음을 알기 쉬운 건 좋은데, 우리 오빠는 너무 훤히 들여다보여서 문제야. 심하게 솔직하죠?"

내가 만든 음식에 맛이 없다거나 싱겁다, 짜다 등등 정말 거리낌 없이 그대로 말한다. 그러고는 자기가 만들었을 때는 뿌듯해하면서 맛있다고 말해주지 않으면 굉장히 실망한다. 친오빠지만 꽤 성가시다.

노조미 언니는 그런 오빠와 7년이나 사귀다니 약간 신기하다.

물론 자상한 면도 있고 듬직해서 좋은 오빠인 건 맞지만 남자 친구로는 영 아닌데. 나는 절대로 오빠 같은 사람이랑은 사귀고 싶지 않다.

"오늘도 언니를 집으로 오라고 해놓고는 방에서 혼자 자는 거잖아! 진짜 짜증 나."

벌떡 몸을 일으키면서 눈을 치켜뜨자, 노조미 언니가 아하하하, 웃었다.

두 사람은 성인이 되고 사회생활을 시작하면서 주말과 공휴일밖에 만나지 못하는데 오빠는 피곤하다면서 종종 방에서 곯아떨어진다. 있을 수 없는 일이다. 여자 친구가 있는데! 여자 친구를 내버려두고 혼자 낮잠이라니! 너무 심해! 최근에는 데이트하러 나가지도 않고 말이지.

"하지만 나도 집에서 느긋하게 지내는 게 좋으니까. 여기는 세토야마네 집이지만."

노조미 언니는 언제나 그렇게 말하며 웃었다. 여전히 오빠를 성으로 부르는 것도 언니답다.

하지만 정말로 아무렇지도 않은 걸까.

애초에 나는 노조미 언니가 화내는 걸 본 적이 없다. 예전부터 내가 두 사람의 집 데이트를 방해해도 한 번도 싫은 내색 없이, 오히려 반겨주면서 끼워주었다. 오빠는 늘 화를 냈고 언니는 그런 오빠를 달래고는 했다.

"…울 오빠 같은 사람 어디가 좋은 거지? 아까워. 아니, 절대로 헤어지지 않길 바라지만!"

"어디가 좋으냐고 하면… 어렵네."

흐음, 하고 노조미 언니는 이마에 손을 댄 채 생각에 잠겼다.

"하지만 미쿠가 말하는 것만큼, 오빠가 섬세하지 않은 사람은 아냐."

"에이, 절대 아니죠. 언니가 착하니까 못 느끼는 거야."

노조미 언니는 큭큭 웃으면서 "그런가" 하고 말했다. 그리고 가만히 내 눈을 바라보았다.

"혹시 미쿠, 좋아하는 사람 생긴 거야?"

"…아, 네?"

"미쿠가 그런 말을 할 때는 늘 좋아하는 사람이 있을 때잖아."

노조미 언니는 촉이 좋다. 오빠는 예전에 언니가 둔감하다고 말했지만 그렇지 않다.

순간 아니라고 할까, 망설였지만 노조미 언니한테는 못 당하겠거니 싶어서 솔직해지기로 했다. 그러고 보니 초등 4학년 때도, 중2 때도 언니한테 연애 상담을 했던 기억이 난다.

"좋아하는 건지는… 잘 모르겠어. 좋아하는 점이 하나도 없거든."

"전에 사귄 남자 친구는 멋있다거나 자상하다고 확실히 말했었지."

뭐, 지금 상대와 동일 인물이긴 하지만. 약간 부끄러워서 그건 말하지 않았다.

"그렇지만 언니도 오빠의 어떤 점이 좋은 건지 확실히 말하지 못하는 건, 잘 모른다는 뜻 아닌가? 싫어하는 점은 있어요?"

"으음… 싫어하는 점이라. 있나?"

"그러면 전부 다 좋다는 뜻?"

입이 거친 건 물론이고 덜렁댄다거나 앞뒤 가리지 않는 점,

가끔 천진난만한 면이 튀어나오는 데다 화도 잘 내고 툭하면 잊어버리고 아이처럼 잘 삐지는 점이라든가. 그런 모습 전부?

노조미 언니는 "으음" 하더니 진지한 표정으로 생각에 잠겼다.

그렇게 골몰히 생각하지 않으면 모르는 건가?

"좋아하고 싫어하는 건 확실히 나눌 수 없지 않나?"

"왜요? 이렇게 오래 사귀었는데도?"

"세토야마가 가진 좋은 점을 좋아하는, 그런 느낌이 아니라고 할까. 겉과 속이 다르지 않고 생각하는 걸 바로 말하는 점은 존중하고 부럽지만… 너무 직설적으로 말하면 상처받을 때도 있거든."

아, 역시 노조미 언니도 그렇구나.

이렇게 착한 언니한테 상처를 주다니. 오빠지만 용서하지 않겠어.

"그렇지만 두 가지 다 있으니까 그래서 좋은 건지도 모르지."

무슨 말이지?

노조미 언니의 대답은 너무 애매해서 잘 모르겠다.

"좋은 점도 싫은 점도, 상황에 따라서는 반대가 되기도 하니까. 이게 좋아, 이게 싫어, 하고 딱 잘라 나누지 않아도 될 것 같아."

그래서?

"좋아하는 것의 반대가 꼭 싫어하는 건 아니니까 깊이 생각하지 않아도 괜찮지 않을까?"

"그런 거야?"

그냥 모르는 거잖아요.

"어느 쪽이든 상관없다는 거지."

갑자기 등 뒤에서 오빠가 끼어들었다.

언제 일어난 거지?

"뭐야 그게. 어느 쪽이든 상관없다니. 엉터리!"

잠이 덜 깨서 대충 대답하는 게 틀림없다.

"그렇다네, 노조미."

"내, 내가 한 말이 아닌데."

내 불평에 오빠는 노조미 언니를 보며 싱긋 웃었다. 당황하는 노조미 언니를 보며 오빠는 즐거워하고 있다.

무슨 얘기를 하는 건지 흐름은 전혀 모르겠다만, 눈앞에서 두 사람이 꽁냥꽁냥거린다.

오빠는 편안한 차림새로 쭉 기지개를 켜더니 "아버지랑 할머니는?" 하고 물었다.

"할머니가 시 짓기* 모임 있다고 하셔서 아버지가 차로 모셔다드린다고 같이 나가셨어."

아마도 할머니께서 친구들하고 즐거운 시간을 보내시는 동

---

* 원서에서는 '센류(川柳)'라는, 5-7-5 형식으로 된 일본의 고유 정형시를 가리킨다.

안 아버지는 혼자 골프 연습장에 가셨을 것이다. 옛날에는 나도 할머니 친구분 댁에 자주 놀러 갔다. 하지만 나중에는 가지 않았다. 지나치리만치 좋은 분들만 계셔서 나를 너무 걱정해 주었기 때문이다.

"미쿠는 아주 야무져."

"가엾어라. 언제든 어리광을 부려도 돼."

"엄마가 없어서 힘들 텐데도 착하네."

다들 그렇게 말하며 무척 신경을 써주었다. 할머니 친구분들뿐만이 아니었다. 동네 아주머니들도 마찬가지였다. 모두 나를 보기만 하면 늘 착한 아이라고 칭찬했다.

나는 가엾은 애가 아니다. 그래서 웃고만 있을 수밖에. 그런데 웃고 있으면 착한 아이가 된다. 그냥 웃을 뿐인데.

그렇다고 웃지 않을 수는 없다.

오빠는 자기가 물어봐 놓고는 "흐음" 할 뿐 별로 관심이 없어 보였다.

"노조미, 출출하지 않아? 뭐 좀 사 올까? 단 게 좋아, 짭짤한 게 좋아?"

"아무거나 다 좋아."

"난 디저트. 요즘 편의점에서 유행하는 푸딩이 있는데 그거 먹을래. 다 팔리고 없으면 신상품 마크 붙은 걸로."

내게는 묻지도 않았는데 손을 번쩍 들고 오빠한테 주문했다.

"또? 얼마 전까지 빠져 있던 크레이프 말고? 벌써 질린 건가?"

오빠도 케이와 마찬가지로 유행에 별 관심이 없다. 어이없다는 듯이 한쪽 뺨을 씰룩이면서 놀리는 투로 빈정거렸다.

저러는 거 싫다. 하지만 오빠가 어떻게 생각하든 조금도 신경 쓰지 않는다. 게다가 오빠도 이것저것 흥미를 보이며 빠져들 때가 있다는 걸 누구보다 잘 안다.

"미쿠는 쉽게 좋아했다가 쉽게 싫증을 내니까."

"뭐래! 자꾸 그러면, 엄청 맛있어도 안 나눠줄 거야."

"사다 주는 사람한테 그러면 쓰나. 그리고 누구든 사귈 거면 제대로 집에 한 번 데리고 와. 오빠가 봐줄 테니까."

"뭔 소리야. 어떻게 된 거 아냐?"

"말하는 본새하고는!"

오빠 닮아서 그렇지.

"그럼 얼른 편의점 다녀올게."

오빠가 노조미 언니에게 말하자 언니는 "조심해서 다녀와" 하고 오빠를 배웅했다.

"언니는 정말로 아무거나 괜찮아? 비싼 아이스크림 사달라고 하지."

"응. 뭐든 잘 먹어."

욕심이 없네. 미안해서 말을 못 하는 건가.

노조미 언니가 뭔가를 딱 정해서 말하는 경우는 거의 없다. 뭐든지 오빠가 결정하는 모양이다.

입술을 뾰족 내밀자, 언니가 웃음을 터뜨렸다.

"미쿠는 오빠랑 닮았어."

오빠랑 닮았다니 말도 안 돼!

- 고백받으면 기쁠 테니까 사귈지도 모르지.
하지만 실제로 어떻게 할지는
주말에 생각해 봤는데도 잘 모르겠어.

갑자기 왜 그런 걸 물어?
아, 혹시 누군가에게 고백받았어?
아니면 좋아하는 사람한테 고백할 거야?

그렇다면 응원할게!

월요일 아침, 답장 쓴 노트를 평소처럼 도서실에 살짝 놓아두었다. 그리고 곧장 복도로 나와 느긋하게 걸어갔다.

결국 노트에 적힌 질문에는 확실하게 대답하지 못했다.

케이와 이야기를 나누기 전의 나였다면 분명 바로 답했을 것이다.

그렇게 생각하자 '왜?' 하는 의문이 생겼다. 왜 케이가 관련된 건지 알 수가 없다. 케이의 얼굴이 머릿속을 휘젓고 다닐 때마다 대답할 말을 잃고 만다.

단 한 가지, 떠오르는 대답은 있었다. 하지만 알아채지 못한 척했다.

…내가 왜 이러지?

뭔가 개운치가 않다.

팔짱을 끼고 심각한 얼굴로 복도를 걸었다. 연결 복도에 이르자 서늘한 바람이 불어왔다. 이제 겨울이 다가오고 있어서인지 바람이 전보다 차갑다. 당장이라도 비가 내릴 듯한 스산한 하늘을 올려다보니 가슴속에도 그늘이 드리워졌다.

연결 복도를 지나 문과반 건물로 들어섰다. 신발장 앞을 걸어가는데 현관 입구 쪽에서 마호의 목소리가 들렸다.

"어머, 미쿠?"

옆을 돌아보니 내게 손을 흔드는 마호 옆에 웬일인지 진나이가 서 있었다.

왜 둘이 같이 있지? 우연히 마주친 건가?

아니, 그럴 리가 없지. 두 사람이 손을 꼭 잡은 걸 보면.

"어? 어? 혹시."

인사하는 일도 잊고 두 사람이 잡은 손을 가만히 바라보고 있자니, "사귀기로 했습니다" 하고 두 사람이 맞잡은 손을 번쩍 들어 올리며 행복한 표정을 지었다.

"진도 참 빠르네!"

진나이는 놀라는 나를 아랑곳하지 않고 "자, 이따 봐" 하더니 이과반 건물로 향했다. 일단 자신의 교실에 가방을 두고 다시 우리 교실로 올 모양이다.

"드디어 남친이 생겼어."

"…추, 축하해."

헤헤, 웃으며 수줍어하는 마호에게 축하한다는 말을 건넸다.

"일요일에 고백받았거든."

오오, 역시, 진나이. 추진력 죽이네.

순조롭게 연인이 된 두 사람은 오늘 역에서 만나 함께 등교한 거라고 했다. 진나이는 평소처럼 통학로에 학생들이 많은 시간대를 원했지만, 마호가 거부했다고도 덧붙였다. 마호에게 남자 친구가 생긴 걸 알면 애들 사이에서 한바탕 난리가 날 게 뻔하다. 마호는 그게 싫다고 했다.

"소란스러운 건 싫다고 했더니 자기는 자랑하고 싶다면서 계속 삐쳐 있지 뭐니."

그렇게 말하면서도 행복한 듯 웃음을 참지 못하는 마호가 너무 예쁘다.

원래도 귀여운데 남자 친구가 생기면 이렇게 더 예뻐지는 건가? 큰일 났네. 진나이가 맨날 신경 쓰이겠어. 그러니까 마호한테는 남친이 있다고, 그게 바로 자신이라고 모두에게 자랑하고 싶었던 건지도 모른다.

"근데 빠르네, 벌써 사귀다니."

교실로 오면서 가만히 중얼거렸다.

진나이와 마호가 처음 이야기를 나눈 지 이제 일주일쯤 되었다. 그만큼 진나이가 애썼다는 소리지만, 엄청 빠른 진전이다.

“나도 의외여서 놀랐어. 그러니까 지금부터가 진짜잖아? 일주일밖에 안 됐으니 아직 진나이에 대해서도 잘 모르고 말이야.”

마호는 또렷하고 당당하게 대답했다.

잘 모른다는 말은 뜻밖이었다.

“그, 그런 거야?”

“그야 당연하지. 일주일 사이에 뭘 알겠어? 게다가 사귀게 되면 지금까지 보이지 않던 모습들도 보일 텐데.”

“그런 모습을 보고 나서 사귀는 거 아니고?”

내 질문에 마호는 “흐음” 하고 생각에 잠겼다.

“그것도 나쁘진 않지만 고백받았겠다, 거절할 이유도 없으니까. 앞으로 알아가도 되지 않을까? 나만 그런 게 아니라 진나이도 마찬가지지. 분명히 날 너무 미화해서 보고 있을 거야. 내 깐깐한 성격을 알면 진나이가 도망칠지도 몰라.”

마호가 호쾌하게 웃으며 말했다.

“그럼 충격받지 않겠어?”

“그렇게 생각하면 평생 아무도 못 사귈 거야. 아무리 상대를 잘 안다고 생각해도 답은 모르는 법이고 사람은 변하는 거니까, 미쿠.”

마호가 얼굴 가득 어른스럽고 우아한 미소를 띤 채 내 어깨에 손을 얹었다. 과장된 그 행동에 그만 웃음이 터져 나왔다.

"그런가. 그런 거구나."

"그럼, 그럼. 그리고 나는 가능한 한 본성이 드러나지 않도록 노력할 뿐이고."

미호가 이렇게 자신에 관해 이야기하는 건 의외였다.

"마호도 그런 식으로 생각하는구나…."

무심코 그런 말이 흘러나왔다.

"너도 그렇지 않아?"

마호의 표정이 잘 보이지 않아서 어떤 의도로 그 말을 했는지는 모르겠다. 그래서 "으응" 하고 애매한 대답을 할 수밖에 없었다.

"넌 어때? 아리노 케이랑."

왜 느닷없이 케이 얘길 꺼내는 거지?

"뭐, 어떻긴."

"좋아하는 거 아냐? 좋아하게 될 것 같지는 않고? 미남인데? 얼굴이 잘생기면 웬만한 건 다 용서된다고 전에 미쿠가 그랬잖아."

그런 말을 하긴 했지만. 그건 연예인 이야기지. 하지만 마호 말처럼 케이는 확실히 미남이다. 그리고 예전에 처음 마음이 끌렸던 이유도 내가 좋아하는 외모여서인 건 맞다.

지금도 케이 앞에 있으면 마음이 진정되지 않는 이유 또한 어쩌면 같은 까닭일지도 모른다.

"그래도 어느 정도지. 역시 성격도 중요하잖아."

"…사귀어본 적도 없으면서. 자, 그럼 대답해 봐, 넌 어떤 사람이 좋은데?"

마호가 한 말이 너무나도 예리해서 눈물이 날 뻔했다.

사귀어본 적은 있다고! 연인끼리 하는 이벤트는 한 번도 못 해봤지만.

"으음, 알기 쉬운 사람이면 좋겠어."

교실에 도착해 가방을 책상에 올려놓으면서 생각했다. 노트에 적은 내용을 떠올리고 그대로 대답하자 마호가 "그렇군!" 하며 자기 자리에 앉았다. 그러더니 바로 "앗!" 하고 큰 소리를 지르며 벌떡 일어섰다.

"미쿠! 미안, 교무실에 잠깐 다녀올게."

"응? 무슨 일인데?"

"어제 제출 기한이었던 노트, 가방에 그대로 있어! 당장 내고 올게."

"어, 알았어."

허겁지겁 달려 나가는 마호를 바라보다가 새삼 교실을 둘러보았다. 이른 아침이어서 교실에는 아직 몇몇 남학생밖에 와 있지 않았다.

스마트폰으로 인터넷 서핑이라도 하다 보면 마호가 금방 돌아오겠지.

"어? 마호는?"

진나이가 서둘러 달려온 듯 약간 숨을 헐떡이면서 교실로 들어와 물었다.

"너 혼자 있는 거야?" 묻더니 진나이는 내 앞의 빈자리에 앉았다.

"미호는 교무실. 곧 올 거야."

여자애들이 없어서인지 바로 대답이 나왔다.

사람이 없으면 이야기를 잘하는 나 자신에게 놀랐다. 동시에 그 정도로 주위를 신경 쓰며 행동하고 있다는 사실에도. 정말 한심하기 짝이 없다.

"그런데 말이야, 넌 케이랑 어떤 사이야?"

"아무 사이도 아니야. 그냥 동급생이지."

사전 예고도 없이 갑자기 튀어나온 케이의 이름에 가슴이 철렁 내려앉았다. 그 당황한 기색이 행여라도 얼굴에 드러나지 않도록 조심하면서 무난한 대답을 내놓았다.

"하지만 케이는 널 꽤 의식하던데."

"…그, 그럴 리가. 원래 여자애들하고 잘 어울리잖아."

말을 더듬고 말았다.

케이가 날 의식하다니. 어떻게 받아들여야 하지? 위 언저리가 근실거리기 시작했다. 쑥스럽고 저릿저릿하다. 왜 이러지?

"어? 뭐야, 뭐야! 여자애들하고 잘 어울린다니, 역시 너도 케이를 신경 쓰는 거 아냐?"

"그런 거 아니라니까. 못 살아. 얼른 마호 마중이나 가셔."

갑자기 너무 부끄러워서 얼른 고개를 돌려 외면했다.

이제 10분만 있으면 반 아이들이 교실로 들어올 텐데. 이대로 계속 진나이랑 둘이 이야기하고 있으면 안 된다. 얼른 마호가 돌아오거나 진나이가 다른 데로 가면 좋으련만.

"뭐 어때, 모처럼 얘기 좀 하자고. 진짜 케이 좋아하는 거야? 그보다 미쿠 넌 분위기가 달라졌는걸."

이야기가 이것저것 섞여서 어떤 말에 대답해야 좋을지 모르겠다. 게다가 쑥쑥 밀고 들어온다.

"옛날에는 누구하고든 얘기 잘하지 않았어? 이렇게 말이 없었나?"

"그렇지 않아."

여기 계속 있을 거면 제발 아무 말도 하지 말아 주라.

"말도 잘 걸고 그랬잖아. 근데 왜 남자애들이 불편하다느니 그런 말이 나오는 거야? 세토야마 미쿠, 너 그럴 리 없잖아? 지금도 말만 잘하는데 뭘."

그 얘기, 마호한테는 안 한 거지?

앞으로 벌어질지도 모를 일을 생각하면 지금 입막음을 해야 하나.

하지만 진나이가 그럴 수 있을까. 입막음을 하려다가 오히려 역효과를 낼 것만 같다.

"그 얘긴 이제 그만."

"그럼 케이 얘기할까? 케이는 항상 널 신경 쓰던데."

"뭐?"

고개를 번쩍 들자 진나이가 씨익 웃었다. 내 반응이 너무 노골적이었다는 걸 깨닫고는 김이 모락모락 올라올 정도로 얼굴이 뜨거워졌다.

이, 바보 같이!

"널 자주 쳐다보더라고. 아마도."

"뭐야, 아마도라니. 아니, 이제 그 얘긴 그만. 됐어."

부끄러움을 감추려고 쓰윽 시선을 돌려 아무렇지도 않은 척했다. 마음을 가라앉히려고 기를 썼다.

진나이가 착각하는 게 분명하다. 아니면 나를 놀리려고 거짓말하는 걸 수도 있어. 진나이가 말하는 그런 감정을 케이가 갖고 있을 리 없다.

수없이 스스로 타일렀다. 그런데, 한 번 흐트러진 심장은 좀처럼 안정되질 않았다. 얼굴의 열도 사그라지지 않고 있다.

왜 케이 이야기만 나오면 이렇게 마음이 어수선해지는 걸까.

다 싫다. 그래서 싫어. 케이 정말 싫다.

나 혼자만 케이를 좋아하는 것 같아서, 싫다.

나도 모르게 넘쳐나는 감정에 놀라 숨을 삼켰다.

나 지금 뭘 하고 있는 거지.

떠오른 말들이 머릿속을 핑크빛으로 물들였다. 이건 뭐지?

가만히 미동도 하지 않고 있었더니 진나이가 내 얼굴을 들여다보았다.

“너, 설마… 진짜 케이를….”

“그만하라니까!”

진나이가 그다음 말을 하기 전에 벌떡 일어나 진나이의 입을 손으로 틀어막았다.

“푸하하! 너 표정이 왜 그래!”

내 얼굴이 아직도 새빨개져 있는지 진나이가 손가락으로 가리키며 웃어댔다.

“진나이 네가 이상한 말을 하니까 그러지.”

“왜 내 탓을 하냐.”

“시끄러워! 바보!”

낄낄대며 큰 소리로 웃는 진나이를 노려보며 화를 내자 진나이는 한층 더 재밌어하며 웃었다.

“이제 그만 좀.”

“둘이 뭐해?”

진나이에게 화가 폭발하려는 순간, 싸늘한 목소리가 교실에 울렸다.

흠칫 돌아보자 교실 문 앞에 마호가 무표정하게 서 있었고, 어찌된 일인지 그 옆에는 케이가 있었다.

“마, 마호. 왔어?”

진나이에게서 손을 떼고 마호에게 말했다. 케이의 얼굴을 보지 않으려고 마호만 쳐다봤다. 왜 케이가 함께 있는 건지 좀 신경이 쓰였다. 게다가 어디서부터 듣고 있었는지도 걱정이다.

하지만 그 이상으로, 조금 전 마호의 목소리가 고막에 딱 달라붙어 사라지질 않았다.

"괜찮았어? 과제."

불안한 표정을 보이지 않으려고 의식하며 물었다.

생각대로 잘 되었는지는 모르겠지만 마호는 "응" 하고 여느 때처럼 미소를 지으며 다가왔다. 그리고 진나이 옆에 앉았다. 진나이는 케이나 나에게 보이던 웃음과는 완전히 다르게, 마호를 나사 풀린 듯한 표정으로 쳐다보았다.

"미쿠랑 진나이, 두 사람 사이좋네."

마호가 나를 보며 말했다.

웃긴 하지만, 웃는 게 아닌 듯 느껴져 싸했다.

"그런 거 아…."

"미쿠가 남자랑 장난치는 거 처음 봐."

내가 부정하려는 찰나 마호의 말이 겹쳤다.

고등학교에서는 한 번도 남자애들하고 장난 같은 건 하지 않았다. 그런데 그만 진나이한테 예전처럼 대하고 말았다. 주위에 애들이 얼마 없다고 경솔한 짓을 하다니.

게다가 상대는 마호의 남자 친구다. 지금까지 누구하고도 이야기한 적이 없는데 진나이하고만 이러는 모습을 보면….

'남자애들 앞에서는 태도가 다르잖아.'

마호도 똑같이 생각할지도 모른다.

그 생각이 들자 얼굴이 옥죄어드는 듯했다.

어떡하지. 어쩌면 좋아.

이럴 줄 알았으면 진나이가 왔을 때 교실에서 나갈 걸 그랬다. 왜 말을 섞었을까.

눈앞이 흐릿해지고 심장이 마구 요동쳤다. 무섭다. 이런 느낌 너무 싫다. 어쩌지.

"그러고 보니 진나이는 알기 쉬운 성격이지."

마호가 혼잣말처럼 중얼거렸다.

아까 어떤 남자를 좋아하느냐고 물었을 때 나는 '알기 쉬운 사람'이라고 대답했다.

어쩌면 오해할지도 모른다.

"…마호."

"뭐라니! 농담이야."

떨리는 목소리로 마호의 이름을 부르자 마호가 갑자기 표정을 풀었다. 그리고 내 어깨를 탁탁 가볍게 두드렸다.

"미안미안. 조금 놀린 거야. 미쿠, 그런 표정 짓지 마."

"…아, 아니, 나도 미안."

지금은 웃어야 하는 걸까.

어떻게든 입가에 웃음을 띠려고 했지만 잘하고 있는 건지 알 수가 없다. 그래도 눈앞에서 마호가 웃어주니 한시름 놓인다. 안도하자 몸 안에서 기운이 쫙 빠져나갔다.

그 탓에 눈물이 쏟아질 것만 같다.

이 상황에서 울면 절대 안 되는데.

"미쿠."

입술을 깨물고 참는데 문득 눈앞에 커다란 그림자가 드리워지는 게 느껴졌다. 시선을 위로 돌리자 나를 내려다보는 케이의 시선과 부딪혔다.

"무슨 일이야?"

케이의 진지한 표정에 몸이 굳었다. 왜 긴장하는 건지 나도 모르겠다. 조금 전까지 느낀 공포가 아직 다 빠져나가지 않았다.

"미쿠, 나랑 사귀자."

…뭐?

예상하지 못한 케이의 말에 나의 세계에서 모든 소리가 사라졌다. 몇 초인지, 몇 분인지 모르게 세상이 정적으로 둘러싸였다.

그 순간 마치 폭발하듯 함성이 터졌다. 아직 교실에는 반 아이들이 3분의 1 정도밖에 오지 않았는데.

복도에 있던 모르는 애들까지 "꺄아" 소리를 질렀다.

"어? 자, 잠깐 미쿠. 어떻게 된 거야!"

"케이, 교실에서 고백하다니 그건 나도 못하는데."

"뭐야뭐야, 둘이 사귀는 거야?"

"근데 왜 아리노 케이가 여기 있는 거지?"

갖가지 말이 여기저기서 한꺼번에 쏟아져 들려왔다.

아니, 아니, 잠깐만. 뭐가 어떻게 된 거야?

"무, 무슨 말이야. 케이, 이런 데서 무슨 말,을 하는 거야?"

"어?"

더듬거리며 묻자 케이는 멍한 표정으로 한 박자 뜸을 들이더니 교실을 둘러봤다. 그러고는 "아, 미안" 하면서 사실 조금도 미안해하지 않는 표정으로 사과했다.

이제 알아차린 거야? 역시 케이는 시야가 좁아! 바로 이런 거였어!

"농담…이지?"

"아니, 진담."

케이가 입을 뗄 때마다 교실 안이 술렁거렸다.

이건 큰일이다. 진심이라니. 무슨 말인지 모르겠다고!

"이, 일단… 여기선 좀 그러니까."

"아아, 그러네."

케이는 순순히 꾸벅 고개를 끄덕이더니 앉아 있던 내게 손을 내밀었다.

악수를 하자는 건가? 왜?

"미쿠, 가자."

"어? 뭐라고?"

고개를 갸웃하며 일어서려는데 케이가 내민 손이 내 오른손을 잡았다. 그러고 나서 놀랄 틈도 없이 케이는 꽉 쥔 손을 당겨 내 몸을 일으켰다.

"어? 자, 잠깐."

그 바람에 케이의 가슴팍에 부딪혔다. 그 모습에 또 누군가가 "꺄아꺄아" 소리쳤다.

아, 이제 다 틀렸다. 머릿속이 뒤엉켜버렸다.

어떻게 행동해야 좋을지 몰라 당황하는 내 손을 잡은 채, 케이가 걸음을 떼었다.

이건 마치 손을 잡고 걸어가는 모습으로 보이지 않을까. 이런 모습으로 어디 가려는 거지? 내게로 쏟아지는 애들의 시선이 따가워 견딜 수가 없다.

"저기, 잠깐만!"

뿌리치려고 힘을 줘도 케이의 손은 내 오른손을 꽉 쥔 채 절대로 놓아주지 않았다.

케이에게 붙들려온 곳은 전에 둘이서 이야기를 나눴던 복도 구석이었다. 단 몇십 미터 거리가 무척이나 길게 느껴져서 정신을 잃는 게 아닌가 싶을 정도였다.

"왜 이러는 거야?"

대체 왜 이런 행동을 하는 거지? 무엇보다 빨리 손을 놓아줬으면 좋겠어.

큼지막한 케이의 손에 다시 한 번 힘이 들어가는 게 느껴졌다. 아까까지는 주위 애들이 신경 쓰여서 어쩔 수 없었기에 미처 몰랐지만 그 손에서 온기가 전해져왔다. 심장 박동이 점점 더 빨라졌다.

"…왜 그러는데?"

앞을 바라본 채로 건전지가 다 닳은 로봇처럼 아무 말 없이 서 있는 케이에게 다시 한 번 물었다. 그러자 케이가 휙 돌아보더니 아무래도 말하기 어려운지 오른손으로 이마와 눈언저리를 긁적였다.

그때 눈에 띈 케이의 새끼손가락 안쪽이 초록색 펜으로 더럽혀져 있었다. 반대로 뒤집힌 모양이기는 했지만 얼핏 '노력'이라는 글자가 보였다.

여전히 케이의 왼손과 내 오른손은 맞잡은 채로 있다.

"갑자기 놀랐지? 미안해. 하지만."

똑바로 응시하는 케이의 시선에 심장이 누군가에게 꽉 잡힌 듯 조여왔다.

케이의 표정은 사뭇 진지했다.

그건 알겠는데, 그다음에 이어질 말을 전혀 예측하지 못하겠다. 무슨 생각을 하는 건지 눈곱만큼도 헤아릴 수가 없다. 그럴 리가 없는데, 하면서도 그 있을 수 없는 일밖에 머릿속에 떠오르질 않는다.

"나랑 사귀지 않을래?"

케이는 아까와 같은 말을 되풀이했다.

무슨 이유로 그런 말을 하는 건지 전혀 이해할 수 없지만.

하고 싶은 말은 잔뜩 있는데 말로 표현하지 못하고 입만 오물거렸다.

이러면 안 돼, 마음을 좀 가라앉히자.

가슴에 손을 얹고 심호흡을 했다. 눈을 감고 케이가 한 말을 곱씹어보았다.

"나랑 사귀지 않을래?"

…으아, 안 돼, 진정이 되질 않아. 아니 그보다 의미를 모르겠다고!

창유리에 투툭, 하고 빗줄기가 떨어지는 소리가 났다.

"아, 그게, 그러니까, 왜?"

눈을 뜨자 생각에 앞서 입으로 먼저 의문이 튀어나왔다.

"좋아하니까."

"왜."

언제부터, 왜. 왜, 왜왜왜!

"사귀고 싶어."

기쁘다.

그런데 기쁜 마음만큼 의아해서, 케이의 말을 순순히 받아들일 수가 없다. 당혹감이 훨씬 더 크다. 바로 조금 전에, 내가 지금도 케이를 좋아한다는 걸 깨달았다. 그동안 애써 외면하던 감정을 이제 겨우 마주해야 할 때가 왔다.

"이번에는 제대로 할게."

제대로라니? 전에는 제대로 하지 않은 거야?

트집을 잡을 뻔해서 꿀꺽 말을 삼켰다.

"그리고."

케이는 살짝 내 눈에서 시선을 돌렸다. 시선이 향한 끝에는 아까까지 우리가 있던 교실이 있다.

"나랑 사귀면 더 이상 오해받지 않을 거 아냐?"

그건, 비겁해.

지금 그런 말을 하는 케이도, 게다가 한순간이지만 마음을 빼앗긴 나도.

"그래서 그런 말을 한 거야?"

"그런 이유도 있지만, 거짓말 아냐. 나는 진심이거든."

"안 돼."

"왜?"

케이는 아무런 망설임도 없는 사람처럼 고개를 갸우뚱했다.

아니, 그건 이상하잖아. 갑자기 그런 말을 꺼내는 게. 사귀자니, 발상이 너무 비약된 거잖아.

믿을 수 없다. 진심이라고 말해도 그 말을 순순히 받아들일 수가 없다.

아무리 생각해도 그 자리에서 나를 지키려고 한 말이라고밖에 생각할 수가 없다.

물론 조금도 호감이 없었다면 교실 한가운데서 사귀자는 말을 할 사람이 아니라는 건 잘 안다.

하지만.

"내가 그렇게 싫어?"

"아니, 아니야. 싫어하는 거 아냐!"

얼굴을 양옆으로 세차게 흔들며 교복 스커트를 꽉 쥐었다.

나는 케이를, 좋아한다.

지금은 확신할 수 있다. 나는 케이를 줄곧 좋아했던 거다.

그래서, 줄곧 싫었다.

싫어하지 않으면 안 됐던 거다.

그러지 않으면 나 혼자만 계속 좋아하게 되니까.

무심코 오른손에 힘을 주었다. 사귈 때는 한 번도 이렇게 손을 잡지 않았다. 늘 잡고 싶었는데 잡을 수 없었다. 두 번이나 사귀다 얼마 못 가 헤어진 우리가, 다시 사귀면 잘해나갈 수 있을까. 이젠 다시 예전처럼 슬픔을 겪고 싶지 않다.

케이는 정말로 나를 좋아하는 걸까? 나는 그 말을 믿어도 될까?

"싫어하는 게 아니라면, 그럼 사귀자."

케이가 간절한 눈빛으로 말했다. 그 애절한 표정에 가슴이 조여들었다. 기쁘기도 하지만, 동시에 그만큼 불안하다. 하지만 거절할 수 없다.

나는 케이를 좋아하니까. 쭉, 지금까지.

아무나 상관없으니 사귀고 싶다는 말은 거짓이었다. 나는 줄곧 케이와 사귀고 싶었던 거다.

"날 이용해도 좋으니까."

그런 말은, 하지 말았으면.

그런 말은 원치 않아.

"그런 거, 안 해. 그럴 마음으로는 사귀지 않아."

이 말을 하는데 눈동자에 눈물이 차올랐다.

왜 우는 건지 나 자신도 잘 모르겠다.

"미쿠…."

"그냥 사귀는 거야."

계속 울면 안 되겠기에 고개를 들고 웃어 보였지만 분명 얼굴이 엉망일 거야. 케이도 울 것처럼 얼굴이 일그러지며 말을 잇지 못했다.

기쁘고 행복한 오늘이 시작되었다.

그런데 우리의 표정도, 하늘도, 맑음과는 거리가 멀었다.

1교시가 끝나고 축 늘어진 채 도서실로 향했다.

케이와 사귀기로 하고 나서 주위의 시선이 신경 쓰여 견딜 수가 없다. 마호도 다른 친구들도 무슨 일이 있었기에 이렇게 된 건지 꼬치꼬치 묻고 싶어 했다. 하지만 나도 잘 모르니 뭐라 대답해야 할지 모르겠다.

이대로 교실에 있으면 안 되겠다. 아직 1교시가 끝났을 뿐인데 지쳐서 쓰러질 것만 같다.

무엇보다도 잠시 혼자 있고 싶다.

그런 마음으로 도망치듯이 교실을 박차고 나왔다.

"뭔가 너무 진전이 빨라서 쫓아가기가 벅차…."

하아, 하고 한숨을 토해냈다.

정말로 케이와 사귀게 된 건가, 실은 꿈이 아닌가 하는 생각마저 들 정도다.

순순히 기뻐할 수 없는 기분은 여전하다.

…좋아하는데 왜 이런 마음이 드는 걸까.

머리를 흔들어 잡념을 떨치며 도서실로 들어섰다.

일단 먼저 노트를 확인하자. 지금이라면 아직 노트 속의 상대는 내 답을 읽지 않았을 가능성이 크니까 덧붙여 써도 괜찮겠지.

남자 친구가 생겼다는 걸 알리고 그 김에 지금 느끼는 불안도 털어놓고 싶다.

곁눈질도 하지 않고 도서실 구석으로 가 오늘 아침에 꽂아둔 노트를 꺼내 들었다.

"어? 벌써 답이 와 있네."

포스트잇은 내가 붙여둔 분홍색이 아니라 하늘색으로 바뀌어 있었다.

내가 다녀간 뒤에 도서실에 왔던 걸까. 조금만 타이밍이 어긋났다면 마주쳤을지도 모른다. 큰일 날 뻔했다.

식은땀과 함께 안도의 한숨을 쉬며 페이지를 넘겼다.

- 글쎄, 어떨까.
  안 알려줄 거야.

  다만, 노력해 볼까 하고.
  그러니까
  나한테 이것저것 좀 알려줘.

그건 초록색 글씨였다.

마음이 급했는지 평소보다 글씨가 컸으며, 군데군데 손으로 문지른 듯 잉크가 번져 있기도 하고 흐릿하기도 했다.

그리고 지금까지라면 그 이상 아무것도 느끼지 못했을 것이다.

'노력'이라는 글씨를 보지 못했다면.

…케이의 손바닥에 찍혔던 건 이 글씨와 똑같이 초록색 펜으로 쓴, '노력'이라는 글자를 뒤집은 모양새였다. 가만히 손을 대 가늠해 보니 케이의 손바닥에 있던 글씨가 이 노트에 쓰인 글자와 거의 들어맞을 것 같았다.

"…어어."

노트의 내용을 다시 읽으면서 케이의 행동을 떠올려보았다.

"으응?"

아니, 설마.

번뜩하고 전기가 머릿속을 지나가는 듯한 충격이 느껴졌다.

여러 가지 일이 연결되면서 겹치고 이어져 한 가지, 있을 수 없는 상상이 피어올랐다.

설마. 그럴 리가 없어. 이 학교에 학생이 얼마나 많은데.

하지만 한 번 뇌리에 그려진 생각은 좀처럼 사라지지 않았다.

"으응?"

어떻게 된 거지?

"이런, 일이!"

어떡하지.

어쩌면… 노트의 상대는 케이일지도 모른다.

3장

charcoal gray
자꾸 알고 싶은 너의 속마음

차인 이유를 알면
이번에는
잘해볼 텐데

- 고백한 거야? 어떻게 된 건데?
아, 궁금해 죽겠네!

내가 알려줄 게 뭐 있으려나.
그래도 좋지만. 그럼 대신에
나한테도 너에 관해 알려줄래?

- 남자 친구가 어떻게 해주길 바라는지
네가 꿈꾸는 기대치가 뭘까 궁금해서.

전에 말했던 '알기 쉽다'는 건 애정 표현?

좋아한다거나 그런 말을 해주는 게 좋다는 뜻인가?

나에 관해서?
그야 말해도 상관없지만
그런 게 뭐 궁금할 거리나 되나.

글쎄, 취미는 독서랑 재즈 감상,
그리고 문구도 좋아하고.
활동적인 것보다 집에 있는 걸 좋아하는
집돌이파, 정도라고 얘기하면 되려나?

- 뭐 말해주지 않는 것보다야
표현해 주면 좋지.

그렇지만 사람은 다 다르니까.
네가 좋아하는 사람은 어떨지 몰라서.

집돌이파구나. 좋은 취미네.
어떤 장르의 책을 좋아해?

방과 후 도서실에 들르자 미쿠가 보낸 답장이 와 있었다. 그 노트를 바로 가방에 집어넣고 인적이 뜸한 계단으로 갔다.

상대가 미쿠라는 걸 알고 나서 예전보다 도서실에 오래 머물지 않는다. 아무래도 도서실에서 딱 맞닥뜨리는 상황만큼은 피해야 한다. 미쿠에게 노트 상대가 나라는 사실이 들통나면 안 된다. 그래서 답장을 쓸 때 세심하게 주의를 기울이게 되었다. 답을 쓰는 데 꽤 시간이 걸릴 때도 있다. 난 왜 이렇게 무던히도 애를 쓰는 걸까.

미쿠에게 들키면 끝장이다. 위험천만하다고 생각하면 교환일기를 주고받는 건 당장이라도 끝내야 한다. 상대인 미쿠는 아무것도 모르니 더는 답장하지 않으면 된다. 그렇게 하는 수밖에는 아무런 아이디어가 떠오르지 않았다.

처음에는 미쿠를 알기 위해서.

하지만 지금은 미쿠와 계속 사귀기 위해서.

"…나, 미쿠를 엄청 많이 좋아하는구나."

계단에서 부끄러운 마음이 왈칵 덮쳐와 고개를 숙였다.

언제부터 이렇게 된 거지.

지난달까지만 해도 미쿠라는 존재는 그저 전 여자 친구였을 뿐, 호감 같은 건 없었다. 좋아한다고 깨달은 지금이라고 해서 과거에 실망했던 감정이 사라진 것도, 잊힌 것도 아니다.

그런데 왜 이런 거지.

왜 그날 아침 교실에서 "사귀자!" 하는 말이 불쑥 튀어나온 거냐고!

충분히 생각하기도 전에 행동부터 해버렸다. 미쿠가 말해주기 전까지는 그곳이 교실이란 사실조차 잊고 있다가 지적받고 나자 속으로는 무척 당황스러웠다. 미쿠의 반응을 봐서는 당황해하는 내 속내를 알아차리지 못한 듯해 그나마 다행이다. 그런 모습을 들켰다면 얼마나 창피했을까.

아무리 생각해도 너무 성급했어. 사실은 조금 더 시간을 두고 거리를 좁혀갈 생각이었다.

'미쿠를 좋아하는 건지도 모르겠어, 아니 좋아해.'

이런 감정은 어쩌면 과거를 만회하고 싶어서가 아닐까, 하는 의구심이 들어서였다.

미쿠를 더 알고 싶었다. 그래서 교환 일기를 쓰며 미쿠와 대화를 이어 나갔다. 미쿠가 노트에는 자신의 속마음을 드러내는 것 같았기 때문이다.

'애초에 사람 사귀는 데 자신이 없거든.'

'몇 년 동안 남들이 날 어떻게 볼까, 그 생각만 하면서 행동하다 보니까.'

미쿠는 지난번 노트에 그렇게 적었다. 미쿠가 그렇게 생각하는 줄은 정말 몰랐다. 언제나 웃어서, 이렇게 말하긴 미안하지만 아무런 고민도 없는 줄로만 알았다.

사귈 당시에는 노트에 적힌 고민이 없었을지도 모른다. 서서히 남자애들을 피하게 되면서부터 줄곧 노트에 털어놓은 그 고민을 했던 걸까.

하지만….

교환 일기 상대가 미쿠라는 걸 알고 나서, 지금까지의 미쿠를 다시 떠올려보았다.

내가 보던 미쿠는 주위 사람들의 시선에 신경을 곤두세우던 미쿠였는지도 모른다.

그렇게 결론 낼 만큼 나는 미쿠를 알지 못한다.

물론 미쿠의 속마음을 알았다고 해서 지금까지 미쿠에게 가졌던 인상이 완전 달라지거나, 역시 좋아하는 게 아니었다는 생각은 눈곱만큼도 들지 않았다.

그래서 앞으로는 미쿠를 제대로 보자고, 미쿠와 진지하게 대화를 하자고 마음먹었다. 진나이를 구실 삼아 미쿠네 교실에 가거나 별다른 용건이 없어도 만나러 갔다.

그리고 진나이의 여자 친구인 마호와 이야기하다가 얼어붙은 듯 표정을 잃어버린 미쿠를 보고, 고백하기까지의 짧은 시간 동안 갖가지 생각이 되살아났다.

역 앞에서 우연히 마주친 가미모리와의 대화.

그리고 미쿠가 보여준 표정.

미쿠가 남자애들을 불편해한다는 마호의 말과 미쿠의 반응.

곰곰이 생각해 보면 이상한 점이 한두 가지가 아니었다.

중학교에 입학할 무렵까지 남자애들하고도 스스럼없이 이야기를 나누던 미쿠가 어느 사이엔가 여자애들하고만 지내는 거며, 나와 함께 돌아갈 때 보였던 미쿠의 어색한 태도.

나는 또 그렇다 쳐도 진나이는 단지 동급생이다. 자연스럽게 이야기하면 될 일을, 미쿠는 최대한 대화할 일을 피했다. 여자애들하고는 잘 웃고 떠들면서 이상하게도 남자애들만 피한다. 주위의 시선을 신경 쓰며 지낸다고 노트에 적혀 있었는데. 내가 예민하게 생각한 거라면 좋겠다.

하지만.

"아, 젠장!"

나도 모르게 소리를 내며 복도 바닥을 발꿈치로 내리쳤다.

만약 지금까지 줄곧, 나와 헤어지고 나서 쭉, 미쿠는 혼자 주위의 시선을 신경 쓰며 살아온 건가. 그런 생각을 하니 그동안 무심했던 나 자신에게 화가 치밀었다.

내가 좀 더 일찍 미쿠의 행동에 변화가 생겼다는 걸 알아차렸더라면, 어색하다고 피하지 않았더라면…. 미쿠가 이름도 얼굴도 모르는 상대에게 끙끙 앓던 속내를 털어놓는 일은 없었을 텐데.

미쿠와 사귀던 때 내가 미쿠의 상황을 알았다고 해서 뭘 할 수 있었을지는 모르겠다. 하지만 아무것도 하려고 하지 않았다는 게, 알려고도 하지 않았던 게 자꾸만 화가 난다.

그러니 나만은 싫다고, 절대 싫다는 말을 들어도 싸다.

이제 와서 말해봐야 소용없는 일이다. 자기 합리화, 자기변명에 가까운 어쭙잖은 후회일 뿐이다.

미쿠가 그걸 원했는지 아닌지도 알 수 없으니까.

그 결과가 이번 고백이다.

그 순간만이라도 좋으니까 미쿠가 느끼는 불안을 조금이라도 없애주고 싶었다. 무의식에 가까운 행동이었지만 지금 다시 생각해 봐도 그러길 잘했다.

설령 그 행동이 미쿠의 약점을 파고든 일이었다고 해도.

나와 사귀면 미쿠의 불안을 한 가지 잊게 해줄 수 있을 테니까.

나를 좋아하지도 않으면서, 미쿠는 사귀자는 내 고백에 그러자고 승낙해 주었다. 날 이용해도 좋다는 제안은 거부하면서도 내 손을 잡아주었다.

누구라도 상관없이 사귀고 싶다고 말했지만 노트에 내 이름을 꼭 집어서 싫다고 썼을 정도니까 나만 대상에서 제외시킨 게 아닐까 싶었는데…. 미쿠의 결정에 안심했다.

이유가 어떻든지 간에 우리는 사귀게 되었다. 지금은 그걸로 됐다. 지금은 날 좋아하지 않아도 괜찮다.

미쿠가 우는 모습을 보는 건 힘들었지만…. 그 정도로 내가 싫었던 걸까.

"지금부터 만회하면 되지 뭐."

스스로 다짐하며 위로했다. 정당화하는 거다.

지금 나는 비겁한 방법이긴 하지만 교환 일기를 통해 대화하며 미쿠의 속마음을 들었다. 무슨 일이 있었는지 조만간 미쿠에게 직접 듣게 될지도 모른다. 그때 내가 할 수 있는 일이 있었으면 좋겠다. 그리고 마침내 날 봐준다면….

생각하면 할수록 나는 비겁한 놈이다. 최악이네.

이런 나를 미쿠가 좋아해 줄까.

"그런데 사귀면서 뭘 해야…?"

턱에 손을 받치고 눈을 감았다.

사귀면 어떻게 할 건지 아무런 생각도 없었기에 어떡해야 좋을지 전혀 모르겠다.

나보다도 미쿠가 당황스러울 게 분명하다. 내가 어떻게든 해야 한다.

…뭘, 어떻게?

게다가 미쿠와 나는 아침에 사귀기로 하고 나서 아직 한 번도 얼굴을 다시 보지 못했다. 아침에는 시간이 없었고 각자 교실이 다른 건물에 있어서 쉬는 시간마다 만나러 갈 수도 없었다.

적어도 점심시간에는 보겠거니, 하고 기대했는데 5교시에 제출해야 할 과제를 까맣게 잊고 있었다. 빨리 해치우려 했지만 여자 친구가 생겼다는 걸 안 친구들이 질문 공세를 퍼붓는 바람에 도저히 집중할 수가 없었다.

아직 SNS 아이디조차도 교환하지 못했기에 메시지도 보내지 못하고 있다.

왜 이리 어설프기만 하냐, 난.

우울하다.

"집에 갈까…."

몸에서 힘을 빼고 한숨을 쉬면서 일어섰다.

혼자 계단에서 생각에 잠긴들 아무것도 해결할 수 없다. 미쿠에 관한 일도 노트에 대답하는 일도 집에 돌아가 천천히 생각해야지.

교실을 나와 등을 쭉 펴면서 위를 올려다보았다. 7교시가 끝나고 한참 지나서일까, 하늘은 제법 어둑어둑해져 있었다. 해가 지고 있었기에 바람도 꽤 쌀쌀하다. 아침부터 늦은 오후까지 비가 내렸던 탓도 있을 테지. 땅에 물구덩이가 생겨 가로등 불빛이 반사되고 있다.

그나저나 내일은 미쿠와 얘기를 좀 해야 할 텐데. 왜 아침에 연락처를 교환하지 않았지, 난. 지금이라도 진나이에게 부탁해서 마호한테 미쿠의 SNS 아이디를 물어봐달라고 하는 방법도 있긴 하지만.

어떻게 할까.

"케이!"

입을 꾹 다물고 진지하게 생각하는데, 여기 있을 리 없는 목소리가 들렸다.

튕겨 오르듯 얼굴을 들자 앞에 미쿠가 있었다. 교문에 기대어서 나를 향해 손을 흔들고 있었다.

"어? 미, 미쿠? 왜 여기에 있어?"

문과반은 한 시간도 더 전에 수업이 끝나 이미 집으로 돌아갔을 시각이다. 지금까지 왜 학교에 있는 거지?

놀라는 나에게 미쿠가 천천히 다가왔다.

"좀 알아볼 게 있어서 남아 있었어. 그 김에 혹시 시간이 맞으려나 하고."

"아, 그랬구나."

날 기다린 건가. 생각지도 못한 미쿠의 행동에 머릿속이 혼란스럽다. 하지만 분명 얼굴은 무표정이었어.

미쿠가 "미안" 하고 쭈뼛거리며 사과했다.

"사과할 일 아닌데."

이럴 때는 뭐라고 말하면 좋을까.

'그 애, 아리노 케이 말야. 뭘 생각하는지 잘 모르겠어. 그렇지 않아?'

예전에 미쿠가 교환 일기에다가 그런 비슷한 내용을 적었던 걸 떠올리고 용기를 짜냈다.

"오늘 너랑 얘길 못해서 아쉬웠는데, 이렇게 보니까 참 좋다."

내 생각을 그대로 확실하게 말로 내뱉자 왠지 얼굴이 화끈거렸다. 어쩌면 빨개져 있을지도 모른다. 행여 들킬까 봐 미쿠의 얼굴을 똑바로 볼 수가 없다.

부끄러워하지도 않고 늘 거침없이 이런 말을 하는 진나이가 진심으로 존경스럽다.

"그럼 다행이야."

미쿠의 목소리가 밝아진 게 느껴져 시선을 되돌렸더니 왠지 미쿠가 난처한 표정으로 웃고 있었다.

"자, 그럼 갈까?"

미쿠는 "응" 하며 고개를 끄덕이고는 내 옆에 섰다.

지난번에 진나이, 마호랑 넷이서 외출했을 때도 나는 미쿠의 옆에서 걸어갔다. 하지만 그때하고는 다르다. 지금 나와 미쿠는 사귀는 사이다. 문득 미쿠가 내 여자 친구라고 의식하자 쑥스러움이 덮쳐왔다. 이럴 때 무슨 말을 하면 좋더라.

"아, 모처럼 만났으니까 어디라도 갈까?"

"아, 근데 오늘은 오빠한테 아무 말 안 한 데다 벌써 좀 늦은 시각이라, 그냥 집에 갈게."

"그렇구나."

그러면 다음 약속을 정하는 게 좋을까. 내일이라든가? 하지만 내일은 오늘처럼 미쿠가 한 시간이나 기다려야 한다. 목요일이라면 같은 시각에 수업이 끝나지만.

방과 후 같이 돌아가는 건 일주일에 한 번으로 괜찮은 걸까. 아니면 아침에 같이 등교하자고 물어보는 게 좋을까? 하긴 진나이는 마호랑 같은 전철을 타지 않는데도 역에서 만나 같이 오던데.

중학교 때는 우리가 사귀는 걸 아무에게도 말하지 않았다. 하지만 지금은 내가 교실에서 당당하게 고백하는 바람에 대부분의 아이들이 우리 관계를 안다. 이번에는 떳떳하게 둘이서 함께 다니는 거다.

미쿠라면 남자 친구랑 함께 등하교 하는 걸 꿈꿀지도 모른다.

옛날부터 드라마나 만화에서 나오는 연애에 무척 흥미를 보였고, 자주 "만화 같은 데이트를 하고 싶어"라든가 "드라마에 나온 대사 좀 해 봐" 하고 조르곤 했으니까.

어린 시절 사귈 때만 하더라도 그런 데 도통 흥미가 없었고 왜 그런 부끄러운 일을 시키는 건지 이해가 되지 않아 미쿠가 하는 이야기를 제대로 귀담아듣지 않았다. 그래서 미쿠가 부탁할 때마다 "남이 어떻든 세상이 어떻든 상관없잖아", "왜 남들을 따라 하려는 거야!" 하면서 회피했다.

솔직히 지금도 딱히 하고 싶은 건 아니다. 미쿠가 바라는 장면은 만화나 드라마에서나 나올 법한 간지러운 말투성이니까. 미쿠가 몇 번이나 졸라서 읽었던 소녀 만화가 떠올라 아찔했다.

하지만 지금은, 그냥… 가능한 범위에서… 우선은 등하교를 같이…하고.

그런 생각을 한 순간, 그렇게 하면 아침에 도서실에 갈 수 없다는 걸 깨달았다. 그런다고 들통날 리는 없겠지만 만에 하나 어떤 일이 벌어질지는 모르는 일이다.

안 되는데, 그럼 어쩌지?

"있잖아, 진짜 괜찮은 거야?"

"응? 뭐가?"

아차, 어느새 생각에 잠겨 입을 다물고 있었다.

조심스럽게 묻는 미쿠의 말투에 한껏 밝은 목소리로 대답했다.

내 태도가 못마땅해서인지 미쿠의 표정이 굳었다. 내 마음속을 들여다보려는 듯 똑바로 바라보는 시선에 괜히 미안했다.

"정말 나랑 사귀려고?"

"어? 난 그럴 생각인데."

가로등에 미쿠의 불안해하는 얼굴이 비쳤다.

그런 표정을 짓게 한 원인 제공자는, 나다.

어쩌면 미쿠는 나와 사귀기로 한 걸 이미 후회하는 건지도 모른다. 내가 약간 강제로 밀어붙였기 때문에 나중에 침착하게 생각해 보고는 역시 없었던 일로 하고 싶은 걸 수도 있다. 나를 믿을 수가 없어서 안 되겠다고 판단했을지도 모른다.

사귀자고 한 대답을 취소하려고 이렇게 나를 기다린 게 아닐까.

불길한 예감만 머릿속을 휘저었다.

그러지 마. 나한테 조금만 더 기회를 줘.

발길을 멈추고 미쿠를 마주 보았다.

"넌 싫어?"

부탁이니까, 아니라고 말해줘.

나는 아직 아무것도 못 했단 말이야.

마음속으로는 초조하면서도 침착한 어조로 물었다.

미쿠는 살짝 움칫하며 멈춰 서더니 가만히 고개를 옆으로 저었다.

"케이가 후회하는 건 아닐까 해서. 그뿐이야."

"내가 왜! 미쿠가 그러면 모를까."

내가 미쿠의 약점을 파고들어 밀어붙이는 바람에 좋아하지도 않는 나하고 사귀기로 한 거니까.

"나는 후회 안 해."

"그럼 됐어."

미쿠가 망설인다는 건 표정으로도 알 수 있다. 뭔가 말하고 싶은 건지 미쿠의 입술이 달싹 움직였다. 하지만 아무 말도 없었다.

"난 널 좋아하니까, 사귀고 싶어."

최대한 자연스럽게 "좋아한다"는 말을 전했다.

그런 말은 상대에게 직접 전하는 게 좋다는 걸, 미쿠가 교환일기에 쓴 글을 보고 알았다.

"…그렇지만."

"하긴 믿을 수 없겠지, 당장은."

하하, 하고 웃어 보이자 미쿠의 표정이 일그러졌다. 금방이라고 울음을 터뜨릴 듯한 젖은 눈망울로 "왜" 하고 자그마한 목소리로 중얼거렸다.

"왜냐고?"

"옛날에는 좋아한다든가 그런 말 안 하더니, 왜 그러는데? 내가 드라마 장면을 따라 해보라고 아무리 졸라도 케이 넌 콧방귀도 안 뀌었으면서."

미쿠는 눈물을 참으려는 듯 눈을 아래 방향으로 감고 입꼬리를 삐죽이며 나를 놀리는 말투로 물었다. 우리 사이에 감돌던 미묘한 공기가 약간 부드러워졌다.

"내가 언제!"

"그랬잖아. 나 또 조를지도 몰라."

"얼마든지, 좋아" 하고 말하면서도 뭘 또 시킬지 몰라 흠칫했다.

"케이 너, 무리하는 거지?"

푸핫, 하고 미쿠가 웃더니 내 얼굴을 들여다보았다.

"난 달라졌다고."

솔직히 말하면 지금도 부끄러워서 얼굴을 가리고 싶다. 도망치고 싶다. 할 수만 있다면 두 번 다시 말하고 싶지 않다. 좋아한다느니 사귀자느니, 낯간지러워서 죽을 것만 같다.

하지만 말로 표현하지 않으면 마음이 전해지지 않으니까.

미쿠가 알아주길 바라니까.

"…귀 빨개졌어."

"어?"

재빨리 두 손으로 내 귀를 덮었다.

"하하하, 무리하지 않아도 돼."

미쿠의 그 말을 어떻게 받아들여야 할지 몰라 애매하게 웃기만 했다.

"그렇지만, 고마워. 마호도 기뻐해 줬어."

"그랬구나."

그 말을 듣고 마음이 놓였다.

미쿠는 친구가 어떻게 생각할지 꽤나 의식하는 모양이다.

특히 남학생이 관련된 일에는 과민해진다는 걸 이제는 알겠다. 이건 내 멋대로 추측하는 거지만, 중학교 때까지 미쿠는 친하게 지내는 남학생이 많았다. 그러니 당연히 미쿠를 못마땅해하는 여학생들이 있었을 것이다. 게다가 가미모리는, 나를 좋아했다. 초등학교 때부터 날 좋아했다고 말했었다. 그렇다면 가미모리가 미쿠를 질투했을 가능성이 크다.

'아무나 상관없으니까 사귀고 싶어.'

하지만 왜 이렇게까지 비약했는지는 아직 모르겠다.

아무튼 미쿠는 아무나 괜찮으니까, 나랑 사귀기로 한 거다. 계기가 뭐였든 상관없다. 목적이 어디에 있든 아무래도 좋다.

"나, 미쿠를 정말로 좋아해."

"…무리하지 않아도 된다니까."

"말하고 싶어서 하는 거야."

"거짓말."

미쿠가 웃음을 띠며 말했다. 지금은 이렇게 미쿠와 대화하는 것만으로도 충분하다.

미쿠가 자꾸 주위의 시선이 신경 쓰인다면 적어도 내 옆에 있을 땐 그러지 않아도 된다는 걸 느끼기만 하면 된다.

시작 같은 건 아무래도 좋다.

비겁한 방법을 써서라도 단념하지 않는 건 날 위해서일까, 미쿠를 위해서일까.

그 역시 아무래도 상관없다.

"있잖아, 누나. 상담할 게 있는데."

머뭇거리며 누나의 방문을 노크하고 안으로 들어섰다. 침대에 누워 잡지를 읽던 누나가 "뭔데?" 하며 몸을 일으켰다.

"케이, 네가 내 방에 다 오고 웬일이니?"

"어디 갈 만한 데가 없을까 하고."

아직 미쿠와 약속한 건 아니다. 하지만 사귀면 조만간 반드시 밖에서 만날 날이 올 테니까. 대학생이고 미쿠처럼 유행을 좋아하는 누나의 의견을 미리 듣고 싶었다.

"너, 여자 친구라도 생긴 거야?"

촉이 너무 예리하다.

"그야, 뭐."

가능하면 누나한테 이런 상담은 하고 싶지 않다. 너무 부끄럽고 찌질해 보여서.

하지만 누나 말고는 이런 말을 할 사람이 없다.

"너한테? 어차피 또 네 진짜 모습은 숨기고 내숭 떤 거 아냐?"

움찔했다.

누나는 그런 내 반응을 보고 많은 걸 눈치챈 듯 한쪽 뺨을 올려 씨익 웃으며 "흐음" 하고 중얼거렸다.

"누나, 가르쳐주면 고맙겠어."

나는 최대한 공손한 자세로 앉아 머리를 조아렸다. 누나가 원한다면 일주일 동안 편의점 심부름이라도 하자.

누나는 침대에 앉은 채 다리를 꼬더니 나를 뚫어져라 쳐다보았다. 마치 품평 당하는 기분이다.

"너, 중학교 때도 똑같은 말했지?"

"잘도 기억하네…."

잊어줬으면.

그때도 누나에게 옷차림과 데이트 장소에 관해 조언을 받았다.

"그래서, 데이트할 때 뭘 하고 싶은데?"

"뭐, 딱히. 요즘 유행하는 거라든가 인기 있는 장소 같은 거 좀 알려줘."

"뭐어?"

누나가 한쪽 눈썹을 치켜올렸다. 기분이 상했을 때 나오는 버릇이다. 나, 뭔가 잘못 말했나?

"유행하는 거? 넌 유행하는 거라면 뭐든 다 좋다고 생각하는 거야?"

왠지 굉장히 화가 난 모양인데!

"유행을 좋아하는 애라서 그래."

"유행하는 것들 중에도 다 좋아하는 사람의 취향이 있는 거라고, 멍청하긴. 너도 누가 '이거 재즈니까 좋아하지?' 하면서 CD를 준다고 무조건 기쁘진 않잖아."

그러네. 확실히 그렇지. 그렇게 예를 드니 왠지 알 것 같다. 좋아하는 장르라고 해서 뭐든지 마음에 드는 건 아니니까. 그래도.

"유행을 좋아하는 사람은 유행하면 다 좋아하는 거 아니야?"

분명 유행하는 거라면 뭐든지 좋을 거라고 생각했다. 유행이 끝나면 바로 흥미를 잃는, 딱 그 정도의 '좋아하는 마음'이려니 했다. 하나를 깊게 좋아하는, 그런 일관성은 없으니까. 정말로 그 대상을 좋아하는 게 아니라, 모두 좋다고 하니까 좋아하는, 그런 느낌이랄까.

물론 그게 나쁘다는 건 아니다. 나 같이 내가 좋아하는 걸 직접 찾아내는 사람한테는 약간 석연치 않을 뿐이다.

"…너한테는 유행하는 거 안 알려줘."

누나가 칫, 하고 혀를 찼다.

"무리해서라도 조금은 시야를 넓히고 케이 네 눈으로 확인하면서 찾아보는 게 어때? 중학생이면 또 몰라, 고등학생이나 되어서 아직도 누나한테 의지하는 건 한심하잖아."

"왜 그래? 그럼 나 어떡하라고."

"상담은 해줄게. 너 그럼 우선 기획안을 만들어서 다시 가져와 봐."

마지막에 "차여라" 하고 날 향해 주문을 거는 말까지 들렸다.

기획안이라니.

- 하지만 좋아한다는 말을 직접 듣고
  싫어하는 사람은 별로 없겠지.
  뭐든지 말한다고 다 좋은 건 아니겠지만.

  뭔가 그 애가 기뻐할 게 없을까,
  궁리해 봤는데 엄청 어렵네.
  상대를 생각한다는 건 쉽지 않구나.

  날 좋아해 줬으면 좋겠고
  나도 노력하겠지만
  그 애가 바라는 게 뭐든
  내가 다가가고 싶고
  원하는 대로 맞춰주고 싶어.

  소설은 해외 미스터리랑 SF를 좋아해.
  애증이 뒤얽힌 내용이라든가.

- 상대에게 맞춰준다는 건

거짓말한다는 뜻이야?

넌 그래도 괜찮아?

그렇게까지 배려하지 않아도 될 거 같은데.

해외 미스터리는 어려워 보이더라.

나도 SF 한 번 읽어볼까.

그럼 음악은?

난, 유행하는 걸 좋아하는데.

미쿠와 사귄 지 오늘로 이틀.

최근 교환 일기를 주고받는 속도가 상당히 느려졌다. 어제 아침에 도서실에 놓아둔 노트가 내 손에 돌아온 건 오늘 아침이다. 내 답장이 늦어진 까닭도 있지만 미쿠도 답장을 바로 보내지는 않았다. 시간이 걸리는 건 상관없지만 이 상황에서 공백이 생기니 혹시라도 들킨 게 아닐까, 조마조마하다.

나와 사귀게 되면서 교환 일기에 흥미가 떨어진 걸까? 그렇다면 잘된 일인지도 모른다. 아니, 꼼수더라도 조금만 더 이 교환 일기를 쓸 수 있으면 좋을 텐데.

제대로 된 데이트를 하겠다는 미션을 달성할 때까지만이라도.

그때까지 어떻게든 미쿠의 취향을 파악해야 한다.

누나에게 꾸지람을 듣고 나서 어쩔 수 없이 스스로 여러 가지를 조사한 끝에 알게 된 사실은 '역시나 난 유행을 잘 모르겠다'라는 것이다. 유행하는 건지 아닌지를 판단하는 일조차도 내겐 어렵다.

일단 정보가 너무 많다. 열렬한 팬이 많아 유행하는 것도 있는가 하면 연예인이 한 번 언급한 일을 계기로 널리 알려지기도 한다. 같은 부류의 것이 아무리 많아도 아무거나 다 유행하는 건 아닌 모양이다. 모두에게 널리 퍼질 즈음에는 이미 다른 것이 새롭게 퍼져나가기도 한다.

기다리기만 하면 오는 거라고 생각했다. 아무것도 하지 않아도 저절로 정보가 들어오는 게 유행이라고. 하지만 결코 그렇게 안일하게만 볼 것이 아닌가 보다. 상당히 감도가 좋은 안테나와 센스가 필요했다. 나한테는 둘 다 없으니 이렇게 고전할 수밖에.

트렌드를 따른다는 건 이미 어느 정도 검증된 것들 중에서 선택하는 것과는 완전히 달랐다. 비로소 누나와 미쿠가 대단해 보였다. 그리고 잘 모르는 가운데 애써 만든 기획안은 누나에게 "그냥 긁어모았네", "테마가 없잖아!", "쓰레기"라고 엄청 욕을 먹었다.

그러니까 미쿠, 교환 일기에 너에 대한 정보를 좀 알려줘.

유행하는 소설이라는 막연한 설명 말고 지금까지 읽고 좋았던 책이 어떤 장르인지도 알려줘.

물론 직접 물어보는 게 효율적일 거라는 생각도 했다. 예전과 달리 지금은 학교에서도 얼굴을 마주치면 말을 거는 데다, 진나이가 마호랑 사귀니까 함께 문과반에 들르기도 한다. 그래서 미쿠와 이야기할 기회는 얼마든지 있다.

하지만 미쿠가 순순히 알려줄까.

…아니, 그 전에 우선은 '데이트 약속부터 하라고!'라며 스스로 다그쳤다.

"마호랑 학교 밖에서는 어떻게 지내냐?"

도서실에서 교실로 돌아와 한참 뒤 등교한 진나이에게 물었다.

"와아! 케이가 그런 말을 하다니 놀라운 걸!"

진나이보다 먼저 반응을 보인 친구에게 "시끄러워!" 하고 핀잔을 주었다.

"어떻게라니, 평범하게 보내지. 아침이랑 점심시간에 만나고. 마호가 나랑 같이 돌아가려고 가끔 기다리니까 방과 후에도!"

헤헷, 얼빠진 표정을 보이는 진나이에게 그만 혀를 내두르고 말았다. 옆에 있던 친구도 같은 기분이었는지 시큰둥한 시선을 보냈다.

"이번 주말이 사귀고 나서 처음 맞이하는 거라 우리 집에 오기로 했고."

집이군.

그건 기각이다. 내 방에 차고 넘치는 책을 미쿠에게 보여줄 수는 없다. 어쩌면 누나가 집에 있을 가능성도 있다. 쓸데없는 말을 할지도 모른다. 아니, 누나는 틀림없이 그러고도 남는다.

"왜? 고민 중이야?"

"아니, 뭐. 나름."

"오오, 의외네. 케이라면 자연스럽게 데이트를 청하고 좋은 분위기로 리드할 거 같은데."

그 이미지는 어디서 나온 거냐.

"뭔데, 뭔데? 재밌는 이야기 같은데."

자주 함께 어울리는 여자애들이 대화에 끼어들었다.

"여학생들은 요즘 어디서 데이트하고 싶어 해?"

"우하하, 아리노 케이, 절박한가 보네! 평소 쿨하던 모습은 어디 간 거야?"

꺄하하하, 여자애들은 내 질문에 마음껏 떠들고 웃어댔다.

뭔가 부끄럽군. 이런 거.

"아리노 케이도 여자 친구한테는 엄청 신경 쓰는구나. 재밌어라."

"뭐가 재밌어! 그거 실례다."

"교실에서 고백할 정도로 대담하던데 뭘."

그거랑은 다른 얘기지.

"뭐야, 조언 좀 얻을 수 있으려나 했더니."

"조언이라. 해줄 수 있지만, 진짜 필요해?"

"그러게. 아리노 케이는 고민하지 않고 능숙하게 잘할 것 같은데."

무슨 소리야, 능숙하다니.

나 혼자만 모르는 건지 진나이를 비롯한 남자애들도, 다른 여자애들도 "응, 맞아, 그럴 거 같아" 하며 고개를 끄덕였다.

"관심 없는 척하면서 점수 잘 딸 거 같아."

"공부도 운동도 별로 노력하지 않고 상위권에 들잖아. 데이트도 그런 느낌?"

그렇군. 그렇다고?

"여자가 원하는 포인트를 꼭 짚어서 맞춰줄 거 같아."

"포인트?"

신이 나 떠드는 여학생들에게 묻자 "심쿵하게 만드는 포인트" 하고 애매한 대답이 돌아왔다.

"알아봤는지 모르겠지만 이벤트 같은 데 참가하는 건 어때? 서프라이즈로 그런 이벤트 행사에 데려가거나 갖고 싶었던 걸 생일 선물로 준비해도 좋고. 아니면 가고 싶은 음식점을 예약한다거나."

"뭐가 그렇게 거창해! 그건 무리야."

진나이가 낄낄대며 웃었다. 나도 같은 생각이다. 그런 건 초능력자나 할 수 있지 않을까.

그리고 나는 지금, 알아보는 일만으로도 어려워 눈앞이 깜깜

하다.

"서프라이즈가 심쿵하게 하는 포인트인지 뭔지, 그거라는 거야?"

만일을 대비해 확인하려고 물었다.

"그런데 서프라이즈는 양날의 검이니까 네가 그걸 잘 활용해야지."

"당연한 것처럼 자연스러운 분위기로 이끌어야 해!"

뭔가 굉장히 복잡한 거 같네.

"…진짜 그런 거야?"

"이미지가 그렇다는 거지. 뭘 그리 진지하게 받아들이고 그래?"

내 순진한 의문에 여자애들은 바로 냉담한 표정을 보였다. 무슨 소린지 당최 모르겠네.

"그럼 만약에 내가 이미지랑 다른 행동을 하면 어떻게 되는 건데?"

"환상이 깨져서 실망하겠지."

…적어도 몇 초는 생각하고 대답해 주면 좀 좋아.

대충 맘대로 떠들긴.

"하지만 상대가 실망하는 게 뭐 큰일 날 일이야? 어쩔 수 없는 거 아냐?"

"언제고 닥칠 일인데 뭐. 진나이도 조만간 마호가 실망할 거야."

"헤어지게 된다는 건가?"

가차 없이 말하는군.

중얼거리자 그 여학생은 "그거랑 이건 별개 아냐?" 하고 어이없어했다.

"친구든 연인이든 얼마든지 있는 일이잖아. 반대일 수도 있고."

"그렇긴 해."

듣고 보니 맞는 말이다.

그렇게 생각하니 마음이 좀 가벼워졌다.

지금까지 이런 이야기가 오갈 때마다 진나이한테 거침없이 심한 말을 던지는 여자애들을 보면서 진짜 무섭다고 질겁했지만 다시 생각해 보면 솔직한 의견이고 진지한 조언이구나 싶다.

"진나이는 얼른 헤어졌으면 좋겠어. 연애 자랑 들어주느라 아주 지겨워."

아, 역시 무섭네.

일단 서프라이즈는 하지 않는 게 좋겠다는 건 이해했다. 어디에 갈지 비밀이라고 하며 알려주지 않는 건 말도 안 되는 일이라고 한다. 상대에게 스커트를 입어도 될지, 신발은 어떤 게 적합한지 그런 고민을 하게 만드는 거라고 여학생들이 알려주었다.

그렇구나, 어렵네.

서프라이즈로 뭘 해도 용서되는 사람은 미남과 부자라고 한다. 서프라이즈 선물이랍시고 필요 없는 물건을 받게 되면 그야말로 최악이라고 모두가 입을 모아 강조했다.

“본인에게 물어보는 게 좋다는 건가?”

“그렇다고 하나부터 열까지 물어보면 그것도 싫지.”

“너도 생각이란 걸 좀 하라고! 이렇게 되는 거지.”

결국 난 어떻게 하면 좋은 걸까.

‘그렇게까지 배려하지 않아도 될 것 같은데.’

미쿠는 노트에서 그렇게 말했다.

다만 그건 내가 아닌 누군가를 위한 말이니까 그대로 받아들이면 안 된다. 지금까지 미쿠가 쓴 글과 여학생들의 의견을 참고로 해서….

너무 어렵다. 도저히 할 수 있을 것 같지가 않다.

하지만 그렇게 해서 미쿠가 웃을 수 있다면야, 어쩔 수 없지.

누나한테 빡세게 배워보자.

사실은 데이트 코스든 뭐든 다 정하고 나서 미쿠에게 데이트 신청을 하려고 했지만 여자애들한테 의견을 듣고 난 지금은 내가 맘대로 정해서는 안 된다고 결론을 내렸다.

우선 미쿠와 함께 계획을 세우는 거야.

기한을 정하지 않으면 끝없이 고민하게 될 테니 이번 휴일을 넘겨서는 안 될 것 같다. 빨리 밖에서 만나는 게 좋겠다.

점심시간에 진나이랑 문과반으로 가서 교실에 있던 미쿠를 복도로 데리고 나왔다.

“미쿠, 주말에 밖에서 만나지 않을래?”

늘 가는 복도 구석에서 마주하고 선 미쿠는 눈을 동그랗게 뜨고 나를 쳐다봤다.

“굳이 복도로 불러내기에 무슨 일인가 했어.”

“진나이가 옆에 있으면 또 참견할 테니까.”

“하긴.”

미쿠 말마따나 둘이 따로 소곤소곤 말할 일도 아니다. 하지만 진나이가 옆에 있으면 여자애들한테 상담했던 일까지 다 폭로할지도 모르니까. 그건 너무 쪽팔리잖아. 아니 그보다 부끄럽다.

“데이트, 하자는 거지?”

“뭐 그렇지.”

긴장했다는 사실을 미쿠가 알아차리지 못하도록 조심하면서 대답했다.

미쿠는 얼굴이 새빨개지더니 약간, 아주 약간 기쁜 듯이 입꼬리를 올리며 미소 지었다.

그 표정에 나도 조금 얼굴이 빨개졌다.

정말 미쿠와 사귀는 거구나, 하고 실감이 났다.

초등학교 때는 물론이고 중학교 때도 이런 감정은 들지 않았다.

함께 하교하던 날 연락처를 교환했기에 메시지로 물어볼 수도 있었다. 하지만 이렇게 직접 만나서 말하길 잘했다. 그렇지 않았다면 미쿠가 이런 표정을 짓는지 몰랐을 테니까.

"토요일이 좋을까?"

입이 헤벌쭉 벌어지는 듯싶어 냉큼 손으로 가렸다.

"어때?"

아무 말 없는 미쿠에게 다시 묻자 미쿠는 놀라서 눈을 크게 뜨고는 고개를 끄덕거렸다.

"가고 싶은 데 있어?"

"음… 넌 어디 가고 싶은데?"

질문에 질문이 되돌아왔다.

내가 가고 싶은 곳이라. 퍼뜩 떠오른 곳은 집이지만, 그건 아니다.

"너부터 말해 봐."

"지금은 생각이 안 나."

의외의 대답이다. 미쿠라면 여기저기 여러 장소를 댈 줄 알았다. 혹시나 나를 시험하는 건가? 그럴 리는 없다. 아니, 아직 미묘한 관계여서 조심하는 걸지도 모르겠다.

"그럼 생각해 보고 또 메시지 보낼게. 아, 낮에 만나면 되겠지?"

"응. 좋아."

일단 오늘 미션은 성공이다.

이제 토요일까지 어떻게든 미쿠와 의논하면서 누나한테도

조언을 받아서 갈 곳을 정하면 된다.

"고마워, 케이."

"뭐가?"

"…그냥."

"데이트가 즐거우면 그때 말해줘."

슬쩍 말하자 미쿠의 뺨이 불그스레 물들었다.

그러고는 약간 억울하다는 듯이 "그럼 케이도 즐거우면 나한테 말해줘" 하고 대답했다.

이렇게 가벼운 농담을 해주니 마음이 놓인다.

"물론이지."

웃음이 새어 나왔다.

미쿠와 이야기를 마치고 헤어졌다.

진나이를 내버려두고 혼자 이과반 건물로 돌아가 아무도 다니지 않는 계단에 앉았다.

오늘 아침에 받은 노트에 답장을 써야 한다. 5교시가 시작되기 직전에 도서실에 가면 미쿠와 맞닥뜨릴 일은 없겠지. 미쿠는 방과 후에 노트를 가지러 올 것이다.

만일을 대비해 두리번두리번 주변을 살펴 아무도 없다는 것을 확인한 다음 주머니에 숨겨뒀던 노트를 꺼내 펼쳤다.

"어라?"

미쿠의 답장이 쓰인 페이지의 뒷장에 적으려고 한 장을 넘기자 미쿠의 글이 적혀 있었다. 오늘 아침에 읽은 내용 뒤에 글이 더 있었다.

- 너는
  여자 친구한테 바라는 거 없어?

내가 미쿠에게 바라는 것.

그런 게, 있나.

노트를 바라보면서 생각해 봤지만 미쿠가 즐거워하면 그걸로 좋다. 그러니까 여자 친구가 원하는 걸 해주고 싶다. 그러기 위해서라면 거짓말쯤이야 얼마든지 할 수 있고 내가 바라는 건 솔직히 드러내지 않아도 좋다.

미쿠는 왜 이런 걸 물어본 걸까.

진짜
내 모습을 알면
넌 좋아해 줄까

- 내가 여자 친구에게 바라는 건
 늘 웃었으면 좋겠다는 거.
 이 정도.

 밝고 긍정적인 아이니까
 예전처럼 항상 웃었으면 해.
 그러려면 내가 먼저
 좋은 남자 친구가 되어야지.

케이가 말하는 '좋은 남자 친구'란 뭘까.
방과 후 도서실에서 노트를 펼쳐 든 채 생각에 잠겼다.

나한테, 라는 건가. 뭐야 그게.

게다가….

"밝고 긍정적인 아이라니, 누굴 말하는 거지?"

허탈한 웃음이 흘러나왔다. 케이한테는 내가 그렇게 보였다는 걸까. 예전의 나를 알고 있으니 그렇게 생각해도 어쩔 수 없는 일인지 모른다.

하지만 정말? 내가 밝고 긍정적이야?

애쓰며 웃던 일이나 가미모리에게 들었던 말을 떠올리니 허무해진다.

나는 케이가 생각하는 그런 사람이 아니다. 진짜로 밝고 긍정적인 아이라면 교환 일기 같은 거 계속 쓰지 않았겠지. 상대가 케이라는 걸 알아차리고도 내 이름을 밝히지 않은 데다 내가 안다는 사실조차 숨기고 있다. 그리고 아무것도 모르는 척하면서 케이의 속마음을 엿보는 나는 정말로 형편없는 아이이다.

그날, 그러니까 케이랑 사귀기로 한 날, 교환 일기를 주고받는 상대가 케이일지도 모른다는 걸 알아차렸다.

그날 점심시간에 진실을 확인하려고 도서실에 쭉 숨어 있었다. 나를 만나러 케이가 교실로 올지도 모르지만 그보다도 교환 일기를 쓰는 상대가 누구인지가 내게는 더 중요했다. 줄곧 두근거리는 가슴을 진정시키며 노트를 놓아두는 책장이 보이는 자리에서 기척을 내지 않고 숨죽여 있었다.

점심시간이 끝나기 직전, 케이가 도서실로 들어왔다. 케이는 책장에서 노트를 빼내더니 주변을 둘러보고는 서둘러 밖으로 나갔다. 그리고 다시 돌아와 노트를 원래 자리에 되돌려놓았다. 펼쳐본 노트에는 상대가 답장을 썼다는 표시인 하늘색 포스트잇이 붙어 있었고 그 페이지에는 새로운 글이 있었다.

역시 케이가 교환 일기를 주고받은 상대였다.

정말 케이였단 말인가.

내 눈으로 보고도 믿어지지가 않았다. 노트에 적힌 내용은 내가 알던 케이의 이미지와 너무도 다르다. 하지만 지금까지 노트에서 나눈 말들이 거짓말 같진 않다.

내가 아무에게도 털어놓지 못하는 속마음을 적었듯이, 케이도 그랬던 거다.

……그런데 나 처음에 케이의 이름이랑 싫어한다는 말도 적었는데? 왜 당사자가 그렇게 상냥한 답장을 쓴 거지? 그 바람에 노트 상대가 케이일 거라고는 눈곱만큼도 상상하지 못했다.

"어쩌면 좋아."

후우, 한숨을 내쉬며 복도에 쭈그리고 앉았다.

이과반은 아직 7교시 수업 중이니까 이 시간만은 마음 놓고 도서실에 머물 수 있다.

케이는 교환 일기 상대가 나라는 걸 눈치채지 못하고 있다. 내게 이것저것 거리낌 없이 말하고 물어보는 건 아무것도 모르기 때문이다.

그렇다면 나만 비밀을 털어놓은 셈이 된다.

이대로 가면 좋을 리가 없다. 상대의 속마음을 몰래 엿보려는 행동은 옳지 않다. 내가 반대 입장이라면 절대로 싫다. 그런 일을 내가 당한다고 생각하면, 그야말로 최악이다.

하지만 솔직하게 정체를 밝히는 건… 도저히 할 수 없다.

내가 이런 말을 했다는 걸 케이가 알면 너무나 창피하다. 견딜 수 없다. 게다가 싫어한다고까지 썼는걸. 공연한 화풀이였다고 변명해도 믿어주지 않는다면….

생각할수록 위가 꽉 조여왔다.

그만둬야 한다. 이제 끝내야 해.

케이에게 사실대로 말하지 말고 그냥 이 교환 일기를 그만 쓰면 된다.

비겁하지만, 간단한 방법이다.

그렇게 생각하고 수차례 마음먹었으면서도 나는 아직도 정체를 밝히지 않은 채 상대가 케이라는 걸 모르는 척하고 계속 답장을 쓰고 있다.

진짜 케이를 알고 싶으니까.

"사귀지 않을래?"

교실 한가운데서 당당하게 외치던 케이가 떠올랐다.

교환 일기를 쓰게 된 일이며, 사귀기로 한 게 정말 잘한 일인지를 케이와 솔직히 얘기해 보자고 결심하고 기다렸다가 같이 하교하던 일도.

고백받은 건 정말 기뻤다. 하지만 케이가 진심으로 나를 좋아하는 게 아니라고 생각했다. 너무 급작스러웠으니까. 얼마 전까지만 해도 내 존재를 전혀 신경 쓰지 않았을 텐데 대체 어떤 심경의 변화가 생긴 걸까. 의아하기만 하다.

케이는 나를 동정한 것뿐이다. 그렇게 생각했다.

교환 일기 상대가 케이라는 걸 알기 전까지는.

"진짜 나를 좋아하는구나…."

믿어지지가 않는다. 믿을 수 없을 정도로 기쁘다.

기쁜데 점점 죄악감이 커졌다.

초등학교나 중학교 때 사귀던 케이와 지금의 케이는 전혀 다르다.

예전에는 좋아한다고 말해준 적이 없었다. 데이트하자고 한 번도 말하지 않았다. 지금까지의 케이가 노트에 쓴 글을 보면 그런 말과 행동이 이해가 된다.

지금의 케이는 내게 좋아한다고 말해주었다. 일부러 교실까지 와서 데이트하자고 청했다.

나를 위해서.

케이가 달라진 건 틀림없이 이 교환 일기 때문이다. 케이는 내가 거침없이 말한 의견을 참고로 해서 자상하게 행동하고 있다.

그런데 왜일까. 그런 케이의 행동을 순순히 받아들이고 기뻐할 수가 없다.

"…사귀기로 한 게 잘한 일인지 역시 잘 모르겠어."

지금까지 수도 없이 중얼거린 말을 또다시 입 밖으로 내뱉었다.

케이는 나에 관해 오해하고 있다.

진짜 내 모습을 알면 분명 좋아하지 않을 텐데. 그런데 나한테 맞추려고 한다.

그 마음을 어떻게 받아들여야 할까.

좋은 남자 친구가 되겠다는, 그런 생각 안 해도 되는데.

교환 일기 속 케이는 내가 생각한 이미지랑 달랐다. 내가 아는, 내가 생각하던 케이는 어른스럽고 차분한 분위기는 있지만 항상 누군가와 함께 있었고 여럿이 모여 있기를 좋아하는 듯했다.

소설을 많이 읽는다는 사실도 몰랐을 뿐더러 문구를 좋아한다거나, 재즈를 즐겨 듣는 것도 알지 못했다. 여학생들하고도 자주 이야기하는 모습을 봐서 어색해한다고는 상상도 하지 못했다. 운동을 잘하니까 활동적인 일을 좋아할 거라 여겼다. 집돌이라고는 전혀 예상하지 못했다.

지금까지 나는 케이에 대해 뭘 알고 있었던 걸까.

나는 케이의 어떤 모습을 보고 좋아한 걸까.

지금도 예전에도 나는 유행하는 걸 좋아한다. 인기 있는 장소는 당연히 즐거울 것 같아서 좋다. 액세서리도 예쁘고 네일이

나 화장품은 매년 유행하는 색조가 달라지니까 그 트렌드를 좇았다. 모두들 좋다고 하니까 나도 좋아했다. 주위 사람들이, 모두가.

케이를 좋아한 것도 그런 이유였는지도 모른다.

그럼 지금 케이를 좋아하는 건 왜일까. 이 감정은 정말로 내가 발견한, 나만의 것일까.

자신이 없다.

하지만 교환 일기를 쓰며 케이의 속마음을 알고 나서도 그 애를 좋아하는 마음이 없어지지는 않았다. 오히려, 마음이 놓였다.

"…뭐가 뭔지 모르겠어."

고개를 푹 숙였다.

"옛날부터 주위에 맞추기만 하고 속은 텅 빈 인간이야, 나는."

가미모리가 말하기 전부터, 줄곧.

자기 주관이 없이 텅 빈 존재.

케이가 말하는 예전의 웃는 얼굴도. 그러니까 자신의 마음조차도 모르는 거다.

한심하다.

그런 나한테 맞추려 하다니, 좋은 남자 친구가 되려고 한다니, 그러지 않아도 돼. 케이.

"일단 집에 가자."

몸을 일으키고 노트를 가방에 넣었다. 이런 기분으로는 답장을 쓰지 않는 게 좋다.

그렇지 않아도 요즘은 전처럼 가벼운 마음으로 쓸 수가 없다. 감추는 게 있는, 아니 거짓말하는 상태에서는 아무래도 울적해서 무슨 말을 써야 할지 모르겠다. 게다가 자칫 실수라도 해서 나라는 게 들통나면 안 되니까.

교환 일기를 주고받는 상대는 케이가 모르는 누군가여야만 한다. 그러려면 냉정을 되찾고 나서 쓰는 게 가장 좋다.

우물쭈물하지 말고 밝게, 자연스럽게 정보를 얻어야 해. 그리고 가능하면 케이가 나를 진짜 자신의 모습으로 대할 수 있게 하자. 내게 맞추려고만 하는 건 괴롭다. 오히려 내가 케이에게 맞춰야 한다.

케이가 '여자 친구'에게도 뭔가 원하는 게 있으면 좋겠는데.

아무 말도 하지 않는 건 어쩌면 그다지 신뢰받지 못해서일지도 모른다.

과거에 두 번 사귀었을 때보다 지금이 가장 케이에게 사랑받는 느낌이다. 그러면서도 한편으로는 지금이 가장 불안하다.

…이상해.

소리 내 말하려고 했는데 그 말은 어디에도 닿지 못하고 내 안에서 툭 하고 떨어졌다.

바보야 나는.

왜 이렇게 울적한 걸까. 남자 친구가 생겼으니 신이 나야 하는데. 그렇지 않으면 분명 케이도 마음 쓸 게 분명하다.

손바닥으로 두 뺨을 감싸고 탁탁 두드려 기분을 바꿔보려 했다.

아참, 잊어버리고 온 물건이 생각났다.

내일 영어 쪽지 시험이 있다고 했는데. 교과서를 책상 안에 두고 왔다.

할 수 없이 교실로 돌아가야겠네. 성적이 너무 나쁘면 선생님한테 또 한 소리 들을 테니.

연결 복도를 지나 다시 문과반 건물로 들어섰다. 수업은 이미 끝나서 평소보다 조용하지만 아직 수업 중인 이과반 건물보다는 이런저런 소리가 들려왔다. 집에 안 가고 친구들과 노는 애들도 많은가 보다.

교실에 아직 누가 있으려나. 문을 열었더니 아사카와 마호가 있었다. 두 사람만 남은 교실이 휑했다.

"어? 미쿠 왜 돌아왔어?"

마호가 눈을 동그랗게 뜨면서 나를 불렀다.

"너희야말로."

"진나이 기다리고 있어."

"난 남친이 당번이라 끝나길 기다리는 거고. 미쿠도 남친 기다리는 거야?"

"난 영어 교과서를 두고 가서 가지러 왔어."

마호도 영어 시험을 깜빡 잊고 있었는지 당황하며 교과서를 찾아 가방에 넣었다. 다행이다, 하며 웃는 마호에게 나도 웃어 보이려 애썼다.

마호는 이미 신경 쓰지 않는 건지, 궁금해 죽겠다. 마호는 바로 농담이라고 말을 바꿨지만 나는 지금도 그 말을 믿지 않는다.

그렇다고 그 화제를 다시 올리기도 싫어서 아무 말도 하지 못했다.

케이와 사귀게 된 순간도 보았고 축하해주었으니 괜찮을 거라고 수도 없이 내 자신에게 일렀지만 불안한 마음은 사그라들지 않았다.

"넌 아리노 케이 안 기다려?"

"어? 아, 응. 약속 안 했어."

기다려달라는 말도 들은 적이 없다. 방과 후 함께 돌아간 건 사귀기로 한 날인 월요일뿐이다.

교환 일기 상대가 케이라는 걸 알아차린 날이다. 그날은 도서실에서 한참을 멍하니 있다가, 아무래도 얘기를 나눠야 할 것 같아서 케이를 기다렸다. 약속을 한 건 아니었다.

"아리노 케이랑 같이 가면 좋을 텐데. 이과반 끝날 때까지 같이 기다릴래?"

"약속 안 했는데? 불편해하지 아닐까?"

"뭐 어때. 그렇게 조심할 거 뭐 있다고."

그렇구나, 그런 거구나.

적절한 거리감이란 게 꽤 어려워서 두 친구의 의견을 듣자 안심이 됐다.

"그렇지만 미쿠, 마호는 혼자서는 심심하니까 같이 기다리자고 한 거야. 싫으면 거절해도 돼."

팔짱을 끼고 있던 아사카가 어이없어하며 말했다.

"그렇게 말하지 마. 뭐 부정은 하지 않겠지만. 혼자 있으면 성가시거든, 남자애들이 자꾸 말을 걸어와서."

마호가 입을 삐죽거렸다. 마호의 이야기를 들어보니 마호 혼자 교실에 있으면 거의 대부분 남자애들이 말을 건다고 한다. 남자 친구를 기다리는 거라고 대답해도 그 말을 믿지 않고 아무 거리낌 없이 계속 옆에 있는 사람도 있단다.

하긴 그건 정말 싫겠다.

"작년에 같은 반이었던 그 애가 진짜 끈질겼지."

마호는 진저리난다는 표정을 지었지만 '그 애'는 여학생들 사이에서 나름 인기 있는 남자애였다. 멋있긴 하지만 마치 관심 있는 듯이 행동하면서 마호가 고백하기를 기다리는 듯한 느낌이 들어서 나는 별로 마음에 들지 않았다. 마호도 비슷하게 느낀 모양이다.

예쁜 애들도 이런저런 고민이 많아서 힘들겠다. 나는 세상이 뒤집힌다 해도 마호 같은 경험을 할 일은 없겠지.

"마호 네가 상대를 해주니까 걔가 더 그러는 거야. 처음부터 딱 선을 그어야 해."

"안 그랬어! 아무 말 안 해도 다가온다니까."

한 번은 해보고 싶은 말이네.

…남자 친구랑 함께 하교하는 건, 참 좋겠어. 전에는 그런 상황에 들뜰 여유가 없었지만, 지금이라면….

아냐, 어쩌면 케이는 방과 후에 누군가와 약속이 있는지도 몰라. 친구가 놀자고 하면 별로 거절하지 않잖아. 지금 수업 중이라 메시지를 보낼 수도 없고.

만약 친구들과 약속이 있는데 내가 기다리고 있으면, 케이는 어느 쪽을 우선할까.

문득 그런 생각이 드는 바람에 당황해서 고개를 흔들었다. 시험 같은 건 하고 싶지 않다. 더구나 날 우선해도, 하지 않아도 싫다.

역시 오늘은 그만두자. 미리 약속도 하지 않고 기다렸다가는 케이를 난처하게 만들 뿐이다. 집에다 늦는다고 말도 안 했고.

"오늘은 관둘래. 미안."

"난 상관없지만 너는 괜찮아?"

"응."

나중에 약속하면 된다.

오늘은 집에 돌아가 데이트할 때 뭘 할지 생각해 봐야지.

케이가 생각해 보겠다고 했지만 케이에게만 맡겨두지 말고 나도 몇 가지 알아보고 제안해 보자. 분명 케이는 내가 좋아할 만한 곳을 열심히 찾을 테니까 나는 케이가 좋아할 만한 걸 찾아보는 거야. 그렇게 생각하자 약간 기분이 좋아졌다.

- 멋진 사람이네.
하지만 정말로
네가 생각하는 이미지랑 똑같을까?

너도 주변 사람들이 보는 이미지랑
진짜 너 자신이 다르다며?
여자 친구도 그럴지 모르잖아.

내가 그런 이미지로는
넌 서스펜스 영화 좋아할 것 같은데
어때? 맞았어?

- 여자 친구는
내가 생각한 이미지랑 똑같지 않을 수도 있지.
다만 난 아마도
그녀를 잘 알고 있다고, 믿어.

맞았어. 서스펜스 영화 좋아해.
그리고 시사적인 영화에도 끌리고.
뭐든지 보긴 하지만.

너는 어떤 영화 좋아해?

- 좋아하는 영화라···
나도 뭐든지 보는 편이야.
하지만 싫어하는 건 확실히 있어.

피가 나오는 건 질색이야. 그리고 호러는 정말 못 봐.

넌 만약 여자 친구가
서스펜스 영화 싫어한다면 참을 거야?
진짜 네 모습을 좋아해 주지 않아도 괜찮아?

- 피가 나오는 영화라.
하긴 고통스러울 것 같아.
나는 아이나 동물이
심한 꼴을 당하는 장면이 있으면 견디기 힘들어.

여자 친구가 진짜 내 모습을
좋아해 주면 좋겠지만.

내가 여자 친구에게 맞춰서
그 애가 웃을 수 있다면

그래서 날 좋아해 준다면
나는 그걸로 좋아.

어떻게 해서든 케이가 생각하는 내 이미지를 지울 수는 없을까. 교환 일기로 시도해 봤지만 좀처럼 뜻대로 되지 않았다. 정말로 교환 일기에서 케이가 이상형으로 여기는, 좋아한다는 여자애가 나일까. 실은 다른 애를 말하는 게 아닐까.

케이와는 메시지를 주고받는 횟수가 조금씩 늘었다. 계기는 데이트에 관한 의논이었지만 드디어 사소한 이야기도 나누게 되었다. 하지만 메시지에서 케이는 자신에 대한 건 아무것도 말하지 않았다.

케이가 돌아다니는 건 별로 안 좋아하는 듯해 영화를 보러 가자고 하면 "영화로 괜찮겠어? 놀이공원 가려고 했는데" 하는 대답이 돌아왔다.

아니 놀이공원 싫어하면서!

하긴 지금 크리스마스 이벤트가 열리고 있긴 하다. 퍼레이드가 무척 예쁘다고 해서 가고 싶지만. 케이는 내가 좋아할 만한 곳을 찾아봤구나. 하지만 이번에는 안 돼.

"아니, 영화 보고 싶어."

"미쿠가 그러고 싶다면 괜찮지만. 그럼 영화 보고 나서 길거리를 슬렁슬렁 걸어 다닐까?"

슬렁슬렁 걸어 다니는 것도 안 좋아하잖아!

그렇지만 말하는 것마다 싫다고 거절하기도 내키지 않는 데다 달리 뭘 하면 좋을지 아이디어가 떠오르질 않는다. 점심 먹을 식당이나 카페를 찾으면서 느긋하게 산책하는 것도 괜찮으려나. 멋진 가게가 아니라 케이도 마음 편히 있을 만한 찻집 같은 데도 좋을 것 같다.

그렇게 생각하고 대충 데이트 일정을 정했다.

“우선 예습은 완벽해.”

토요일 오후 한 시, 역 앞에서 혼자 끄덕였다.

마침 둘 다 집에서 가장 가까운 역이 같아서, 그곳에서 만나기로 했다. 목적지는 이 역에서 쾌속 급행을 타고 25분 정도 가면 나오는 역이다. 영화관도 있고 쇼핑몰이며 백화점, 상점가도 있으니 할 일이 없어 지루하지는 않을 것 같다.

머리 위로 보이는 푸른 하늘이 드넓었다. 강수 확률이 10퍼센트라고 하니 비 올 염려는 하지 않아도 된다. 바람이 약간 쌔늘하지만 걷다 보면 괜찮겠지.

후우, 긴장을 풀려고 숨을 내쉰 다음 커피숍 유리벽 앞에 서서 케이를 기다렸다.

기다리는 동안 유리벽에 비친 내 모습을 마지막으로 점검했다. 평소처럼 오른쪽으로 늘어뜨려 하나로 묶은 머리였지만 오늘은 최대한 예뻐 보이려고 머리끝을 고데기로 말아 웨이브를 넣었다. 게다가 귀밑머리를 살짝 땋느라 준비하는 데 평소보다

시간이 3배나 더 걸렸다.

옷은 베이지색 멜빵바지에 흰색 7부 티셔츠, 그리고 검은색 반코트를 입고 신발은 납작한 흰색 스니커즈를 신었다.

응, 됐어.

꾸민 듯 안 꾸민 듯 적당하다. 지난달 나온 잡지에서 찾아낸 코디를 참고로 했으니 이상하지는 않을 것이다. 게다가 노조미 언니에게 사진을 보내 착장 확인까지 받았다.

예쁘게 보였으면 좋겠는데.

…케이는 어떤 모습으로 나타날까.

그 생각을 떠올린 순간 긴장감이 불쑥 커졌다. 심장이 두근거려서 미치겠다. 큰일이네, 호흡도 거칠어졌다. 몸속에서 땀이 또르륵 배어 나오는 듯했다.

괜찮아, 괜찮아.

가늘고 긴 숨을 내쉬고 심장과 호흡을 가라앉혔다.

"미쿠!"

이름이 불린 순간 너무 놀라 심장이 멎는 줄 알았다.

"아, 안녕!"

"여어!"

케이는 기운찬 목소리로 인사했지만 여느 때와 똑같았다. 쿨한 표정으로 내 눈앞에 서 있다.

흰색 티셔츠에 검정과 회색으로 체크무늬가 들어간 두툼한 셔츠를 걸치고 있었다. 폭 좁은 카고 바지에 큼지막한 스니커,

그리고 원숄더 백팩. 빈틈없이 맞춰 입은 모습이 케이답다.

전부 심플한데도 그게 자신에게 가장 잘 어울린다는 걸 아는 게 틀림없다.

멋지다.

"옷 예쁘네!"

가만히 케이의 옷차림을 보는데 케이가 불쑥 말을 꺼냈다.

예, 예쁘다고? 예쁘다고 한 거야? 케이가? 그런 말을 하는 성격이 아닌데!

"…무, 무슨. 갑자기 왜 그래!"

얼굴이 화끈 달아오르는 게 느껴졌다.

케이는 그런 나를 보더니 못 참겠다는 듯이 "하하하!" 하고 웃었다.

그런 웃는 얼굴을 하다니, 반칙이야.

콩콩콩 가슴이 뛰었다. 오늘 하루 사이에 수명이 꽤 줄어들겠어.

"그러지 마. 얼른 전철 타자."

"알았어, 알았어."

휘릭, 고개를 돌려 개찰구 쪽으로 가자 케이가 뒤쫓아왔다.

침착해, 침착하라고.

케이가 쑥스러워하지도 않고 "예쁘다"는 말을 할 줄은 상상도 못했기에 놀랐을 뿐이다.

아아, 나 혼자 허둥대다니 이게 뭐람.

정작 케이는 아무렇지도 않은지 평소와 똑같은 표정이다. 감정이 그다지 얼굴에 드러나지 않아서 무슨 생각을 하는 건지 잘 모르겠다.

어, 어쨌든 오늘은 즐겁게 보내자.

중학교 때처럼 제멋대로 굴지 말아야지. 케이도 즐거워할 수 있도록. 그게 오늘 내 목표다.

"도착하면 먼저 영화관에 갈 거지?"

"점심은 먹었어?"

"그러고 보니 우리 돌아갈 시간도 정해야지?"

케이는 목적지에 다다를 때까지 전철 안에서 오늘 일정을 이야기했다. 예상보다 더 많은 걸 생각해 둔 모양이다. 엄청나게 조사했겠구나.

어쩌면 갈 만한 가게 후보도 뽑아놓은 게 아닐까. 내가 좋아할 것 같은, 지난달 오픈한 홍차 전문점이라든지 국내에 첫 상륙한 초콜릿 가게 같은 곳을 추려놨을 것 같다.

아무리 생각해도 케이가 편안하게 있을 만한 가게들은 아니다.

교환 일기를 쓰지 않았다면, 이렇게 케이의 입장에서 생각해 보지 못했을 것이다. 오히려 너무나 기쁜 나머지 헤벌쭉 좋아하기만 했을지도 모른다.

그 정도로 케이의 행동은 자연스럽다. 조바심을 내거나 당황하지 않아서 노련하게 해내는 인상을 준다. 그런 면 때문에 사람들이 케이를 뭐든지 할 수 있는 이미지로 보는 거겠지.

그걸 알면서도, 케이는 고민하더라도 결국 뭐든지 해내는구나, 하고 새삼 감탄했다. 실제로는 마음속으로 무슨 생각을 하고 있을까.

"옛날이랑 반대네."

불쑥 중얼거리자 케이가 맞받아 "그런가?" 하고 어깨를 으쓱였다.

예전에는 늘 나 혼자만 떠들었다. 케이는 "응" 아니면 "그래?", "그렇구나"라는 말밖에 하지 않았다.

"이제 미쿠가 말해."

"응? 글쎄. 아, 요즘 책에 흥미 있어?"

"어?"

케이의 모습을 살펴보듯 말하자 그의 표정이 싸악 바뀌었다.

이건 말하면 안 되는 거였어!

케이도 책을 좋아한다는 대답이 돌아오고 대화가 무르익을 거라고 생각했다. 하지만 조금 성급했던 모양이다. 큰일 났네. 어떡하지!

순간 두뇌를 재빨리 회전시켜서 "할머니가 요즘 독서에 빠지셨거든" 하고 덧붙였다. 거짓말은 아니다. 사실이다.

"할머니가 책을 읽기 시작하셔서 나도 좀 읽어볼까 하고. 아직 생각만 하고 있지만."

"아, 그랬구나."

기분 탓인지 케이가 안심하는 표정이다.

"어, 넌 어때?"

"아니 뭐, 나야 보통."

자연스럽게 대화를 이어가려고 머뭇머뭇 물었더니 애매한 대답이 돌아왔다. 보통이란 게 뭐지?

"그게 뭐야. 읽는다는 거야, 안 읽는다는 거야?"

비껴가려는 듯한 대답에 바짝 다그쳐 물었다. 케이는 약간 뒤로 물러섰다. 왜 그런 걸 꼬치꼬치 묻는지 의아해하는 거겠지.

"내 얘기는 됐어."

"왜?"

"오늘은 데이트니까."

무슨 의미인지 모르겠다.

대화가 전혀 이어지질 않는다.

그런데.

데이트라는 말에 오글거려서 몸이 근지러울 지경이다.

"치사해."

"하하하."

입을 비쭉 내밀자 케이가 웃었다. 그것도 얼굴 전체에 활짝, 핀 웃음. 눈을 가늘게 뜨고 치아를 드러내며 웃었다.

귀여워.

케이가 이렇게 웃는구나.

지금까지 케이가 웃는 모습을 숱하게 보았다. 그런데 케이에 대한 감정을 애써 부정하면서, 케이에게서 눈을 돌리고 있던 지금까지와, 좋아한다고 깨닫고 난 지금은 웃는 모습마저 완전히 달라 보였다.

눈이 마주쳤다.

순간 케이의 시선이 흔들리더니 "귀여워" 하며 수줍어했다.

너도 그래. 너야말로 귀여워. 케이가 더 귀여워.

전철 안이 더워서 견딜 수가 없다.

부끄러운데도 입가가 움직이는 걸 멈추지 못한 채 자꾸만 내가 생글거린다.

"하하, 빨개졌어."

"아, 놀리지 마."

시선을 돌려 스쳐 지나가는 창밖 경치를 바라보자 부드럽고도 편안한 미소를 짓는 케이가 유리창에 비쳤다.

우리는 영화관 로비로 들어가 포스터 앞에 섰다.

"이게 좋지 않을까?"

케이가 손가락으로 가리킨 포스터는 내가 좋아하는, 가슴 몽글몽글해지는 청춘 로맨스 영화였다. 최근 텔레비전에서 홍보 영상이 자주 나오는 걸 보니 상당히 평판이 좋은 모양이다. 그 밖에도 케이가 꼽은 영화는 연애와 관련된 해외 영화이거나 애니메이션 영화였다.

다 보고 싶은 영화이긴 한데.

"너는?"

"응?"

"케이, 넌 보고 싶은 영화 없어?"

어리둥절해하는 케이에게 묻자 으음, 하며 케이가 곤란한 듯이 미간을 좁혔다. 그리고 순간적으로 한 영화의 포스터로 흘낏 시선을 옮겼다.

교환 일기에서 얻은 정보로 보건대, 케이가 좋아할 것 같다고 짐작했던 영화다. 외국에서 실제로 있었던 사건을 바탕으로 한 크라임 서스펜스 영화. 인터넷 정보에 따르면 약간 폭력적인 묘사가 있다던데.

"저건?"

대답하지 않는 케이를 대신해 포스터를 가리키자 케이는 바로 고개를 가로저었다.

"아냐, 저건 보지 말자."

"왜?"

"난 이게 보고 싶어."

케이가 대신 손가락으로 가리킨 포스터는 아까 내게 제안한 영화들 가운데 하나인 애니메이션이었다. 이 영화는 초반에 어린 주인공이 상당히 잔혹한 나날을 보내는 장면이 있다던데. 기분이 울적해진다는 리뷰도 보았다.

케이가 싫어하는 내용이잖아.

"하지만 이건."

"상영 시간도 딱 좋고."

그렇게까지 말하니 더는 싫다고 말할 수가 없었다. 너무 지나치게 다른 영화를 고집하면 이상하게 여기겠지. 불만스러운 표정이 나오지 않게 조심하면서 알았다고 케이의 의견에 동의한 다음 티켓을 구입했다. 영화가 시작되기 전에 쇼핑몰에서 가볍게 식사하기로 하고 남은 시간은 근처에 있는 가게를 구경하며 보냈다.

케이는 그 모든 일을 하면서 내가 좋아하는 것을 최우선으로 선택했다. 아기자기하고 예쁘게 꾸며진 오므라이스 전문점, 여고생들에게 인기 있는 잡화점, 그리고 액세서리 가게까지.

영화를 보고 나서도 자연스럽게 내가 가보고 싶었던 홍차 전문점으로 데려갔다.

사전에 전부 검색해서 찾아봤다는 걸 알 수 있을 정도로 행동이 능숙했다.

"무리하는 거 아냐?"

마주 보고 앉는 케이가 조금 힘겨워 보여서 솔직히 물었다.

가게 안은 화이트와 핑크색 인테리어에 널찍한 유리로 꾸며놓아 밝고 세련되어 보였다. 내게는 정감 가고 편안한 곳이었지만 케이한테는 그렇지 않을 것 같았다.

중학생 시절 데이트할 때 들어간 가게도 이런 분위기였다. 아니 좀 더 아기자기한 느낌이었을지도. 가게에 들어갈 때까지 꽤 떨떠름한 기색이었고 줄곧 기분이 좋지 않아 보였던 걸 기억한다. 말을 걸기조차 조심스러울 정도로 긴장감이 감돌았다.

…그러고 보니 그 가게는 어떻게 고른 거였더라? 걸어가다 우연히 발견했던가?

“괜찮아, 익숙하지 않아서 그래.”

케이는 안절부절못하며 시선을 이리저리 옮기면서 대답했다.

“주위에 전부 여자들뿐이네.”

“맞아, 그러네.”

“영화 재미있었어?”

“응” 하고 케이가 대답했지만 진심인지 아닌지는 알 수 없다.

“미쿠, 너는?”

“응, 재미있었어. 그 감독이 왜 인기가 많은지 이해가 가더라. 그림도 예쁘고 주제가도 좋았어.”

“역시 잘 아는구나.”

하하, 하고 케이가 웃었다.

눈꼬리가 약간 처진 듯한 게 마음에서 우러나 웃는 것 같지가 않았다.

“오빠한테도 자주 들어. 유행에 너무 민감하다고.”

그러니까 내가 좋아하는 것만 해주려 애쓰지 않아도 된다고 진심을 담아 말했다.

그저 유행을 좋아하는 애다. 소신이 없다. 오빠처럼 음악에 특별히 좋아하는 장르가 있는 것도 아니다. 데스 메탈은 전혀 이해를 못해서 그것만은 아무리 유행한다고 해도 빠져들지 않을 것 같지만.

어쨌거나 남이 이해하지 못할지언정 그 정도로 좋아하는 대상이 있다는 건 부럽다.

케이에게도 그런 대상이 있다는 걸, 나는 안다.

예전의 나는 그게 뭔지 알지 못했다. 하지만 케이에게 끌린 것은 분명 그런 부분이다. 알지 못해도 케이는 케이이고, 어딘가에 꿋꿋한 심지가 있는 것처럼 보였으니까.

내게는 그런 심지가 없다.

그러니까 케이는 그대로 있어도 괜찮다. 텅 빈 나한테 맞출 필요는 없다.

“유행을 좇는다는 거, 굉장해.”

케이가 진지하게 말하기에 무심코 “뭐?” 하고 얼빠진 목소리가 튀어나왔다.

“뭐가 굉장해? 그냥 유행을 따라가는 것뿐인데.”

“왜 그렇게 자길 비하해? 넌 유행을 좋아하는 거잖아?”

“그렇긴 하지만. 그래도 굉장할 건 하나도 없어.”

경박하니까. 그래, 가미모리가 그렇게 말했으니까. 주변에서 다 그렇게 생각하니까.

“난 미쿠 네가 왜 그렇게 생각하는지 잘 모르겠어.”

케이는 고개를 갸우뚱하며 말했다.

바로 그때 점원이 "음식 나왔습니다" 하며 테이블로 다가왔다.

케이가 주문한 카페오레에는 고양이 모양의 크림이 폭신폭신하게 얹혀 있어서 무척 귀여웠다.

내가 시킨 블루 허브티는 버터플라이 피 티라고 해서 레몬을 짜 넣으면 하늘색 음료가 보라색으로 바뀐다. 사실 난 허브티를 좋아하는 게 아니다. 정확히는 싫어하지도 좋아하지도 않는다. 단지 그게 마시고 싶었을 뿐이다.

어쩌면 이렇게 색이 예쁘게 변할까, 무척이나 신기하고 궁금했다.

"허브티 맛있어? 색이 엄청 독특하네."

"응. 재밌어."

케이가 묻기에 솔직하게 대답하자 "재밌어하는구나" 하고 웃었다.

"하지만 그게 미쿠 네가 좋아하는 거잖아."

"그런가?"

정말 그런가, 생각하며 의아해했더니 케이가 "그렇지" 하고 확실히 대답했다.

"유행만 좇는다고 안 좋게 보는 거 아냐?"

"유행을 좇는다고 뭐 문제 있어?"

문제가 있냐고 물으니 바로 대답할 수가 없다.

반투명의 보랏빛 티를 한참 바라보면서 생각해 보았다.

"예전에… 친구가 나한테 자기 주관이 없다고 그랬거든. 그 말이 맞다고, 나는 텅 비었다고 생각했어."

케이도 예전에는 그런 날 한심하게 여겼을 게 분명하다. 다만 그 말을 하면 케이가 상처받을지도 몰라 속으로 꿀꺽 삼켰다.

"그런 말을 들었더라도 미쿠는 예전이나 지금이나 유행을 좋아하잖아."

하긴 신경을 쓰면서도 여전히 유행을 좇고 있다. 유행을 따라가지 않고서는 새로운 걸 발견할 수 없는걸. 뭐가 좋은 건지 모르겠으니까, 그래서다. 그뿐이다.

모두가 경험하니 해봐야 한다거나, 아직 많이 알려지기 전에 먹어보겠다거나, 모두가 갖고 있으니 나도 갖고 싶다거나, 그런 이유.

그건 좋아하는 마음과는 아무래도 다른 것 같다.

"나, 오늘 너랑 다니려고 많이 알아봤거든."

케이가 카페오레 위로 올라와 있는 고양이 거품을 스푼으로 떠 입으로 쏙 집어넣었다.

"너무 많아서 그중에서 마음에 드는 걸 고르기가 무척 힘들었어."

"그런 건 누구나 할 수 있어."

익숙한 일이다.

"좋아하지 않으면 불가능해."

케이가 단호한 어조로 잘라 말했다.

"누가 어떻게 여기든 내 생각은 그래."

케이가 부드러운 미소를 띠며 덧붙였다.

나를 똑바로 바라보며, 내게 말하고 있다.

지금 비로소 '나'는 여기에 있구나 하고 실감했다.

언제나 즐거운 마음으로 정보를 모으곤 했다. 뭐가 있을까, 지금은 또 어떤 새로운 게 세상에 나와 있을까 하고. 그 수가 많으면 많을수록 신이 났다.

그 시간이 좋았던 거라는 걸 지금 처음으로 깨달았다.

물론 오늘처럼 그렇게 찾은 정보를 체험하는 시간도.

몇 년이나 고민해 왔는데, 케이가 한 말 한마디에 이런 기분이 들다니. 나란 애는 얼마나 단순한지.

"난 해보지도 않고 덮어놓고 싫어하는 경향이 너무 심하다고 누나한테 늘 핀잔 듣거든."

"나는 오빠한테 자기 주관이 없다는 소릴 듣는데."

우리 둘은 눈을 마주치며 웃었다.

스스로 깨닫지 못했을 뿐 그렇게 생각할 수도 있구나. 유행을 따라 하는 것도 별로 신경 쓸 일이 아니었구나. 신경이 쓰여도 그만둘 수 없었던 건, 그걸 좋아했기 때문이다.

"자기 주관이 없든, 텅 비어 있든 그게 뭐 어때? 그 덕분에 많은 걸 조사하게 되니까 전부 즐길 수 있잖아."

눈을 빛내며 케이가 하는 말에 귀를 기울였다.

"즐길 수 있다는 건 다른 사람들보다 즐거운 일이 많다는 거야. 나는 시야가 좁아서 고양이 크림이 맛있다는 걸 오늘에서야 알았는걸."

케이는 크림을 떠서 입에 넣고 나서야 "이거 카페오레에 섞어야 하는 거였나?" 하고 고개를 갸우뚱했다.

응, 그 고양이 크림만 따로 먹는 건 아닌 거 같아.

하지만 그렇게 먹는 것도 즐겁네.

"뭐든지 좋아한다는 건 자랑거리야."

자랑거리라고? 그런가? 그렇게 생각할 수도 있구나.

기쁘다. 지금까지 마음 한구석에 남아 개운치 않던 응어리가 톡 하고 터져 사라지는 듯했다. 투명한 액체가 되어 눈물로 그렁그렁 넘실댔다.

그렇기에 생각하지 않을 수 없다.

이 자리에 있는 케이는 정말로 즐거운 걸까.

내가 좋아하는 것과 케이가 좋아하는 것은 다르다. 케이는 줄곧 내 취향에 맞춰주었다.

안절부절못하고 허둥대는 모습을 보이기는 했지만 조금도 싫은 티를 내지 않았다. 옛날에 데이트할 때처럼 입을 꾹 다물고 있는 일도 없었다.

너는 어떻게 할래? 넌 뭐가 좋아?

케이는 매번 내게 의견을 물었다.

주변 사람들은 케이를 다정다감한 남자 친구라고 여기겠지. 표정이 달라지지 않으니까 케이가 참고 있다고는 아무도 생각하지 못할 거다. 나도 교환 일기를 쓰지 않았다면 몰랐을 테니까. 하지만 이제 나는 알아버렸다.

그래서 내게 다정할 때마다 가슴이 아리다.

찌릿찌릿 불에 그을린 듯이.

가게를 나서자 태양이 서서히 저물어가고 있었다. 도로를 따라 서 있는 나무들이 바람에 흔들려 사그작사그작 소리를 냈다. 낙엽이 하나, 발밑에 떨어졌다.

"이따가 문구점에 들러도 돼?"

"좋아."

"케이는 샤프펜슬 같은 거 관심 없어?"

"그야 뭐."

"서점에는? 보고 싶은 책 있으면 갈까?"

"아니, 괜찮아."

거짓말쟁이.

그렇게 다그치고 싶다. 하지만 시선이 마주칠 때마다 케이는 눈을 가늘게 뜨고는 내가 즐거워하고 있는지 확인하듯이 얼굴을 들여다보았다.

"그렇게 빤히 쳐다보지 마!"

고개를 돌리자 케이는 "왜?" 하며 웃음을 터뜨렸다.

다정다감해서 가슴이 따뜻해진다. 그런데, 외롭다.

중학교 때 케이와 데이트하면서 나는 이런 시간을 보내고 싶었다. 지금 하는 데이트는 그 당시 내가 원하던 것이다.

그런데.

입술을 가만히 깨무는데 오른손에 온기가 느껴졌다. 내가 놀라기도 전에 케이가 손가락 사이로 깍지를 끼며 꼬옥 힘주어 잡았다. 아무 말도 하지 못하는 내가 신기했는지 케이가 날 바라보았다. 눈이 마주치자 씨익, 입꼬리를 올리며 미소를 지었다.

이건, 누구일까. 마치 케이와 닮았을 뿐, 다른 사람과 함께 있는 것 같다.

"아, 미쿠."

시야가 흐릿해지고 다리에서 힘이 빠지려 할 때 케이가 내 이름을 불렀다. 그리고 붙잡은 손을 들어 길가에 있는 작은 가게를 가리켰다. 액세서리 매장이었다.

케이는 "가보자" 하고 내 손을 잡아끌었다. 가게 안으로 들어가더니 이어커프(귀찌)를 하나 집어 들었다. 그러고 나서 삼중으로 연결되어 긴 체인이 붙은 그것을 내 귀에 갖다 대었다.

"미쿠, 잘 어울리는데. 으흠."

혼자 흡족한 듯이 고개를 끄덕이는 케이를 보자 가슴이 달달해지면서 동시에 아렸다.

기쁘다. 그리고 괴롭다.

자상한 케이의 마음을 의심하는 건 아니다. 함께 있는 시간은 즐겁다.

하지만… 이 시간은 모두 케이의 인내 덕분에 만들어진 거라는 사실을 나는 안다.

내가 교환 일기에 감정을 알기 쉬운 사람이 좋다고 써서, 케이는 좋아한다느니 귀엽다느니 말로 표현하고 있는 거다. 불편하고 거북해도 참으면서 내 취향을 우선하고 맞춰주는 거다. 게다가 자신의 취미조차도 모른 척하고 있다.

오늘 케이가 한 말은 어디서부터 어디까지가 진심인 걸까.

"너무 좋아."

이어커프를 손에 들고 기뻐하자 케이의 귀가 살짝 붉어졌다.

"기념으로 사줄게."

"…고마워."

정말 내게 선물하고 싶은 걸까. 그런 형편없는 생각을 하는 나 자신이 혐오스러울 지경이었다.

포장된 작은 봉투를 케이에게 건네받으며 "소중히 할게" 하고 웃어주었다.

쓸데없는 생각을 하면 안 된다. 혼자 비굴해져 봐야 좋을 일은 하나도 없다.

지금은 솔직하게 기뻐하자.

"고마워" 하고 한 번 더 말하자 케이는 다시 내 손을 잡고 걸었다.

"여름이었다면 끈적거렸을지도 몰라."

후후, 웃으며 케이에게 말했더니 케이는 쿨한 표정으로 대답했다.

"가을이라 다행이야. 땀범벅이 될 뻔했어."

머리칼이 살랑살랑 바람에 나부꼈다.

땀범벅이 된 케이를 봤다면 케이의 다정한 마음 씀씀이를 받아들일 수 있었을까.

"케이, 즐거웠어?"

"그럼."

이 말을 믿을 수 있을까.

그렇게 생각하면서도 손을 놓지 않는 나는 정말 제멋대로다.

- 여자 친구는
그런 거 원하지 않을지도 모르잖아.
진짜 네 모습을
그대로 내보이는 게 어때?
그걸 더 기뻐할 거야.
분명히. 절대로.

그 답장은 대체 누구를 위해 쓴 걸까. 진짜 모습을 그대로 내보이라니, 제멋대로인 것도 정도가 있지.

나도 그러지 않으면서 상대에게 바라다니.

한 주가 시작되는 월요일, 아침부터 어두운 구름이 드리워서인지 머리도 몸도 무겁다. 데이트를 한 뒤로 사고 회로가 뒤죽박죽되어 버린 건 분명 이 날씨 탓이다. 도서실에 다녀와 계속 교실 책상에 엎드려 있었다.

"왜 그래? 미쿠."

아사카가 다가와 걱정스러운 듯이 말을 걸었다. 그저 엎드려 있으려고 했는데 깜빡 졸았던 모양이다. 아직 몇 명밖에 없을 줄 알았던 교실에는 이미 절반 이상이 와 있었다.

"어, 왔어? 괜찮아. 졸려서 그래."

얼굴을 들고 대답하다가 마침 교실로 들어온 마호와 눈이 마주쳤다.

"아, 마호, 안녕."

"안녕."

여느 때처럼 웃으며 인사를 나누고 나서, 마호는 자기 자리에 가방을 놓고는 내 앞자리에 걸터앉았다.

"있잖아, 미쿠. 한 가지 물어볼 게 있는데."

"뭔데?"

마호는 턱에 손을 괴고 생글생글 웃으며 내 얼굴을 쳐다보았다.

왠지 그 모습이 평소와 달랐다.

"미쿠네 말이야, 어머니 안 계셔?"

왜 갑자기.

나도 모르게 할 말을 잃었다. 마호가 어떻게 그 사실을 아는 걸까?

생각해 보면 바로 답이 나온다. 진나이에게 들었겠지.

뭔가 대화를 나누다가 그런 이야기가 나올 법도 하다. 중학교 때 나는 엄마가 없다는 걸 숨기지 않았으니까. 그러니 진나이도 숨길 일이라고는 생각하지 않았을 테고.

"그게, 그러니까."

뭐라고 설명하면 좋을까.

감추던 이유를 말해야 하나, 아니면 그냥 사과해야 하나.

하지만 이유는 말할 수 없다. 말하고 싶지 않다.

중학교 때 겪은 일은 설명하고 싶지 않다.

"왜 말해주지 않았어?"

마호의 표정을 보니 화를 내는 게 아니었다. 표정은 여느 때와 다름없다. 하지만 너무도 담담해서 화나지 않았다고도 단정할 수 없다.

"미안, 그게, 괜히 신경 쓰이게 할까 봐."

흠칫흠칫 놀라며 대답하자 마호는 "뭐야 그게!" 하며 한숨을 쉬었다.

"무슨 말인지 모르겠지만. 왜 그렇게 겁을 먹고 있어? 내가 그렇게 무섭니?"

"그럴 리가."

"마호, 뭘 그렇게 예민하게 굴어! 미쿠한테도 뭔가 사정이 있겠지."

불편한 기색을 드러내는 마호 앞에서 내가 당황해 쩔쩔매자 아사카가 나서서 말해주었다.

"그렇긴 하지만. 아사카는 아무렇지도 않아? 여태껏 어머니 이야기를 하면서도 웃었다고! 말해줬더라면 좋았잖아."

"지금 알았으니 됐잖아."

마호의 말에 아사카가 언짢다는 듯이 미간을 찌푸렸다. 마치 거울처럼 마호도 미간을 찌푸렸다. 두 사람 사이의 분위기가 싸늘해져서 더욱 초조하다. 나도 모르게 움츠러든다.

"내가 신경 쓸까 봐 그런다면서 미쿠가 더 신경을 쓴다는 게 말이 돼?"

그게 그렇게 되는 건가?

아니 나는 신경을 쓴 게 아닌데. 하지만.

"게다가 미쿠한테 심한 말을 한 게 되잖아, 내가!"

"저기, 그렇지 않아. 그냥 굳이 말하지 않아도 될 거라고 생각했어."

엄마가 없다는 건 내게 대단한 일은 아니다. 그래서 감추는 게 괴롭지는 않았다. 그런 마음이 전해지도록 웃어 보였다.

"그래도 그렇지!"

"미쿠가 그렇게 말하면 된 거 아냐? 말하기 어려운 일쯤은 다 있기 마련이잖아. 이제 우리가 알았으니까 앞으로는 편하게 말해도 돼."

아사카가 내 등에 살짝 손을 갖다 댔다. 다정한 배려에 마음이 아프다. 아사카는 내 마음을 따뜻하게 감싸주었다.

그렇게 순수한 마음으로 말한 건 아닌데.

두 사람이 알았으니 앞으로는 어떻게 행동해야 좋을까, 고민하는 정도일 뿐인데.

"나라고 해서 화난 건 아니야. 하지만 마음 쓰이잖아."

포기한 듯, 기막힌 듯한 마호의 태도와 목소리에 몸이 약간 떨렸다.

"마호 네가 신경 쓰인다 해도 어쩔 수 없어. 미쿠의 문제니까. 쓸데없는 참견이지."

"아사카는 어른이네. 아니지, 그렇다기보다는 너무 냉정한 거 아니니? 어휴 차가워."

"…왜 내가 그런 소릴 들어야 해? 마호 너야말로 너무 감정적인 거 아냐? 조금 더 냉정하게 생각하고서 말하라고."

"잠깐만, 두 사람 다!"

삐걱거리기 시작한 두 사람 사이에 끼어들었지만 이미 늦었다.

두 사람은 내 말은 듣지도 않고 서로 노려보고 있었다. 나 때문에 이런 상황이 벌어질 줄은 꿈에도 상상하지 못했다.

"저기, 내가 잘못한 거야. 엄마 이야기는, 그게, 별로 말할 필요가 없다고 생각했던 것뿐이야. 난 괜찮으니까."

기를 쓰고 웃으며 이 냉랭한 분위기를 풀어보려고 애썼다.

"미쿠 넌 왜 웃는 거야? 너는 어물쩍 웃어넘기면서 괜찮은 걸로 퉁치고 싶은 모양이지만, 괜찮은 건 너뿐이거든."

마호가 벌떡 일어나 내 옆을 지나쳐 교실을 나갔다.

'웃어넘기면서 괜찮은 걸로 퉁치고 싶다.'

마호의 말은 틀림없는 내 속마음이었다.

"아 진짜, 마호는 너무 감정적이라니까."

아사카가 팔짱을 끼고는 어깨를 움츠렸다. 그러고 나서 "금세 잊어버리고 말 걸어올 테니까 마음에 담아두지 마" 하고 말해주었다.

"…너한테도 미안해."

"사과할 일 아니라니까. 가족 일인데. 뭐, 말해줬어도 좋았겠지만 말하지 않았다고 해서 문제될 건 없어."

아사카는 나를 위로하듯 토닥토닥 어깨를 두드리고는 자리로 돌아갔다.

'밝고 긍정적인 아이니까 그대로 있었으면 좋겠어.'

케이는 나에 대해서 그렇게 말했다.

하지만 실제로는 다르다. 웃으며, 얼버무렸다.

엄마가 없어도 나는 조금도 신경 쓰지 않는다는 걸 전하려고.

'엄마가 없어서 힘들 텐데.'

별로 힘들지 않다.

'내가 심한 말을 한 게 되잖아.'

그렇지 않다.

오히려 친구들이 그렇게 생각할까 봐 나는 늘 웃었다. 웃으면서 엄마가 없어도 신경 쓰지 않는다고, 아무렇지도 않다고 전했다. 하지만 그것도 결국 주위 사람들을 불쾌하게 한다는 걸 중학교 때 알았다.

그런데 이번에는 아무것도 말하지 않아서 마호를 화나게 했다.

나는 어떻게 해야 했을까.

대체 뭐가 정답인 걸까.

- 설마, 그럴 리 없어.
  진짜 나는
  그 애의 이상형과는 완전 동떨어진 사람인걸.

  남들이 보는 이미지대로
  쿨하고 어른스럽고 멋있는 나여야만 해.

  운동을 싫어하는 집돌이에다
  말주변도 없고 생각만 하면서 아무것도 하지 않는
  나약하고 비겁한 진짜 나는,
  정말 형편없으니까.

누구보다도 내가 거짓말쟁이였다.

방과 후, 교문 앞에 서 있자니 친구들과 어울려 걸어오는 케이의 모습이 보였다. 벌써 하늘은 어스름해지기 시작했지만 멀리서도 바로 케이를 알아보았다. 즐거운 듯이 웃었고 그 모습은 토요일에 본 케이와는 또 다른 사람으로 보였다.

"미쿠, 어쩐 일이야?"

멍하니 케이를 바라보는데, 나를 알아본 케이가 다가왔다.

"혹시 나 기다린 거야?"

"아, 응."

"하지만" 하며 케이는 옆에 있던 이과반 친구들에게도 시선을 돌렸다. 약속이 있는 거겠지.

역시 미리 메시지를 보낼걸.

고민하고 또 고민하다가 거절당할까 봐 두려워 그냥 기다리는 쪽을 택했다. 그렇지만 케이가 당혹스러워하는 표정을 보자 이제 와서 후회가 밀려왔다.

나는 멍청하다. 나 자신밖에 생각하지 못했다.

"미안, 할 일이 있어 좀 늦게 끝나서, 그뿐이야. 친구들하고 약속 있는 거지? 어서 가봐."

"아, 그래도."

케이의 시선이 흔들렸다.

어떻게 할까 고민하고 있다.

"이럴 땐 당연히 여친이 우선이지."

"고민할 게 뭐 있어?"

여학생 한 명이 말하고는 우리 곁을 스쳐 지나갔다.

"아니, 그렇지만."

"그런 것도 모르는 거야?"

"케이, 또 보자."

또 다른 여학생이 케이에게 어처구니없다는 시선을 보내자 남학생들은 깔깔대고 웃으며 케이를 남겨두고 걸어갔다. 케이는 멍한 표정으로 친구들의 등을 바라보았다.

그리고 "그러지 뭐" 하고 몸을 휙 돌려 나를 보았다.

"어쩐 일이야, 미쿠. 무슨 일 있어?"

"괜찮아?"

"어떻게 쟤들을 거절할까 하던 참이라, 오히려 잘된걸."

케이는 그렇게 말하더니 내 손을 잡았다. 친구들을 따라가지 않고 내 옆에 섰다.

그리고 웃는다. 그 다정함에 눈물이 배어 나왔다.

왜 이렇게 나한테 다정하게 마음을 써주는 걸까. 케이가 좋아하는 나는, 그저 비겁한 아이일 뿐인데. 나밖에 생각하지 않는 자기중심적인 성격인데. 좋아한다고 말해준 웃는 얼굴도 그저 가면일 뿐인데.

내가 좋아하는 걸 남들이 비웃어도 그저 웃으며 흘려듣는다. 불쌍하다는 말을 들어도 웃는다. 웃고 있으면 상처받지 않은 게 되니까.

사실은 "닥쳐!" 하고 반박하고 싶었다. 하지만 말하지 못하고 마냥 웃기만 했다.

그러니까 '밝고 긍정적인 아이'인 나는 존재하지 않는다.

내가 그렇게 가짜로 행동한 탓에 케이도 자신을 숨기고 있다. 케이가 거짓말하는 건 나 때문이다. 그런 내가 케이에게는 솔직해지기를 바라다니, 이 무슨 얼토당토않은 소리인가.

케이가 내게 너무 마음 써주지 않았으면 좋겠다는 말을, 어떻게 내가 한단 말인가.

친구들에게 지나치게 신경 쓰다가 결과적으로 상처받은 내가.

"미쿠? 왜 울어?"

"…우는 거 아냐. 울 자격도 없어."

"무슨 말이야?"

어금니를 악물고 눈물을 참으려 안간힘을 썼지만 눈물이 흘러 뚝뚝 떨어졌다.

약속도 없이 멋대로 기다리고는 아무 말도 없이 울기까지 하는 나는, 얼마나 성가신 여자 친구인가. 나도 나에게 질릴 지경이다.

"성가시지? 나."

"뭐, 그렇지 않다고는 못하겠지만. 그래도 뭐 그럴 때도 있는 거지. 다만 이유를 모르니까 당황스럽네."

이럴 때도 케이는 케이답다. 울고 있는 내 뺨을 케이가 두 손으로 감쌌다.

"하지만 가끔은 울어도 돼, 괜찮아."

케이가 엄지로 내 눈물을 닦아주며 말했다.

"울면 텅 비게 되어서, 싫어."

눈물이 되어 몸 밖으로 빠져나오면 중요한 것까지 잃게 될 것만 같다. 다른 사람을 상처입힌 건 나니까 그 정도 아픔은 내 안에 머물도록 붙잡아야 하는데.

"텅 비어도 좋다고 내가 말했지?"

"좋을 리 없잖아, 그런 거."

뭐든지 무조건 주변 사람들의 의견에 맞춰서 살았다. 욕심을 부려 받아들인 결과가 이거다. 전혀 도움이 되지 않는다.

계속 망설이고 고민하고, 그러고도 언제나 주위 사람을 불쾌하게 한다. 얻은 것이라곤 자기방어뿐.

웃으며 사람들과 마주하기를 피하고 도망쳤다. 남의 시선을 신경 쓰며 그 사람들에게 맞추기만 했다.

언제든지 나를 지킬 수 있도록.

그래서 케이가 고백했을 때도 나는 좋아한다고 말할 수가 없었다. 또 헤어지는 게 두려우니까. 헤어졌을 때를 위한 보험이다. 케이가 어떤 마음으로 "이용해도 좋아" 하고 말했는지 잘 알면서 그 마음을 모른 척 흐지부지 넘어갔다.

뭐든지 갖고 싶어 하고, 잃어버리지 않으려고 죽어라 기를 썼다. 소중하게 간직하는 게 아니라 잃지 않으려고만 했다.

그 결과, 나는 주변 사람들을 상처입혔다. 내 탓인데 스스로도 상처받았다. 울고 리셋하고 다른 무언가를 집어넣으려고 했다. 끝없는 반복이다.

눈물을 삼키려고 이를 악물고 얼굴을 들자 바로 눈앞에 케이의 얼굴이 다가와 있었다.

케이의 등에 손을 두르고 꼬옥, 껴안았다.

"왜 그래?"

"아무것도 아냐."

천천히 눈을 감았다. 그리고 심호흡을 했다.

눈앞에 있는 따뜻한 사람을 단단히 마음에 새겼다.

그리고,

"미안, 이제 갈까?"

케이에게 웃는 얼굴로 말했다.

"…왜 그러는 건데, 대체."

"뭐야" 하고 작은 소리로 투덜대면서도 케이는 더 이상 아무 말도 하지 않았다.

지금 이대로는 안 된다.

이대로 있다가는 계속 비겁하고 나약하게 살아갈 수밖에 없다.

그런 나를 위해서 케이가 무리할 필요는 없다.

케이를 그렇게 만드는 나 자신도 싫다.

지금 이곳에서 곁에 있어준 것만으로도 충분하다.

나는 언제나 나 자신밖에 몰랐다.

하지만 이것만큼을 말할 수 있다. 진지하게 생각했다.

나는 케이와 헤어져야 한다. 케이를 좋아하니까.

눈앞에 빗방울이 톡, 하고 하늘에서 떨어져 내렸다.

4장

lemon yellow
변치 않는 선명한 사랑

처음 본 순간,
웃는 모습을
지켜주고 싶었어

- 헤어지는 게 좋지 않아?
  그 여자 친구는
  너한테 아까워.

  헤어지는 게 좋겠어.

이 말을 어떻게 받아들여야 할까.

방과 후 도서실에서 빗소리를 들으며 노트를 펼쳐보고는 꼼짝할 수가 없었다. 설마, 이런 답장이 쓰여 있을 거라고는 상상도 하지 못했다.

이 글을 쓴 사람은 미쿠지만, 교환 일기 상대가 나라는 걸 미쿠는 모르고 있다. 알 리가 없다. 그러니까 미쿠가 실제로 사귀는 나를 염두에 두고 생각한 건 아니다. 그럼에도 불구하고 심장이 불길한 소리를 내며 내 몸을 뒤흔들었다.

토요일에 데이트할 때는 아무 문제도 없었다.

적어도 중학교 때보다 분위기가 좋았다. 미쿠와 함께 즐길 여유가 없는 나 자신에게 짜증이 나지도 않았다. 또 어떻게 하면 좋을지 몰라 혼자 생각만 하다가 미쿠의 손도 잡지 않거나 미쿠의 이야기를 제대로 듣지 못한 일도, 이번에는 없었다.

정말 이번에는 무척이나 애써서 준비했다. 사전 조사도 굉장히 많이 하고 누나한테 가차 없이 지적을 받으면서도 네 번이나 기획안을 만들었다.

그날 만나서도 내 취미를 미쿠에게 들키지 않도록 조심했고, 귀엽다거나 좋아한다는 마음이 들 때는 최대한 말로 표현했다. 게다가 용기를 내 미쿠의 손을 잡았다. 뿌리치면 어쩌나 내심 두려웠지만 미쿠는 내 손을 꼬옥 마주 잡아주었다.

미쿠가 날 향해 웃어주기도 했다. 때때로 쓸쓸한 듯이, 배려하듯이 웃어준 건, 좋아하지 않는 나를 동정해서인지도 모른다. 그래도 무척 즐거웠다.

엄청나게 신경을 썼다. 그 때문인지 모르겠지만 집에 돌아와서 다음 날인 일요일에는 계속 피로가 밀려와 잠만 자면서 보냈다.

하지만 그렇다고 피곤한 티를 낸 건 아니다. 그건 분명 관계없다. 미쿠에게는 그런 말을 하지도 않았고 평소처럼 메시지도 주고받았다. 심지어 '또 놀러 가자', '이번에는 거기 가고 싶어' 이런 내용이었다.

짚이는 거라고는 어제의 일밖에 없다.

아무런 연락도 없이 하굣길에 기다리고 있었던 데도 놀랐지만 느닷없이 울던 미쿠를 제대로 위로하지 못했다. 무슨 일이 있었는지 물어도 확실히 대답하지 않기에, 물어보지 않기를 바라는 건가 싶어서 더는 캐묻지 않았다.

그게 잘못한 거였나?

울던 미쿠를 눈앞에 두고 어떻게 하는 게 옳았을까.

아니, 하지만 미쿠는 곧바로 울음을 그치고 웃었다. 집으로 돌아가는 길에는 계속 손을 잡고 있었고 미쿠는 더 이상 우울해 보이지도 않았다. 오히려 후련해하는 걸로 보였다.

…대체 뭐가 어떻게 된 일이지?

전혀 짐작이 가지 않는다. 좀 더 침착히 생각해 보자.

우선 도서실을 나와 인적이 드문 계단으로 가서 앉았다. 그리고 심호흡을 반복했다. 패닉의 파도가 조금씩 밀려나갔다.

좋았어, 다시 한 번 생각해 보는 거야.

애초에 이 교환 일기 속 미쿠는 상대가 나라는 걸 모를 것이다. 즉, 노트에 쓴 헤어지라고 한 대상이 나와 미쿠는 아니라는 뜻이다. 그걸 아는데도 불안감이 가시지 않는 이유는 역시 어제 방과 후에 미쿠가 보인 눈물이다. 그 이후로 아직 미쿠를 만나지 못했다.

아침에 문과반으로 가서 얼굴을 내밀었을 때는 아직 미쿠가 등교하지 않았다. 메시지를 보내자 늦잠을 자는 바람에 아슬아슬하게 지각을 면할 것 같다고 했다. 점심시간에는 뭔가 할 일 있다고 해서 만나지 못했다.

바깥에서는 빗소리가 울리고 있었다. 타닥타닥, 유리창을 두드리는 빗방울이 내 마음을 무겁게 가라앉혔다. 머리를 감싸고 큰 소리로 한숨을 내쉬자 몸이 훨씬 더 무거워진 것만 같았다.

난 왜 이렇게 연애에 우왕좌왕하는 거냐.

그야말로 내가 남들이 생각하는 이미지대로라면 이렇게 고민할 일은 없었겠지. 아주 현명하게 미쿠와 사귀었을 거다. 나로선 그런 자신을 도저히 상상할 수 없지만.

분명 지나친 생각이다.

알고 있다. 노트 속 미쿠와 여자 친구 미쿠를 한 사람으로 보면 안 된다는 걸. 미쿠에게는 교환 일기를 주고받는 나와 실제 남자 친구인 내가 다른 사람이니까.

기분 탓인지 아까보다 빗발이 더 거세진 느낌이다. 더 쏟아지기 전에 집에 가려고 몸을 일으켰다. 그리고 가기 전에 연락해 두려고 미쿠에게 메시지를 보냈다.

— 이제 집에 가려고.

그러자 바로 답장이 돌아왔다.

— 나도 아직 학교에 있어.

어, 왜? 오늘도 기다린 걸까?

당황하던 차에 미쿠에게서 메시지가 하나 더 왔다.

— 그럼 같이 갈까?

— 알았어.

어제뿐만 아니라 오늘도 함께 돌아갈 수 있는 건가. 점심시간에 만나지 못해서일까. 오늘은 친구들과 약속도 없으니 아무 신경 쓸 필요도 없다.

아까까지 무거웠던 몸이 왠지 가벼워져서 미쿠와 만나기로 약속한 신발장 쪽으로 재빨리 발길을 돌렸다.

기다릴 거면 미리 얘기해 주면 좋으련만. 그러면 친구들이 놀러 가자고 해도 애초에 전부 거절할 텐데. 분명 날 먼저 배려하느라 주저하는 거겠지. 미쿠는 지나치게 신경을 많이 쓰는 면이 있다. 이번에 사귀면서 알게 된 사실이다.

"케이!"

신발장 앞에는 이미 미쿠가 와 있었다.

"잠 못 잤어? 안색이 안 좋아 보이는데."

"어, 비가 와서 그런지 머리가 좀 아프네."

미쿠는 살짝 얼굴을 찌푸리며 웃었다. 미쿠랑 같은 반인 여자애들한테도 비슷한 말을 들은 적이 있다. 저기압 때문에 편두통이 심해진다고 했다.

"많이 아프면 굳이 기다리지 말지."

"괜찮아. 같이 가고 싶어서."

그 말이 기뻐서 더 되묻지 않았다. 한참 지나서야 미쿠에게 "고마워"라든가 "기뻐"라고 솔직히 대답했어야 한다는 걸 깨닫고 아차 싶었다.

생각을 말로 전한다는 건 참으로 어렵다.

미쿠는 전보다 날 좋아하는 것도 같은데. 함께 있을 때 나누는 대화도 무척 자연스러워졌다. 데이트할 때 서로 불평도 했다. 조금 더 시간이 지나면 옛날처럼 싸움도 하게 될까.

"케이는 정말 남이 말하는 걸 안 듣네."

"듣고 있다고 했잖아."

"자, 그럼 내 얘길 듣고 무슨 생각이 들었는지 말해 봐."

"뭐? 그걸 어떻게 알아."

"거봐, 안 들었잖아."

옛날에 미쿠와 주고받던 대화가 떠올랐다. 미쿠는 정말로 화를 낸 게 아니었고 나도 그 시간을 즐거워했다. 그렇게 함께 있어도 편한 사이가 되면 좋겠다. 그리고 그 이상으로 미쿠와 즐거운 시간을 보내고 싶다.

"왜 웃어?"

내가 어느새 실실 웃고 있었던 모양이다.

우산을 손에 든 미쿠가 내 옆에 나란히 서서 의아한 듯이 쳐다보고 있었다.

"초등학교 때 우리가 얘기하던 게 떠올랐어."

"뭔가 있었나?"

팟, 하고 우산을 펼쳐 들고 우리는 나란히 걸었다.

“아니, 별거 없었어. 서로 불평도 많이 했구나 싶어서.”

“아아… 그랬지.”

그때와 비교하면 미쿠는 훨씬 어른스러워졌다. 친구들과 있을 때는 여전히 웃지만 옛날만큼 말을 많이 하는 것 같지는 않다.

하지만 역시 변하지 않았다.

옛날부터 미쿠의 웃는 얼굴이 때로는 곧 울음이 터질 것처럼 보일 때가 있었다. 그 모습에 끌렸다는 걸 지금에서야 알게 되었다. 요즘도 가끔 그런 웃음을 짓는다.

“케이!”

미쿠가 부르기에 돌아봤지만 미쿠의 얼굴은 우산에 가려져 잘 보이지 않았다. 비 탓인지 우산 탓인지, 목소리가 웅얼거려서 그다음 말이 잘 들리지 않았다.

“왜?”

걸음을 멈추자 미쿠도 멈춰 섰다.

“케이는 내가 예전과 달라지지 않았다고 생각해?”

마음속으로 생각한 게 입 밖으로 나왔나 하고 약간 조바심이 들었다.

“그럼. 달라지지 않았잖아?”

이 대답이 맞는 걸까. 하지만 나쁜 의미가 아니니까 괜찮겠지.

표정에는 드러나지 않았겠지만 불안해하면서 미쿠의 반응을 살폈다. 미쿠는 부드러운 미소를 지으면서도 어딘가 쓸쓸한 듯이 웃었다.

이건 무슨 의미의 웃음이지?

"나도 그렇게 생각해."

후후, 하고 미쿠는 눈을 내리깔고 자그마한 웃음소리를 냈다. 그러더니 "그래서 말인데" 하고 덧붙였다.

"그러니까 케이는 진짜 내 모습을 알면 날 좋아하지 않을 거야."

"뭐어?"

생각지도 못한 말에 이상한 목소리가 튀어나왔다.

아니, 그게 무슨 말이야. 왜 그런 말이 나오지?

"갑자기 왜 그래?"

"이상하잖아!"

미쿠의 눈동자에는 왠지 눈물이 고여 있었다. 울음을 터뜨릴 것처럼 얼굴을 찡그린 채 웃고 있었다. 내가 보고 싶은 건 이런 얼굴이 아닌데.

"난 줄곧 주위 시선에 신경을 써왔어. 웃는 얼굴로 지냈던 건 매일 즐거운 것처럼 보이고 싶어서 그랬을 뿐이고. 누구하고든 이야기를 곧잘 나눈 건 좋은 사람으로 보이려고 그랬던 거야."

주위에 신경을 쓴다는 건 알았지만 그렇게까지 보이진 않았다.

그렇다면 계속 무리하면서 웃었다는 건가?

나는 그걸 알아차리지 못한 거고?

"난 텅 비었어. 유행만 좇고 웃음으로 얼버무리면서 주위의 시선에만 신경 쓴 거지."

"그건."

교환 일기를 주고받으며 대화할 때 들었던 이야기다. 하지만 이미 안다고 말할 수는 없다.

어쨌거나 난 그런 거 조금도 상관없는데.

"그래서 요전번에 케이 네가 그것도 좋아하는 거라고 말해줘서 기뻤어."

"…그렇다면."

"하지만 옛날부터, 지금도 마찬가지야. 난 달라지지 않았어. 그리고 그때 케이는 그런 나를 좋아하지 않았던 게 틀림없어."

무슨 이야기를 하는 걸까.

그 무렵, 그러니까 중학교 때 나는 미쿠를 좋아했다. 귀찮다거나 성가시게 여긴 적은 있지만 싫어진 적은 없다. 못마땅할 때가 있다고 해서 좋아하는 마음이 사라지는 건 아니다.

갑자기 짜증이 난다. 모르겠다. 미쿠가 무슨 말을 하는 건지 이해할 수가 없다.

"데이트할 때 줄곧 기분이 안 좋았잖아."

"그, 그건."

그저 부끄러웠을 뿐. 그뿐이다.

오히려 나의 그런 태도에 미쿠가 질렸던 게 아니고?

"난, 그때랑 똑같아."

미쿠는 그렇게 말하더니 다시 우산으로 얼굴을 가리고 걷기 시작했다.

"똑같은데 추억이 미화되어서 나를 오해하는 거야."

…그건 또 무슨 소리지?

왜 이런 말을 들어야 하는 걸까.

"미쿠, 네 맘대로 내 감정을 단정 짓지 마. 그게 뭐야, 대체!"

걸어가던 미쿠의 어깨를 꽉 잡았다. 휘둥그레진 미쿠의 눈동자에 내가 비쳤다.

"미쿠가 무슨 말을 하는 건지 전혀 모르겠지만. 뭐야. 좋아한다고 했잖아. 내가 좋아한다고 말했는데 뭐가 문제인 거야!"

"안다고!"

모르니까 그런 말, 하는 거잖아.

어느 사이엔가 내가 들고 있던 우산이 땅에 떨어져 있었다. 하늘에서 빗줄기가 바늘처럼 쏟아져 내 몸에 꽂히는 것만 같았다. 온몸이 아팠다. 따끔따끔하다.

빗물에 시야가 흐려졌다.

"케이, 토요일에 나랑 같이 있을 때 즐거웠어?"

"그럼."

"거짓말쟁이."

미쿠가 나를 노려보았다.

왜 이런 눈초리를 받아야 하는 거지?

그렇게 생각하는데 목소리가 나오지 않았다.

“즐거울 리가 없잖아. 내가 즐거워하는 일만 하고서. 나랑 케이는 똑같지 않은데.”

“하지만!”

“…그래도 기뻤어!”

뭐야, 그건.

미쿠는 얼굴을 찌푸렸다. 기를 쓰며 눈물을 참느라 입술을 꾹 다물고 나를 보았다.

“그러니까… 괴롭다고.”

목소리를 짜내는 미쿠를 보자 목이 메었다.

숨을 쉴 때마다 눈시울이 뜨거워졌다.

“날 위해서 사귀자고 말해줘서 고마워. 좋아한다고 말해줘서 정말 기뻤어.”

미쿠는 무슨 말을 하려는 걸까.

알고 있다. 나는 이미 눈치채고 있었다.

하지만 눈치채지 못한 척하면서 이야기를 끝내고 싶다.

“그렇지만 케이 네가 무리하면서까지 우리 만남을 이어가고 싶지 않아.”

내가 ‘무리’라는 말에 반응하고 말았다는 걸 미쿠는 알아차렸을까.

“나도 케이를 좋아하니까.”

그렇게, 날 배려해서 '좋아한다'고 말하지 않아도 될 텐데.

좋아하지 않아도 상관없다. 미쿠가 나를 좋아하지 않는다는 건 이미 아니까.

다 알고서 사귄 거니까.

"난 케이 네가, 너 자신이 좋아하는 일을 했으면 좋겠어."

"그러고 있어."

"옛날하고 전혀 다르잖아. 화려하고 시끄러운 카페는 좋아하지도 않으면서. 실은 단것도 싫어하잖아! 영화도 정말 재밌었어?"

그렇게 물으면 다 맞는 말이다.

아니, 그렇지만. 아무튼 뭐라고 말하든 대답해야 해.

그렇게 생각하는데도 목소리가 나오지 않았다.

"그런 거 하나도 안 기뻐. 난 싫다고."

무리할 의도는 없었다. 단지 노력한 거다. 달라지려고 생각하고 행동했다.

그런 행동이 미쿠에게 그렇게도 부담을 주었던 것일까.

"밝고 긍정적인 내 모습은, 거짓말쟁이인 내가 만든 가짜야."

- 있는 그대로의 나를 좋아하는 사람이라면
  분명 나도 그 사람을 좋아하게 될 거야.

미쿠의 말이, 노트에 적힌 글과 겹쳤다.

"케이는 진짜 내 모습을 알면 날 좋아하지 않을 거야."

미쿠의 진짜 모습을, 나는 안다. 아니, 알고 있다고 생각했다.

하지만 진짜 모습이라니, 그게 뭐란 말인가.

내가 생각한 것보다 더, 미쿠가 예전부터 무리해서 웃는다는 사실도 몰랐던 주제에.

교환 일기를 주고받으며 대화 좀 나눴다고 다 아는 것처럼 느꼈을 뿐일까.

우산을 든 손에서 힘이 빠져나갔다.

왜 갑자기 이런 이야기를 나누게 된 걸까.

어제까지도 메시지를 주고받았는데. 데이트도 했는데.

빗소리에 섞여 "미안해" 하고 미쿠가 사과하는 목소리가 들렸다.

"헤어지자."

미쿠는 웃는 얼굴로 그렇게 말했다.

추적추적 내리는 빗속에서, 어느 사이엔가 나는 혼자가 되어 있었다.

- 왜 그런 말을 하는 거야.

이렇게 말하고 싶지만.

내가 제대로 못한 거겠지.

- 아니야. 그렇지 않아.
너는 그대로 있는 게 좋아.
여자 친구에게 맞추지 않아도 돼.

보고 싶은 영화를
무리해서 참지 않아도 되고
싫어하거나 보고 싶지 않은 영화를
애써 볼 필요도 없어.

좋아하는 걸
부정하지 않아도 돼.
서점을 일부러 피하지 않아도 괜찮아.

"왜 그렇게 우울하셔?"

교환 일기를 받아 들고 남은 점심시간을 책상에 엎드려서 보내고 있는데 진나이가 머리를 탁 쳤다. 가만히 노려보면서 머리를 들자 그 옆에 있던 마호가 "풀이 죽어 있네" 하고 깔깔 웃어 댔다.

왜 마호가 이과반 건물에 있는 거지? 아니, 요즘 계속 와 있었지. 전에는 진나이가 문과반으로 가더니. 여자 친구와 사이좋다는 걸 자랑하려는 건가. 굳이 왜 저러냐. 짜증 나게.

"거참 시끄럽네."

그러고는 눈길을 딴 데로 돌렸다. 비는 멎었지만 어제부터 꾸물꾸물 구름이 껴 있는 하늘을 바라보았다.

점심시간에 가져온 노트를 보면, 미쿠는 상대가 나라는 걸 눈치채지는 못한 것 같다. 그렇다면 무슨 생각으로 그런 답장을 쓴 걸까.

"무슨 일 있대? 아리노가 우울해하다니 의외인걸."

마호는 내가 아니라 진나이에게 물었다.

"세토야마 미쿠한테 사귄 지 일주일만에 차였거든."

진나이가 밝은 목소리로 대답했다. 우울해하는 걸 보면서도 가차 없군.

나는 쳇, 하고 혀를 찼다.

"뭐?"

어차피 마호도 알겠거니 했는데, 상당히 놀라는 모습이었다. 그러고는 "왜?" 하고 이번에는 내게 물었다.

"어, 왜라니, 몰랐던 거야?"

항상 같이 다니면서?

내 질문에 마호는 얼굴을 찌푸리며 이마에 손을 갖다 댔다. 당황스러웠는지 한동안 아무 말이 없더니 진나이와 얼굴을 마주 보았다.

"미안. 어쩌면 나 때문인지도 몰라."

화가 난 건지 난처해하는 건지, 마호의 목소리 톤이 평소보다 가라앉았다.

"마호, 네가 왜?"

"마호가 잘못한 거 없잖아."

사정을 절대 알 리가 없으면서도 단정 지어 말하는 진나이에게 마호가 대답했다.

"지금 미쿠랑 나 냉전 중이거든."

그렇게나 사이가 좋더니 무슨 일이 있었던 걸까.

무엇보다 미쿠가 친구와 싸우는 모습은 상상이 가지 않았다.

…미쿠가, 웃고 있었으니까.

가끔 삐지기도 하고 화를 낼 때도 있었다. 하지만 미쿠는 언제나 마지막에는 그런 감정들을 웃으면서 마무리했다. 그러자 미쿠가 했던 말의 진짜 의미가 퍼뜩 머리를 스쳤다. 웃으며 얼버무리곤 했다고, 그렇게 말한 의미가.

하지만 정말로? 그뿐인 걸까?

마호는 깍지 낀 손을 꼼지락거렸다.

"미쿠가 잘못한 게 아닌데 내가 일방적으로 그만. 아사카는 미쿠를 이해하고 다정한 말을 해주는데 난 그게 잘 안 되니까 짜증이 나서 혼자 화내고 말았어."

어찌 됐든 그때부터 미쿠와 거의 말을 하지 않는다고 했다.

점심시간에 우리 교실에 와 있는 이유가 그거였군.

"미쿠한테 심한 말을 내뱉어서, 참 어색하네."

어린아이처럼 삐죽 입을 내미는 마호는 화가 나 있다기보다는 후회하면서 어떻게 해야 좋을지 몰라 하는 것 같았다.

"왜 그렇게 된 건데?"

뭐라고 말해야 할지 고민하는데 진나이가 마호에게 물었다.

"그저께 부모님 얘기가 나와서 내가 뭐라고 했거든."

마호는 어깨를 축 늘어뜨리고 맥없이 대답했다.

그저께라는 말에 가슴이 뜨끔했다.

미쿠가 울었던 날이다. 그럼 마호와의 갈등이 원인이었던 걸까?

부모님 이야기라면 미쿠에게 어머니가 안 계시다는 거겠지.

"있잖아, 미쿠는 남들이 배려하고 마음 써주는 걸 싫어해?"

"아… 아니, 그런 건 나도 잘 몰라."

하지만 차였을 때 대화를 떠올려보면, 그럴지도 모른다.

"다만 주변 사람들을 신경 쓴다고는 했던 거 같아."

앗, 이런 말은 해도 되는 건가?

말을 뱉고 나서야 아차 싶었지만 이미 돌이킬 수는 없다. 하지만 마호는 "그렇구나" 하고 작은 소리로 대답할 뿐 별로 놀라는 것 같지는 않았다. 어쩌면 평소에 미쿠에게서 뭔가를 느꼈던 건지도 모른다.

왠지 세 사람 사이에 무거운 공기가 감돌았다.

"넌 미쿠가 그 사실을 숨겼다는 데 화가 난 거야?"

"그런 건 아니지만. 단지 말해줬으면 더 좋았달까, 지금까지 내가 한 말 때문에 미쿠가 참았던 건가 싶어서. 그래서 그걸 물었더니 아사카가 날 나무라더라고. 그래서 더, 내가 잘못한 건가 싫었어."

"응? 잘못한 건 아닌 것 같은데."

진나이는 고개를 갸우뚱거렸지만 실제로 그다지 진지하게 대답하는 걸로는 보이지 않았다. 아니 어쩌면 왜 그런 일로 싸운 건지 잘 이해하지 못하는 게 아닐지.

나야 마호도 진나이도 어떤 마음일지 잘 안다.

그리고 미쿠의 심정도.

나는 미쿠에게 맞춰줬다. 무리까지는 아니지만 내가 좋아하는 걸 참은 건 맞다.

신경 써 배려를 하면 상대도 그만큼 신경을 쓰게 될지도 모른다.

만약 나와 미쿠의 입장이 반대였다면 나는 사귀었을까.

미쿠가 나를 위해 유행하는 걸 참는다고 상상하니 참 싫었다.

"미쿠 말야, 뭐든지 말하면 될 텐데. 생각하는 대로 행동하면 되잖아."

"그야 무리지."

마호가 뺨을 씰룩거리며 불평하자 진나이가 킥킥 웃었다. 그 모습을 보고 마호가 열받은 표정으로 바뀌었다.

"뭐하는 거야!"

마호는 조금 더 귀여운 이미지였는데, 실은 꽤 한 성격 하는 것 같다.

"생각한 대로 행동하면 그건 자기중심적인 거지."

진나이는 마호가 화를 내는데도 헤벌쭉 웃는다.

그러더니 핵심을 찔렀다.

"그리고 너도 나한테 생각한 대로 대하지 않잖아!"

"…그, 그건."

진나이는 누군가를 좋아하면 그저 돌진할 뿐 주위가 보이지 않을 정도로 들뜨곤 하는데, 평소에는 웃으면서 누구보다 주변을 잘 살펴보는 분위기 메이커다. 그렇기에 마호의 화를 누그러뜨리려고 가볍게 받아주려는 거다.

이 둘은 참 잘 어울려.

"…아니 그, 그건."

"나도 마호 네 마음에 들기 위해서라면 좋은 남자가 되려고 노력하지."

"나도 잘 보이려고 내숭 떨어."

"거봐!" 하고 진나이가 좋아 어쩔 줄 모르는 표정을 지었다.

바로 앞에서 꽁냥거리는 두 사람이 너무 오글거려서 내가 다 부끄러웠다. 어이, 난 바로 어제 차인 몸이라고. 내 말 잊었냐. 너무하는 거 아냐?

"진짜 자신이라니, 그런 게 어딨어! 시간이 지나면 바뀌기도 하고 갑자기 어떤 영향을 받을 수도 있는 거지."

무심코 "그러네" 하는 말이 새어 나왔다.

"남을 신경 쓰는 것도 어느 정도는 필요하니까. 주위를 무시하고 자유롭게 행동하는 것도 좋지만. 어떻게 행동하든 결국 다

통틀어서 그 사람다운 거 아닐까?"

"무슨 말이야?"

마치 진나이 강좌를 듣는 것처럼 마호와 나는 몸을 앞으로 내밀고 진지하게 귀를 기울였다.

"난 나를 위해 귀여운 모습을 보이려고 하는 마호를 좋아한다는 뜻."

데헷, 하며 멋쩍어하는 진나이에게 츳, 하고 크게 혀를 찼다.

뭐야 이 녀석.

그런데 가장 짜증 나는 건 내가 '그런 거구나!' 하고 잠깐 감탄했다는 사실이다.

미쿠가 한 말을 듣고 뭔가 개운치 않았던 것이 툭 벗겨져 떨어져 나간 듯한 느낌이 들었다.

진짜 미쿠와 내가 좋아하는 미쿠.

"하지만 그건 거짓말하는 나잖아."

"맞아. 거짓말하고 있다는 게 좋은 거지."

거짓말하는 게, 좋다니.

"그러네. 그렇게 능숙하게 감추지 못하니까. 거짓말하고 있다는 것쯤은 다 알지."

혼잣말을 하자 진나이가 "그럼, 친해지면 다 알지" 하고 말을 받았다. 무엇을 감추는지는 알 수 없겠지만 말이다. 물론 사기꾼이라면 불가능하겠지만, 하고 마호와 서로 마주 보았다.

두 사람의 행동은 모른 척하고 생각에 잠겼다.

그렇겠지.

나도, 미쿠도.

진나이도, 마호도.

나도 미쿠가 거짓말하는 걸 알고 있다. 그렇다고 해서 싫지는 않다. 듣고 보면 그럴 만도 하지 싶었다.

성가신 면도, 얼굴 가득 짓는 웃음도, 기를 쓰고 주위에 맞추려 하는 점도, 유행이라면 무조건 겪어보려는 것도. 속마음을 적는 교환 일기 속 미쿠와 실제로 내가 봐온 미쿠는 틀림없이 같은 인물이다.

거짓말도 포함해서.

"저기, 내 이미지는 어떠냐?"

문득 궁금해져서 묻자 두 사람이 얼굴을 마주 보더니 "몰라" 하고 마호가 대답했다. 그러자 진나이가 이어서 말했다.

"케이는 너무 생각을 많이 해. 진지해."

그렇군.

마호의 "몰라"라는 대답에 웃고 말았다.

그럴 수밖에. 마호와 나는 별로 얘기를 나눠본 적도 없으니까. 모르는 게 당연하다.

그리고 진나이의 대답도 이해가 간다.

나는 여학생들한테 들은 내 이미지에 너무 얽매였던 게 아닐까.

나도 참 어리석다.

"그럼 미쿠는?"

"미쿠는 요령이 없어."

"단순하달까?"

두 사람의 의견이 전혀 달라서 왠지 안심이 됐다.

이미지라는 건 이 정도로 대충 만들어지기 마련이다. 그렇다고 전혀 동떨어진 것도 아니다. 두 사람이 미쿠에게 느끼는 이미지는 분명 미쿠의 일부다.

나는 미쿠를 '잘 안다'고 생각했다.

나 자신도 진짜 나를 모르거니와 아주 쉽게 바뀌는데.

귀차니스트인 내가 미쿠와 즐거운 데이트를 하려고 엄청나게 알아보고 누나한테 몇 번이나 심한 말을 들으면서도 포기하지 않았던 것처럼.

겉과 속이, 거짓과 진실이, 거기에 있는 거라고 믿고 내 멋대로 미쿠의 모습을 둘로 구분해 받아들였던 게 아닐까.

사실은 더욱 애매한 것이었을지도 모른다. 애매할 뿐더러 무수하게 많다.

집으로 돌아와 교환 일기를 책상 위에 펼쳤다.

미쿠가 쓴 말과 내가 봐온 미쿠를 비교하기 위해서.

동시에, 이 교환 일기는 이제 끝내는 게 좋겠다는 생각을 하면서.

다시 한 번, 미쿠와 이야기를 나눠보고 싶다.

"이대로는 안 되지."

그러면 중학교 때나 마찬가지다.

차인 건 변함없고 고백한다고 해서 다시 사귈 수 있을 거라고는 생각하지 않는다. 좋아한다고 말해주었지만 미쿠가 '좋아한다'라고 한 말은 나와 같은 의미가 아니라는 것쯤은 알고 있다.

웃는 미쿠가 좋았다. 그때처럼 웃기를 바랐다.

동시에 어렴풋한 그늘을 감추던 그 웃음을 지켜주고 싶었다.

내 마음을 똑바로 전하지 않으면 분명 앞으로도 미쿠는 계속 오해할 것이다. 내 감정도 자기 자신에 관해서도.

어쩌면 지금 미쿠는 울고 있을지도 모른다. 그런 미쿠에게 지금 내가 해줄 수 있는 일은 마음을 솔직히 전하는 것밖에 없다. 그러려면 이 노트에 관해서도 털어놓아야 한다.

"어라?"

결심을 굳히려는 순간 손이 멈췄다.

미쿠가 쓴 마지막 답장을 다시 읽었다.

- 보고 싶은 영화를
  무리해서 참지 않아도 되고
  싫어하거나 보고 싶지 않은 영화를
  애써 볼 필요도 없어.

좋아하는 걸
부정하지 않아도 돼.
서점을 일부러 피하지 않아도 괜찮아.

점심시간에 노트를 봤을 때는 미쿠와 헤어진 일이 머리에 가득 차 있어서 미처 알아차리지 못했다.

뭐지 이게. 무슨 말이지? 이상한데!

우리가 데이트할 때 나눈 얘길 하는 것 같다. 그날 내 행동을 보고 쓴 것 같은데. 어떻게 아는 거지?

아니, 다시 읽어보니 이전에 쓴 답장도 이상하다.

나는 아직 사귄다고 말하지 않았다. 고백한 일도 확실히는 쓰지 않았다. 그런 말을 했다가는 시기적으로 볼 때 교환 일기를 쓰는 상대가 나라는 게 들통날 가능성이 있으니까.

그런데 왜 헤어지는 게 좋다느니 그런 말을 쓴 걸까.

노트 속 미쿠는 내가 여자 친구와 사귀는 걸 알고 있다. 그리고 미쿠를 밖에서 만나 미쿠에게 다 맞춰주었던 일도.

이야기의 내용으로 보면 모른다고 단언할 수가 없다. 하지만 이렇게까지 겹칠 수가 있나?

어쩌면 미쿠는 상대가 나라는 걸 이미 아는 게 아닐까?

나도 알아차렸으니 어떤 계기로 미쿠가 알아차렸다 해도 전혀 이상할 건 없다.

그렇다면 언제부터?

알았으면서 왜 아무 말도 하지 않았을까? 교환 일기 상대가 나라는 걸 알면서도 계속 이 노트로 대화를 주고받은 건가?

뭘 위해서?

왜?

어째서?

나랑 사귄 건 어느 시점에서지?

몇 가지 의문이 떠올랐다. 그렇기에 하고 싶은 말이 떠올랐다.

무리해서라도, 거짓말을 해서라도
네 곁에 있고 싶었어.

설령 그것이,
미쿠에게 훤히 다 들여다보이는
어설픈 행동이라 해도.

날 지그시
바라봐주는
너의 눈빛이 좋아

\- 그렇게 말해줘서 기쁘지만,
다시 생각해도 내가 제대로 하지 못한 거야.
미안해. 마음 쓰이게 해서.
오히려 너에게 부담을 줬구나.

솔직히 터놓고
당당히 마주했으면 좋았을걸.
네 마음을 다 안다고 생각하고
괜한 짓을 한 거야.

하지만 그래도 역시

미쿠 앞에서 나는
멋있어 보이려고 폼 잡겠지.
좋아하니까.

내가 본 미쿠는 진짜 미쿠야.
네가 뭐라고 말하든
거짓말하던 미쿠도 좋아해.

그리고 그건 나뿐만이 아니야.
미쿠가 자신을 좋아하지 않아도
미쿠를 좋아하는 사람은 많으니까.

뭐가 어떻게 된 거지?

아무리 읽어봐도 이건 '나'에게 쓴 내용이다. 어쨌든 내 이름이 확실하게 쓰여 있다. 그렇다면 케이는… 교환 일기 상대가 나라는 걸 알고 있었던 거야? 게다가 노트를 주고받은 상대가 케이라는 사실을, 내가 알고 있다는 것까지도 케이는 꿰뚫고 있었다.

응? 언제부터? 어떻게?

머리가 아찔해진 상태로 노트를 넘겼다.

어디서부터 잘못된 거지? 어디서 실수한 걸까?

손을 바삐 움직여 마구 페이지를 넘기다가 멈췄다.

난 뭘 하고 있는 거지? 이제 와서 그걸 알아낸들 할 수 있는 게 없는데. 아니 그보다, 다 밝혀진 마당에 여전히 교환 일기를 계속 주고받으려던 나 자신에게 질려버렸다.

헤어지려고 마음먹고도 미련을 못 버리고 계속 편지를 쓰려고 하다니.

케이가 보낸 답장을 기대하고 이렇게 일부러 여느 때처럼 이른 아침에 도서실에 오다니. 정말로 한심하다. 깨끗이 단념하질 못하고, 계속해서 뭘 어떡하고 싶은 건지.

하지만 이렇게 이야기가 전개되리라곤 생각지도 못했다.

바닥에 주저앉아 손을 짚었다.

형편없어, 나란 아이. 너무 한심해서 눈물이 다 난다.

'좋아하니까.'

왜지? 얼굴을 마주하고 들은 고백보다 훨씬 더 가슴에 와 꽂혔다. 그렇기에 마음이 아프다.

'미쿠를 좋아하는 사람은 많으니까.'

이건 이별의 말이다. 그런 사람은 없다. 없어도 좋다.

"내가 좋아하는 사람은 케이인걸."

케이 말고는 그 누가 날 좋아한다 해도 전혀 기쁘지 않다. 누구라도 괜찮다는 건 다 거짓말이다. 처음부터 알고 있었다. 나는 줄곧 케이를 의식하고 있었다. 그래서 케이 같은 사람은 정말 싫다고 스스로 세뇌시켰을 뿐, 난 고집 센 거짓말쟁이다.

케이가 날 좋아한다고 하면, 나도 케이가 좋다면 그대로 사귀는 게 좋았을까. 그런 어리석은 후회가 밀려왔다.

어째서 옛날처럼 싸움이 되질 않는 걸까. 왜 서로 하고 싶은 말을 하지 못하는 걸까. 그랬다면 둘 다 조금은 더 참지 않고 사귈 수 있었을 텐데.

하지만 무리였다. 나도 케이도. 우리는 사귀기 시작한 그 순간부터 지나치게 조심스러워했다. 자신의 감정에도 상대의 마음에도.

그러다 보니 괴로워서 견딜 수 없었다. 좋아하니까 그런 자신을 용납하지 못했던 것이다.

그래서, 도망쳤다.

…나는 언제까지 똑같은 일을 되풀이할 생각인 건지. 스스로 결정해 놓고 이제 와서 케이가 나와의 관계를 받아들이니 우물쭈물 미적거리는 나 자신이 참 싫다.

"…나한테 화가 나."

그렇게 중얼거렸지만 여전히 내 몸은 움츠러든 채였다.

언제까지 도서실에서 웅크리고 있을 수만은 없어 느릿느릿 일어나 복도로 나왔다.

마호는 오늘도 진나이네 반에 있는 걸까.

엄마가 없다는 사실이 알려지고 나서 마호와는 미묘한 관계가 지속되고 있다. 만나면 인사는 한다. 하지만 전처럼 함께 점심을 먹는 일도 없어졌다. 난 마호에게서도 도망치고 있는 거다.

괜찮아? 이대로 괜찮겠냐고!

스스로 질타해 봤지만 다리가 얼어붙었다.

“다 안다고!”

연결 복도로 접어들었을 때 마호의 큰 목소리가 들려와 발길을 멈췄다.

지금 막 학교에 온 모양이다. 나도 모르게 그늘 뒤로 숨어 신발장 쪽을 바라보았다. 오늘도 진나이랑 함께 왔겠지.

“그럼 다행이고.”

하지만 마호 옆에 있는 사람은 케이였다.

왜 두 사람이 같이 있는 거지?

“아리노 케이, 너한테는 그런 말 듣고 싶지 않아.”

“내가 뭘?”

“오지랖이라니까.”

마호의 말에 케이는 어깨를 움츠리며 쓴웃음을 지었다.

어느새 저렇게 친해졌지? 진나이라는 공통된 친구가 있는 데다 함께 외출한 적이 있으니 둘이 얘길 나누는 게 이상한 일도 아니다. 게다가 케이가 여학생이랑 이야기하는 모습을 처음 보는 것도 아닌 걸. 그 상대가 우연히 마호일 뿐이다.

하지만 두 사람이 나누는 대화는 무척이나 친근했다. 케이의 표정이 무척 자상해 보였다. 게다가 태도도 꽤 자연스럽다.

마호도 내가 아는 기 센 마호였다. 진나이 앞에서는 조금 더 귀엽다.

그럼 지금은 진짜 마호인 걸까. 케이한테는 귀엽게 보일 필요가 없으니까? 하지만 마호는 어떤 남학생 앞에서도 저렇게 털털하게 행동한 적이 없었다.

둘이 나란히 있는 모습을 바라보았다.

진나이는 왜 없는 거지?

혹시, 헤어졌나?

설마, 케이랑?

아니야, 두 사람 다 그렇게 바로 사귀고 헤어지고 그럴 리 없어.

하지만 진심으로 좋아졌다면?

헤어졌는데, 내가 먼저 헤어지자고 해놓고서 마치 커다란 바위라도 떨어져 맞은 것처럼 머리가 마구 흔들렸다. 몸에 힘이 들어가질 않아 손을 벽에 짚었다.

두 사람은 신발장 앞에서 이야기를 하고 나자 각자 교실로 향하려는지 반대 방향으로 걸어가기 시작했다.

큰일 났다! 케이가 지금 내가 있는 연결 복도로 오고 있어!

이대로 서 있다가는 틀림없이 날 보고 말 거야.

당황해서 숨을 장소를 찾다가 가운데뜰로 나가 낮은 벽에 등을 기댔다. 여기라면… 앞을 보고 있으면 케이의 시야에 들어가지 않겠지.

양손으로 입을 막고서 숨을 죽였다.

케이가 알아보지 못하고 지나치기를… 부디!

"여기서 뭐해?"

그러나 머리 위에서 케이의 목소리가 들린 순간 몸에서 힘이 쭉 빠져나갔다.

…바로 들켜버렸네.

할 수 없이 천천히 고개를 들어보니 케이가 어이없다는 표정으로 나를 내려다보고 있었다.

"미, 미안."

"아냐, 사과할 게 뭐 있다고."

그럴지도 모른다. 하지만 말이 잘 나오질 않았다.

게다가… 케이는 교환 일기 일을 알지 않는가.

계속 속여 온 나를 어떻게 생각할까. 떳떳하지 못할 뿐만 아니라 너무나도 형편없고 초라해서 눈을 맞출 수가 없다. 시선을 어디에 둬야 할지 몰라 쭈뼛거리며 이 자리를 어떻게 모면할까 고심하고 있는데 케이가 큼지막한 손을 내 눈앞으로 쑥 내밀었다.

"나도 미안했어."

"…왜 케이 네가 사과를 해."

대답은 없었다.

그 대신 케이는 내 손을 잡아 끌어당겼다.

눈앞에 마주한 케이는 사귈 때보다 더 가깝게 느껴졌다. 우리 사이에는 낮다고는 해도 벽이 있는데.

지금까지와 뭐가 다른지 모르겠다. 나는 지금 처음으로 케이와 눈을 맞추고 있는지도 모른다. 그럴 리가 없는데도.

"나, 정말로 시야가 좁았어. 미안해, 미쿠."

"갑자기 왜 그래?"

느닷없이 왜 그런 말을 꺼내는 건지 모르겠지만 사과할 일은 없다.

"시야가 좁은 건 나쁜 게 아니라고 전에 내가 말한 거 같은데."

케이의 손은 여전히 내 손을 잡고 있었다.

바람이 불어와 머리칼이 흩날렸다.

"앞을 똑바로 보는 거니까 망설이지 않잖아!"

"앞에 보이는 게 맞는 건지는 모르니까. 실제로 나는 미쿠를 제대로 보지 못했어."

그 말을 듣자 가슴이 쑤시듯이 아파왔다.

그렇다면 그건 역시, 좋아하게 된 나는 가짜였다는 걸 깨달았다는 뜻이겠지.

나도 케이에게 그렇게 말했으면서, 마음이 괴롭다.

"그렇, 구나."

"하지만 그건 아무래도 상관없다는 생각도 들어."

무슨 뜻일까.

고개를 드니 케이는 미소를 띤 채 나를 보고 있었다.

내가 좋아하게 된 케이가 바로 거기에 있었다. 취미는 물론, 뭘 좋아하는지도 몰랐다. 그런 건 아무래도 상관없었다.

지그시 사람을 보는 케이의 눈빛이, 마냥 좋았다.

케이가 잡은 내 손이 뜨거워졌다.

"주위 시선을 신경 쓰지 말라고 말하기는 쉽지만, 신경 쓰는 게 미쿠라면 그대로 좋아. 하지만 '주위 사람'과 '곁에 있는 사람'을 혼동하지 마."

"…무슨… 와앗!"

아까보다 강한 바람이 등 뒤에서 덮쳐와 나도 모르게 눈을 감았다. 살짝 묶었던 머리칼이 흐트러졌다.

"그냥 동급생하고 마호를 똑같이 생각한다면 그건 미쿠 네 잘못이지."

마호의 이름에 몸이 굳어졌다.

왜 지금 마호 이름이 나오는 거지!

그 순간, 뺨에 케이의 손가락 끝이 닿은 걸 알아차렸다. 그대로 난 눈을 번쩍 떴다. 케이는 내 흐트러진 머리칼을 가지런히 만져주었다. 가늘어진 케이의 눈에는 나만 담겨 있다는 걸 알 수 있었다.

"텅 비었다고 했지, 미쿠?"

"어… 그랬어."

목소리가 떨리며 나왔다.

"나, 오히려 미쿠가 한 번은 텅 비는 게 좋을 것 같아."

"그게, 무슨 말이야?"

"생각이 너무 많아서 꼬이는 거 아닌가 싶어. 텅 비고 꽉 차고 그런 게 아니라 양손 가득히 여러 개의 유리컵을 쥔 느낌이랄까. 꼼짝할 수가 없어서 힘들 거 같아."

혹시 지금 나를 우습게 보는 건가.

화가 나 욱하자 케이가 큭큭 웃었다. 하지만 약이 오르게도 왠지 그 말 뜻을 알 것도 같았다.

"텅 비더라도 난 그대로 있을 거니까."

뭐?

"나는 망설이지 않는다며? 그러니까 미쿠가 망설일 땐 내가 손을 내밀어줄게."

그건 친구로서, 라는 말일까.

마치 다시 고백이라도 받는 것 같아서 심장이 쿵쿵 뛰었다.

착각할 것만 같다.

"그리고 나 말고도 있으니까."

케이는 그렇게 말하더니 내 손을 놓고 대신 어깨를 잡았다. 그리고 빙그르르 내 몸을 돌렸다.

눈앞에는 마호가 허리에 손을 대고 서 있었다.

"난 간다."

케이가 내 등을 살짝 밀었다.

돌아보니 케이는 그사이에 뒤돌아 교실 건물 쪽으로 가고 있었다.

"뭐 하고 있었어? 그런 데 숨어서."

연결 복도를 지나 교실 쪽으로 가자 미쿠가 내 얼굴을 들여다보았다. 마호와 케이가 같이 있는 걸 보고 당황했다고 말할 수는 없다.

케이랑 친해졌네. 진나이는?

그런 유치한 말은 하고 싶지 않다.

"그런 거 아냐!"

"어?"

"너 오해하고 있잖아. 미쿠 네 성격으론 말하진 않을 거 같으니까 내가 말할게. 아무것도 아냐. 그저 아리노 케이는 역에서 우연히 만났을 뿐. 그리고 진나이는 늦잠!"

마호가 쓱 얼굴을 가까이 갖다 댔다. 그러고는 "이제 알겠니?" 하더니 웃었다.

눈물이 났다.

왜 눈물이 나는지는 모르겠지만 멈추려고 생각할 겨를도 없이 눈에서 흘러내렸다.

"참나! 내가 울린 거 같잖아!"

"미, 미안."

울고 싶은 건 아니었는데. 울고 싶지 않은데.

마호가 웃어주니까. 케이와 아무 일도 없다고 말하니까.

눈물이 멈추질 않았다. 지금 나의, 말로 할 수 없는 감정이 섞인 이 눈물이 대답일 것이다.

결국 아사카가 다가올 때까지 눈물을 멈추지 못하는 바람에, 마호는 아사카에게 마호 네가 울린 거 아니냐고 핀잔을 들었다.

오해를 풀기 위해서라도 우선은 눈물을 멈춰야 한다.

눈물을 닦고 두 사람에게 설명하자, 아사카가 “왜 그런 걸로 우는 건데?” 하고 도저히 모르겠다는 표정으로 물었다.

모르긴 나도 마찬가지다. 마호도 “진짜 나도 당황했잖아!” 하고 허리에 손을 올리며 웃었다.

“그거야 마호가 오해할 만한 일을 했으니까 잘못한 거지.”

“우연히 만난 거라니까.”

“평소 행동 말이야. 늘 남자애들한테 인기 있다고 어필하니까.”

뭐지 그 어필이란 건.

깜짝 놀라 눈을 크게 뜨자 아사카가 “미쿠는 그런 생각 안 들었어?” 하고 웃어댔다.

마호도 아사카의 말에 부정하지 않았다.

“어, 마호, 어필했던 거야?”

“설마! 하지만 남들이 그렇게 말하는 건 알고 있었어.”

왜 그런 말을 듣는 걸까.

“마호는 치한을 만났다거나 고백을 받았다고 자주 말하잖아. 그걸 ‘난 인기가 많아’ 하고 어필한다고 여기는 사람이 꽤 있다는 거지.”

“진짜 짜증 나. 치한 당하는 게 얼마나 기분 나쁜지를 모르는 거야, 정말 최악인데 말야.”

마호가 혀를 차며 말했다.

지금까지 그런 식으로는 생각해 본 적이 없었기에 새삼 놀랐다. 내게는 그렇게 보이지 않는다고 해서 다른 사람도 똑같을 리는 없다. 생각해 보면 당연한 일이거늘 지금 처음으로 깨달았다.

"마호는 신경 안 쓰여?"

"내가 신경 쓴다고 해서 이미지가 달라지는 건 아니니까. 그렇게 생각하는 사람도 있고 그렇지 않은 사람도 있겠지."

나의 물음에 마호는 당당하게 대답했다.

"하지만…" 하고 마호가 내 얼굴을 바라보았다.

"미쿠 네가 오해하게 한 건 미안해."

"아, 아냐! 내가… 그게, 여러 가지로 우울하다고 할까 심란해서 불안했나 봐."

말을 하면서도 내가 무슨 말을 하는 건가 싶다.

이제 케이와 나는 아무 사이도 아닌데.

말꼬리가 점점 작아지다가 사라져갔다.

"내가 계속 미쿠 어머니 얘기로 빠져 있어서 그렇지 뭐. 아리노 케이랑은 그 얘길 한 거뿐이지만, 어쨌든 미안해."

"마호는 아무 잘못도 없어. 그러니까 사과하지 마."

그렇게 말하면서 한편으로는 안심했다.

나의 이 의기소침한 성격이 아무 잘못도 없는 마호를 사과하게 만들었다. 터무니없는 착각을 한 내 잘못인데.

'주위 사람과 곁에 있는 사람을 혼동하지 마.'

케이가 한 말을 곱씹어보았다.

나는 친구인 마호를 내 멋대로 주위에 있는, 다른 타인의 범주에 넣었던 것이다.

넘쳐난다. 그 많은 생각이 날 짓누른다.

케이가 말한 것처럼, 다 쥘 수 없는 많은 유리컵이 흔들리더니 쓰러졌다.

"나, 귀여운 척한대."

꼬옥, 주먹을 쥐고 용기를 짜냈다. 입안이 바짝바짝 말랐다.

느닷없는 고백에 마호가 눈을 동그랗게 떴고 옆에 있던 아사카도 멍하니 입을 벌렸다.

"엄마가 없다고 하면 모두 불쌍하다는 듯이 보니까 그게 싫어서 아무렇지도 않은 척 웃었던 거야. 하지만."

두 사람은 횡설수설하는 내 말에 잠자코 귀를 기울였다.

"엄마 얘기도 동정심을 불러일으키려 하는 거라고, 오히려 사람을 더 신경 쓰이게 한다는 말을 들었거든."

그래서 말하지 못했다. 가능하면 그 화제를 피할 수밖에 없었다.

사실은 남자애들을 불편해하는 게 아니라는 것, 유행에 따르길 좋아한다는 것도 털어놓았다. 계속 두서없이 설명한 것 같다. 이야기가 끝나자 두 사람은 한참 동안 아무 말도 하지 않았다. 잠시 후 아사카가 "그랬구나" 하고 중얼거렸다.

"그래서 남자애들을 피했던 거야?"

"응" 하며 고개를 끄덕이자 아사카는 잠시 내 얼굴을 바라보았다. 그러더니 입을 열었다.

"있잖아, 귀여운 척 좀 해봐."

그런 요구를 하리라고는 생각도 하지 못했다.

귀여운 척은 어떻게 하는 거지? 눈을 위로 치켜뜨고 바라보면 되는 걸까? 어, 그렇지만 그런 걸 내가 했던가? 애초에 나는 자각하지 못했는데. 어쩐담. 어쩔 줄 몰라 아무 의미 없이 손을 꼼지락거리며 어떻게든 표현보려고 했지만 전혀 모르겠다. 어쩌지?

"푸하하하하! 그게 뭐야! 왜 이상한 춤을 추고 그래!"

"춤추는 거 아니라고."

"너무 엉성하네, 더 진심을 담아서 해봐, 귀여운 척!"

"잘 모르겠는 걸 어떡해! 나는 의식해서 귀여운 척한 게 아니거든!"

배를 붙잡고 웃는 두 사람에게 새빨개진 얼굴로 화를 내자 두 사람은 한층 더 웃어댔다. 숨이 차서 호흡이 흐트러진 채로 눈물을 닦았다. 뭐가 그렇게 우스운지 모르겠네.

"그런 거야, 미쿠."

"뭐가?"

"신경 쓰는 사람이 있는가 하면 그렇지 않은 사람도 있지. 나쁜 쪽으로만 받아들이는 사람은 뭘 해도 나쁘게 생각하니까."

그런, 걸까.

"미쿠도 아리노 케이랑 헤어지기 전이었다면 아까 내가 그 녀석이랑 얘기하는 모습을 봤어도 아무렇지 않았을 거야."

그럴지도 모른다.

"나도 지금까지는 남자애들하고 말도 하지 않던 미쿠가 진나이랑 급 친해져서 얘길 나누니까 약간 질투가 났지 뭐야."

그런 거였구나.

지금까지 보이던 것이 그때의 감정으로 바뀌어 눈에 비쳤다. 그런 걸지도 모른다.

"그보다 얼굴에다 대고 그런 말을 하는 상대는 무시해도 돼. 보나 마나 질투한 거 아냐?"

"…아, 아아, 그런, 거였나. 케이랑 사귀었으니까, 내가."

그러고 보니 가미모리는 내가 케이랑 함께 있는 걸 본 다음부터 그런 말을 했던 것 같다.

"뭐어? 무슨 소리야? 사귀었다니?"

"어? 아, 케이랑 나, 실은 중학교 때 한 번 사귀었어."

"전혀 눈치채지 못했어!" 하는 마호가 왠지 약이 오른 듯했다.

"지금까지 그런 걸로 고민한 거야? 순진하긴."

아사카가 한숨을 쉬었다.

"한 사람의 생각이 전체의 의견일 리 없잖아. 그보다 곁에 있는 우리보다도 그런 애의 말을 더 귀담아듣다니 열이 다 받네."

"맞아. 동감이야."

삐걱거리던 두 사람이 웬일로 의기투합했다.

하지만 두 사람의 말이 기뻐서 가슴이 조이는 듯 벅차올랐다.

"그 애가 그렇게 봤다고 해서 나나 마호까지 똑같이 볼 거라고 맘대로 생각하지 마. 실례지."

"…미안."

가미모리에게 내가 그렇게 보였던 건 분명하다. 그때 옆에 있던 친구도.

하지만 모두에게 똑같이 보였는지는 알 수 없다. 마호나 아사카가 그렇게 말해주는 걸 보니 어쩌면 달리 생각한 애들도 있었을지 모른다.

"중학교 때의 미쿠는 잘 모르지만, 절대 그렇지 않다고 확신해, 나는."

"미쿠는 요령이 없잖아. 단지 누구한테나 웃으면서 얘기했을 뿐인 거 아냐? 그럼 그건 질투지."

"아사카만 해도 남친한테 꼭 붙어서 속박하는 여자라고 다들 수군거리는데 뭐."

"사이좋으니까 괜히 질투하는 거지. 남들이 뭐라 하든 상관없어."

"이해해 주지 않는 애들한테 이해받을 필요도 없고 말야."

몰랐다. 그저 부럽기만 했는데.

줄곧 사람은 한 가지 면밖에 보일 수 없는 거라고 생각했다. 그래서 남들이 모르는 이면이 있는 거라고. 하지만 보는 사람이 다르면 보는 시각도 달라진다.

마호도 아사카도 마찬가지다. 주위 사람들이 뭐라고 하든 내게 두 사람은, 하고 싶은 말을 확실히 하는 마호와 어른스럽고 침착한 아사카다.

"아, 그리고 한 가지만 더 말해도 돼?"

놀라서 얼굴을 들자 마호가 나를 쳐다봤다.

"너 유행 좋아하는 거, 다 알고 있었거든."

마호가 히죽거리며 말하기에 나도 웃고 말았다.

지금까지 나는 이 얼마나 하찮은 생각으로 자신을 꽁꽁 옭아맸던 걸까. 깨닫고 보면 이렇게 단순하고 누구나 알 수 있는 일이었는데.

담아두었던 감정을 토해내고 텅 비웠기에 솔직히 받아들일 수 있었는지도 모른다. 케이가 말한 대로였다. 어쩌면 케이도 나를 그런 식으로 보았던 건지도 모른다. 나조차 알지 못했던 나를 보고 있었는지도 모른다.

얼굴이 조금씩 일그러지면서 눈앞이 차츰 뿌옇게 변했다.

"그런데 미쿠 넌 이대로 괜찮은 거야?"

아사카가 내 기색을 살피며 물었다. 무슨 생각을 하는지 분명 다 꿰뚫어 보고 있는 것 같았다.

"마호한테 질투할 정도로 좋아하는 거잖아? 헤어졌다고는 했지만."

"둘이서 다시 얘기해 보는 게 어때? 너 또 울면 우리도 힘들거든. 좋아하잖아!"

응. 좋아해.

두려워서 도망치고 싶을 정도로, 좋아해.

그러니까, 마지막으로… 전부 다 말해도 괜찮을까.

나는 지금까지 한 번도 케이랑 솔직하게 이야기를 하지 못했다.

교환 일기에 관해서도, 서로의 감정도.

말하고 싶다.

아니,

전하고 싶다.

그리고 이야기를 나누고 싶다.

이제 와서 무슨 말이냐고 할지 모르지만,

그래도. 좋아한다.

말만 해도 자꾸만 눈물이 삐져나왔다.

하지만 그 마음은

내 나약함을 용기로 바꿔주었다.

5장

milky white

내일 달라지더라도 오늘 사랑한다는 확신

다시 한번
잘 부탁해,
세 번째 사랑

\- 나도 줄곧 멋있는 척했어.
볼품없는 내 모습을 보이지 않으려고
내 생각만 했던 거야.

미안해.

나는 단지
케이가 나랑 같이 있을 때
즐겁기를 바랐어.
그래서 나 때문에
무리하지 않길 바랐던 거고.

좋아하는 사람을
무리하게 만든 내 자신이
싫었어.

하지만, 그래도,
역시 난 널 좋아해.
다른 사람은 생각할 수도 없어.
다시 널 만나고 싶어.

내 심장은 지금껏 경험하지 못했을 정도로 쿵쾅쿵쾅 격렬하게 뛰고 있었다.

점심시간, 이과반 건물까지 와서 손에 든 노트를 꼬옥 끌어안았다. 이 답장은 내 손으로 직접 케이에게 전해주자고 마음먹었다.

마호와 아사카가 "갑자기 너무 적극적인 거 아냐?" 하고 걱정했지만 이렇게 하지 않고는 결심할 수가 없다. 어중간한 용기를 낼 바에는 차라리 마음껏, 하는 데까지 해보는 게 낫다. 도망갈 구멍을 하나도 남겨놓지 않아야 한다.

내 안에 있는 유리컵을 모두 뒤집어서 텅 비우는 거다.

자, 부딪쳐보는 거야.

문을 힘껏 열어젖히자 생각보다 큰 소리가 교실 안에 울렸다. 갑작스러운 소리에 교실 안에 있던 이과반 학생들의 시선이 일제히 내게로 와 꽂혔다. 물론 그중에는 케이도 있었다.

숨을 잘 쉴 수가 없다. 심장이 날뛰었다. 마치 손발의 감각이 사라지는 듯했다.

그래도 앞으로 걸어가 케이에게 다가갔다.

"미쿠?"

도시락을 먹던 케이가 눈을 휘둥그레 뜨고는 깜빡이지도 못한 채 나를 바라보았다. 평소 때라면 뭔가 한마디 했을 법한 진나이도 입을 꾹 다물고 있다.

"이거."

떨리는 손으로 케이에게 교환 일기를 내밀었다.

케이가 지금 어떤 표정을 짓는지, 나는 눈을 감고 있어서 알 수가 없다. 하다못해 뭔가 말이라도 해주면 좋으련만, 거절당한다면 정신을 잃을지도 모른다.

어금니를 꽉 물고 케이의 반응을 기다리는데 케이가 손에 쥔 노트를 받아 드는 게 느껴져 살짝 눈을 떴다.

케이는 내 눈앞에서 노트를 펼쳤다.

…이제 와서 엄청난 일을 저질렀다는 걸 깨달았다.

교실은 쥐 죽은 듯이 조용했고 모두의 시선이 케이에게 쏠려 있었다. 노트를 넘기는 소리가 몹시도 크게 들려서 그때마다 가슴이 조마조마했다.

이 자리에서 답하려는 걸까.

각오는 했지만 실제로 이러고 서 있자니 미치겠다.

어떡하지!

몸 안에서 진땀이 줄줄 흘러내리는 것만 같았다.

케이는 노트를 읽었는지 흘끗 시선을 돌려 나를 보았다.

그리고,

"나도 좋아해."

교실 한가운데서 당당하게, 입 밖으로 내어 말했다.

그 순간 교실 안이 온통 술렁거렸다.

이런 상황이 전에도 있었지, 아마.

"자, 자, 잠깐만…. 왜."

"응? 그런 얘기 아니었어?"

입을 빼끔거리는 내게 케이는 약간 초조한 표정을 지었다.

아무렇지도 않게 "좋아해"라고 하니까 갑자기 사고 회로가 끊어진 것 같았다.

그런 얘기인 건 맞지만, 그 말이 아니잖아.

어째서 케이는 늘 그렇게 주위를 신경 쓰지 않는 걸까. 그러고는 왜 이제 와서 당황하는 표정을 짓는 걸까.

"그, 그건 그렇지만, 여기서…."

"어? 아아, 그러네."

내 말에 케이는 고개를 조금 끄덕이고는 무슨 생각이 들었는지 펜을 꺼내 노트에 뭐라고 적기 시작했다.

아, 노트에 적는 거야? 왜?

어떡하지, 케이의 마음을 전혀 모르겠다.

케이는 옆에서 진나이가 노트를 흘끔거리며 엿보는 것조차도 알아차리지 못하고 있었다.

"자, 여기!"

어리둥절해 있는데 이번에는 케이가 내게 노트를 내밀었다. 그 노트를 순순히 받아 들고 안을 펼쳤다.

- 나도 좋아해.

응? 아까 들었는데. 아니, 그게 아니라.

기쁘긴 한데! 기쁘긴 하지만!

뭔가 이상하다. 그보다 뭔가 이야기가 서로 빗나가고 있는 것 같았다. 왜지?

멍하니 있는데 케이가 "응? 표정이 왜 그래?" 하고 물었다.

왜지, 이 석연치 않은 기분은. 나 혼자만 열을 올리는 느낌.

케이를 잠깐 보고 나도 노트에 쓰는 게 좋을까 싶어서 펜을 빌려 케이의 책상 앞에 쭈그리고 앉았다.

아니, 이럼 내가 쓰는 글이 다 보일 거 아냐?

왜 노트로 얘길 주고받는 거지?

- 그게 끝이야?

내가 쓴 글을 본 케이는 고개를 갸웃거리며 노트를 끌어당겼다. 그러고는 내 얼굴을 흘낏 시선을 돌렸다가 의아하다는 표정으로 펜을 놀렸다.

- 그 말 말고 뭐라고 해야 돼?
좋아하니까 좋아한다고 말했는데
사귀자고 하는 게 더 나았나?
말로 표현하는 게 더 좋다며?

- 그렇긴 하지만….
왜 너도 좋아한다고 말한 거야?
헤어졌는데 이상하잖아.
게다가 노트 상대가 나라는 걸
언제 안 거야?

- 헤어졌는데…라니,
그렇게 따지면 미쿠 네가 먼저 말했잖아.
넌 언제부터 알고 있었던 건데?
그리고 또 하나 궁금한 게 있는데
아까 노트에
'다른 사람은 생각할 수도 없어'라고 쓴 건 뭐야?
왜 벌써 다른 사람을 좋아한다느니

그런 생각을 하는 거지?

- 다른 사람 얘기는
케이가 먼저 했잖아.
그밖에도 좋아하는 사람이 있느니 하면서.
그러니까 다른 사람은
생각할 수 없다고 한 거지.

- 아냐, 그런 의미가 아니거든.
왜 그런 착각을 하는 거지?
좋아하는 사람한테 다른 사람을 권할 리 없잖아.

- 몰라 모르겠다고.
그럼 그 답장은 뭐였는데?

- 미쿠를 걱정하는
친구들 얘길 한 거야.
고집부리고 신경을 써도
진심으로 널 생각하고 있다는 걸
전해주고 싶어서.

- 그걸 어떻게 알아.

명확히 말해주지 않으면 모르지.

케이는 이제 날

좋아하지 않는 거라고 생각했고.

그렇게 쓴 순간 케이가 "아, 귀찮아…" 하고 중얼거렸다.

뭐, 지금 뭐라고 했어? 귀찮다고 한 거야? 이 상황에서?

"맞아, 난 귀찮게 하는 사람이야!"

"아, 그런 의미가 아냐. 귀찮은 건 맞는데 그게 아냐."

뭐가?

"…전에도 말했지만. 이렇게까지 말했는데도 왜 미쿠가 내 마음을 믿지 못하는 건지, 왜 받아들이지 못하는 건지 통 모르겠어."

그, 그건….

그런 의미였구나. 무슨 말인가 했는데. 그저 단순히 옆에 있어 주겠다는, 응원한다거나 인정한다거나, 뭐 그런 건 줄 알았다.

"미쿠는 모든 걸 맘대로 단정 지어."

케이가 후우, 한숨을 내쉬었다.

나도 잘못이다. 하지만…. 케이도 그렇게 에둘러 말하지 않으면 좋잖아! 반박하고 싶다.

"나는 교환 일기 상대가 미쿠라는 걸 꽤 오래전에 눈치챘다고."

케이의 귀가 약간 붉어졌다.

"상대가 미쿠란 걸 몰랐다면 어떻게 고백했겠어?"

그때 이미 나란 걸 알고 있었다고?

그럼 내 속마음을 다 파악했다는 거네. 그래서 나한테 이것저것 물어보고 그대로 행동한 건가.

그저 참고하려는 걸로만 알았다.

"교환 일기 덕분에 미쿠가 뭘 좋아하는지도 알 수 있었어."

"나도 그랬는데."

서로 마찬가지였다.

서로 상대에게 신경 써주고 상대를 위한답시고 같은 자리에서 맴돌면서 어긋났던 거다. 좀 더 솔직히 말했더라면 이렇게 꼬이지 않았을 텐데.

하지만 이렇게 되지 않았다면 깨닫지 못하고 받아들이지도 못했을 게 분명하다.

내가 케이를 좋아한다는 사실도.

케이가 나를 좋아한다고 한 마음도.

"애초에 미쿠가 날 좋아하지 않는 줄 알았거든."

"응? 왜?"

왜 그렇게 생각한 거지?

튕기듯 고개를 들어 케이를 바라보자, 케이는 "약점을 이용했으니까"라고 말했다.

그러고 보니 그때 케이가 "이용해도 좋으니까"라고 말했었지 아마. 하지만 나는 그러지 않을 거라고 했잖아. 어, 말 안 했나?

기억을 더듬어봤지만 잘 모르겠다. 하지만 케이가 원래부터 그렇게 생각했던 거라면, 우린 처음부터 어긋났던 게 아닐까?

"고백을 받으면 누구든 상관없다고 했으면서."

"그, 그건."

"날 싫어한다고도 했고."

그랬지만!

그렇지 않아. 그게 아냐. 처음부터 전부 설명하지 않으면 계속 어긋나게 된다. 케이가 이렇게 생각하고 있었다니, 전혀 알아차리지 못했다. 난 내 생각만 했기 때문이다. 정말 난 구제불능이다.

어떻게 해야 좋을지 몰라 패닉 상태가 되어 있는데 케이의 손이, 책상을 짚은 내 손을 움켜잡았다. 케이의 온기가 고스란히 전해져서 신기하게도 마음이 사르르 녹아내렸다.

"정 떨어진 거야?"

"…안 그래. 하지만 나보다 먼저 알아차린 건 분해."

내가 알아차린 건 고백에 답장한 다음인데, 그때 케이는 이미 모든 걸 다 알고 있었다니.

"미쿠!"

케이가 내 가운뎃손가락을 꼬옥 잡았다.

다시 놓치지 않겠다는 듯이, 그러나 부드럽게.

"다른 사람의 의견이 신경 쓰인다면 그땐 내 말만 믿어."

그렇게 말하는 건 너무 비겁해.

싫다. 그런 거 반칙이야.

하지만 가슴이 죄어들고 목이 타들어 가면서 얼굴이 뜨거워지고 서서히 눈물이 나왔다.

내 시야에는 이제 케이밖에 보이지 않았다.

그런데.

"나 말 좀 해도 되냐?"

진나이가 우리 사이로 얼굴을 내밀었다.

깜짝 놀라 주위를 둘러보자 교실에 있던 학생들이 모두 냉담한 표정을 짓고 있다.

어? 다들 왜 이런 표정이지?

"너희가 교실인 것도 잊고 둘만의 세계에 빠져 있으니까 모두 마음을 닫으려 하잖아."

"그, 그게."

그렇네.

케이와 눈을 마주 보았다가 손을 잡고 있다는 걸 깨닫고 당황해서 손을 놓았다.

"자자. 이젠 둘이 잘 알아서 하고."

영혼 없는 박수를 받고 말았다. 하지만 모두의 표정은 어딘가 따뜻하게도 느껴졌다.

어쨌든 지금은 교실을 나가야겠기에 케이와 나란히 복도로 나왔다. 복도에 있던 아이들도 우리 대화에 주목하고 있었던 듯, 모두의 시선이 따갑게 쏟아졌다.

"있잖아."

케이가 주저하면서 말을 꺼내기에 돌아보았다.

"나, 옷 입는 센스가 없어. 촌스러워."

"응? 아, 그, 그렇구나."

지난번 데이트할 때 그런 느낌은 들지 않았는데.

그 말에 문득, 어쩌면 중학교 때 케이가 데이트하면서 계속 기분이 좋지 않았던 것도 별다른 이유는 없지 않았을까, 싶었다.

만약 그 무렵 서로가 서로에게 좀 더 솔직했다면 어떻게 되었을까.

"이번 데이트는 내가 계획 짜도 돼?"

"어디 갈 건데? 아기자기한 데라도 따라갈게."

"케이, 널 위한 코스로 할 거야."

전에는 나만을 위해 마음 써줬으니까. 어느 한 사람이 아니다. 우리는 둘이니까. 앞으로 차근차근 모르는 걸 공유하면 된다.

어쩌면 서로 마음에 들지 않을 때도 있겠지. 하지만 분명 나는 그런 점까지도 포함해서 케이를 좋아한다. 무슨 생각을 하는지 모르겠다는 점은 너무 싫다. 하지만 늘 당당한 건 참 좋다. 어느 쪽이나 똑같다. 싫어하는 점, 좋아하는 점이 다 있어도 좋다.

"…미쿠는 날 좋아하지 않는 줄 알았어."

후, 하고 웃으면서 눈가를 손으로 가렸다.

우는, 거야?

왜, 우는 거지?

"먼저 우는 건 반칙이야."

눈물이 흘러나와 멈춰지질 않는다.

얼굴을 타고 흐르는 눈물이 노트에 똑 떨어져 번지는 게 보였다.

나도 너무 기쁜데.

마치 케이가 더 기뻐하는 것 같다.

그게 너무 기뻐서 눈물이 나올 수밖에.

케이는 진짜 나를 알아주었다.

그건 내가 생각하는 진짜 내가 아니었을지도 모른다. 지금도 미화된 것 같고, 그런 나를 위해 케이는 약간 무리도 하겠지. 하지만 신기하게도 지금은 그런 케이가 좋다. 나도 분명 그렇게 될 테니까.

눈으로 본 것은, 알게 된 것은, 서로의 연약한 마음과 진심. 그래서 우리는 모르는 척하며, 진짜 모습을 알아차리지 못한 채 좋아했다. 싫다고 생각했던 모습도, 좋아한다고 여겼던 교환 일기에 적은 말도, 사실은 전부 좋아했다.

양쪽 다 있으니까, 좋아하게 된 거다.

"케이, 또 내가 망설이면 손 내밀어줘."

"미쿠도 귀차니스트인 내 세계를 차츰 넓혀줘."

"널 좋아해."

"응, 나도."

"내가 더 좋아해."

"뭘 또 경쟁하고 그래!"

케이가 내 머리 위에 손을 얹었다. 살짝 눈물 배인 목소리가 사랑스럽다.

히힛, 하고 웃었더니 케이가 내 몸을 힘껏 잡아당겼다.

그리고 복도 한가운데서 나를 꼬옥 끌어안았다.

귀에 와닿는 환성이 저 멀리서 들리는 듯했다.

활짝 웃자 온 세상이 새하얗게 빛나는 것처럼 느껴졌다.

- 좋아해.

나랑 사귀어줘.

앞으로

잘 부탁해.

세토야마 미쿠

저자 소개

사쿠라 이이요

櫻いいよ

나라현 출생, 오사카에 거주한다. 2012년에 《네가 떨어뜨린 푸른 하늘君が落とした青空》로 데뷔했으며, 이 책은 누적 판매 부수 24만 부를 돌파, 출간 10주년을 기념하여 2022년에 영화화되었다. 또한 2020년에 출간된 《그래도 우리는 옥상에서 누군가를 생각했다それでも僕らは、屋上で誰かを想っていた》로 제7회 인터넷 소설 대상을 받기도 했다.

그동안 10대들의 풋풋한 연애, 사춘기 시절 특유의 복잡 미묘한 관계와 감성을 섬세하고도 다정하게 묘사하여 큰 사랑을 받아온 저자는, 마침내 메가 히트작 〈말하고 싶은 비밀交換ウソ日記〉 시리즈로 하이틴로맨스 부분에서 범접할 수 없는 위치에 올랐다. 2017년부터 지금까지 총 네 권(4권은 다른 작가들과 함께 쓴 앤솔러지)이 출간된 이 시리즈는 '청춘 시절의 사랑과 마음의 상처를 그린 수작'으로 평가받으며, 10대 여학생들 사이에서 오랫동안 사랑받아 왔다. 지금껏 누적 판매 부수 70만 부를 돌파, 장기 베스트셀러로 자리매김했으며, 원작 소설의 인기에 힘입어 1권은 2023년 일본에서 영화로 개봉되었다.

그 외 주요 작품으로 《그날, 소년 소녀는 세계를あの日、少年少女は世界を》, 《고양이만이 그 사랑을 알고 있다猫だけがその恋を知っている》, 《언젠가 연주하는 사랑 이야기いつか奏でる恋のはなし》, 《별이 가득한 하늘은 100년 뒤星空は100年後》, 《가짜 너와, 49일간의 사랑偽りの君と、十四日間の恋をした》 등이 있으며, 국내 출간 도서로는 《세상은 『 』로 가득 차 있다》, 〈말하고 싶은 비밀〉 시리즈가 있다.

역자 소개

김윤경

일본어 번역가. 다른 언어로 표현된 저자의 메시지를 우리말로 옮기는 일의 무게와 희열 속에서 오늘도 글을 만지고 있다. 옮긴 책으로는 〈말하고 싶은 비밀〉 시리즈 3권, 《이별하는 방법을 가르쳐줘》, 《오늘 밤, 세계에서 이 눈물이 사라진다 해도》, 《네가 마지막으로 남긴 노래》, 《오늘 밤, 거짓말의 세계에서 잊을 수 없는 사랑을》, 《어느 날, 내 죽음에 네가 들어왔다》, 《봄이 사라진 세계》, 《철학은 어떻게 삶의 무기가 되는가》, 《왜 일하는가》 등 90여 권이 있으며 출판번역 에이전시 글로하나를 운영하고 있다.

말하고 싶은 비밀 vol.3

초판 1쇄 발행 2025년 2월 05일
초판 12쇄 발행 2025년 10월 27일

지은이 사쿠라 이이요
옮긴이 김윤경

책임편집 양수인
디자인 스튜디오 포비
책임마케팅 최혜령, 박지수, 도우리, 양지환
마케팅 콘텐츠 IP 사업본부
해외사업 한승빈, 박고은
경영지원 백선희, 권영환, 이기경, 최민선
제작 제이오

펴낸이 서현동
펴낸곳 ㈜오팬하우스
출판등록 2024년 5월 16일 제2024-000141호
주소 서울특별시 강남구 테헤란로 419, 11층 (삼성동, 강남파이낸스플라자)
이메일 info@ofh.co.kr

ISBN 979-11-94293-70-5 (03830)

Our Secret Diary

말하고 싶은 비밀 Vol.3

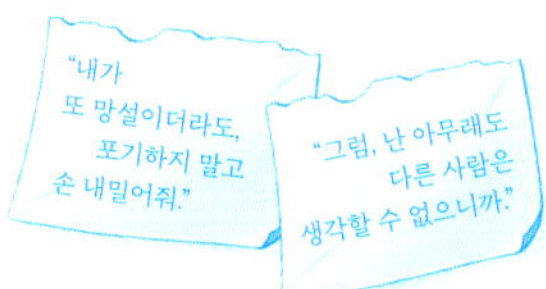